因動成勢

再版前言

這套「中國美學範疇叢書」初版於二〇〇一年，時隔十五年再版，作為編委與作者，依然感到書不盡言，言不盡意。

中國美學範疇，顧名思義，是對中國數千年源遠流長的美學與文藝史理論的概括。範疇這個術語本是從西方哲學引進的。西方所謂範疇是指人類主體對事物普遍本質的認識與把握。它與概念不同，概念一般反映某個具體事物的類屬性，而範疇則是對事物總體本質的認識與把握。中國美學的範疇與西方美學相比，富有體驗性與感知性，善於在審美感興中直擊對象，這種範疇把握，融情感與認識、哲理與意興於一體，正如嚴羽《滄浪詩話》所說「唐人尚意興而理在其中」。中國美學範疇，實際上是中國古代美學與哲學智慧的彰顯，也是藝術精神的呈現。諸如感興、意象、神思、格調、情志、知音等美學範疇，既是對中國美學與文藝活動的總結與概括，也是人們從事藝術批評時的器具。對中國美學範疇的認識與研究，不僅是一種學術研究與認識，而且還是一種體驗與濡染的精神活動。中國美學範疇的生成與闡述，與個體生命的活動息息相關，這種美學範疇在社會形態日漸工具化的今天，其精神價值與藝術價值越發顯得重要。中國當代美學範疇與精神的構建，毫無疑問應當從中國傳統美學範疇中汲取滋養。

這套叢書緣起於一九八七年，當時正是國內人文思潮湧動的時候，那時我還是在中國人民大學哲學系美學教研室任教的一名年輕副教授。吾師蔡鍾翔教授與中國人民大學中文系的同事成復旺、黃保真教授一起編寫出版了《中國文學理論史》，接著又發起與組織編寫了「中國美學範疇叢書」，歷時十三年，於二〇〇一年由百花洲文藝出版社出版了第一輯，有《美在自然》《文質彬彬》《和：審美理想之維》《興：藝術生命的激活》《原創在氣》《因動成勢》《風骨的意味》《意境探微》《意象範疇的流變》《雄渾與沉鬱》等十本。我承擔了其中的《和：審美理想之維》《興：藝術生命的激活》兩本。

在編寫這套叢書時，蔡老師作為主編，撰寫了總序，確定了基本的編寫思想，對於什麼是中國美學範疇及其特點，作出了闡釋，將其歸納為：一、多義性與模糊性；二、傳承性與變易性；三、通貫性與互滲性；四、直覺性與整體性；五、靈活性與隨意性。這五點是中國美學範疇的特點。強調中國美學範疇的認識與體驗、情感與理性、個體與總體的有機融合。另外，蔡師也強調「中國美學範疇叢書」的編寫與出版，是隨著中國美學的研究深入而催生的。在上個世紀八十年代初的美學熱中，對於中國美學史的興趣成為當時亮麗的風景線，我在當時也開始寫作《六朝美學》一書。而隨著中國美學史研究的深入，人們越來越對中國美學範疇產生了濃厚的興趣，在當時，意象、意境、境界、神思、比興、妙悟等範疇成為人們的談資，時見於論文與著作中，也是文藝學與美學中的熱門話題。正是有鑒於此，彙集這方面的專家與學者，編寫一套專門研究中國美學範疇的高水平叢書的策劃，便應運而生。正如蔡師在全書總序中所說：「『叢書』選題主要是元範疇和核心範疇，也包括少量重要的衍生範疇，在這些範疇之內涵蓋若干相關的次要範疇。這是對中國傳統美學範疇的一次全面深入的調查，工程是浩大的、艱難的，但確是意義深遠的，它將為中國美學和中國文論的史的研究和體系研究打下堅實的基礎。」

這套書從策劃到編寫，再到出版，歷經十多年，作為撰寫者與助手的我，見證了蔡師的嘔心瀝血，不辭辛勞。比如揚州大學古風教授撰寫的《意境探微》一書，傾注了蔡老師審稿時的大量心血。儘管古教授當時已經在《中國社會科學》《文藝研究》《文學評論》等刊物發表了相關論文，在這方面成果不少，但是蔡老師本著精益求精的方針，反覆與他通信商談書稿的修改，經過多次打磨與修改之後，最後形成了目前出版的書稿。記得那時我和蔡老師都住在人民大學校內，每次我去他家拜訪時，總是見到他在昏黃的檯燈下伏案看稿與改稿，聊天時也是談書稿的事。有時他對作者書稿的質量與修改很是著急與焦慮，我也只好安慰他幾句。

本叢書體現這樣的學術立場與宗旨。這就是：一、追求「究天人之際，通古今之變，成一家之言」的學術旨趣。每本書都以範疇的歷史演變與範疇的結構解析為基本框架，同時，立足於探討中國美學範疇的當代價值與當代轉化。作者在遵循基本體例的同時，又有著鮮明的個性與觀點，彰顯「和而不同」的學術自由精神。二、本著「萬物並育而不相害，道並行而不相悖」的兼容并包之襟懷，融會中西，將中國美學範疇與西方美學與文化相比較，盡量在比較中進行闡釋，避免全盤西化或者唯古是好的偏執態度。

值得一提的是，叢書的第一輯出版後，在二〇〇二年五月二十五日，叢書編委會與江西百花洲文藝出版社在中國人民大學中文系舉行了第一輯的出版座談會，當時在京的一些著名學者侯敏澤、葉朗、童慶炳、張少康、陳傳才，以及詹福瑞、韓經太、左東嶺、朱良志、張晶、張方等學者參加了座談會並作了發言，我也有幸與會。學者們充分肯定了這套叢書的出版對於推動中國美學的研究，有著積極的意義，認為這套書具有很高的學術水準。與會者讚揚這套書體現了古今融會、歷史的演變與範疇的解析相貫通的學術特色，同時也提出了中肯的意見。正是在這些鼓勵之下，叢書的編委會與作者經過五年的繼續努力，於二〇〇六年底出版了叢書第二輯的十本，即《美的考索》《志情理：藝術的基元》《正變．通變．新變》《心物感應與情景交融》《神思：藝術的精靈》《大音希聲——妙悟的審美考察》《虛實掩映之間》《清淡美論辨析》《雅論與雅俗之辨》《藝味説》等。第二輯與第一輯相比，內容更加豐富，涉及中國美學與藝術的一些深層範疇，寫法愈加靈動，與藝術創作的結合也更加明顯。顯然，中國美學範疇研究的水平隨著叢書的推進也得到相應的提升。

從二〇〇六年叢書第二輯出版至今天，一晃又過去了十年。令人哀傷的是，蔡老師因病於二〇〇九年去世了。原先設想的出版三十本的計劃也終止了。在這十年中，中國美學範疇的研究有了很大的進展，比如將中國美學範疇與中國文化、中國哲學相連繫的論著問世不少，將中西美學範疇進行比較研究的成果也頗為可觀。但是這套叢書的學術價值歷經時間的考驗，不但沒有過時，相反更顯示出它的內在價值與水平。時值當下對中國傳統文化與國學的研究與討論的熱潮，這套叢書的實事求是的治學態度，認真負責的撰寫精神，以及浸潤其中的追求人文與學術統一、古今融會、中西交融的學術立場，不追逐浮躁，潛心問學的心志，在當前越發彰顯其意義與價值。在當前研究中國美學的書系中，這套叢書的地位與價值是不可替代的，在今天再版，實在是大有必要。在這十年中，發生了許多變故，叢書的顧問王元化、王運熙先生，副主編陳良運先生，編委黃保真先生，作者郁沅先生等，以及當初關心與幫助過這套叢書的著名學者侯敏澤、童慶炳先生，還有責任編輯朱光甫先生，已經離世，令人傷懷。對於他們的辛勞與幫助，我們將永遠銘記在心。今天，這套叢書的再版，也蘊含著紀念這些先生的意義在內。

本次再版，百花洲文藝出版社本著弘揚優秀傳統文化的宗旨，經過與作者協商，在重新校訂與修訂的基礎之上，將原來的叢書出版，個別書目因各種原因，未納入再版系列。相信此次再版，將在原來的基礎之上，提升叢書的水平與質量。至於書中的不足，也有待讀者的批評與指正。

袁濟喜

二〇一六年十二月三十一日

總序

範疇，是對事物、現象的本質連繫的概括。範疇在認識過程中的作用，正如列寧所指出的，它「是區分過程中的梯級，即認識世界的過程中的梯級，是幫助我們認識和掌握自然現象之網的網上紐結」(《哲學筆記〉)。人類的理論思維，如果不憑藉概念、範疇，是無法展開也無從表達的。美學範疇，同哲學範疇一樣，是理論思維的結晶和支點。一部美學史，在一定意義上也可以說是一部美學範疇發展史，新範疇的出現，舊範疇的衰歇，範疇含義的傳承、更新、嬗變，以及範疇體系的形成和演化，構成了美學史的基本內容。

中國傳統美學範疇，由於文化背景的特殊性，呈現出與西方美學範疇迥然不同的面貌，因而在世界美學史上具有獨特的價值。中國現代美學的建設，非常需要吸納融匯古代美學範疇中凝聚的審美認識的精粹。自二十世紀八十年代後期以來的十餘年中，美學範疇日益受到我國學界的重視，古代美學和古代文論的研究重心，在史的研究的基礎上，有逐漸向範疇研究和體系研究轉移的趨勢，這意味著學科研究的深化和推進，預計在二十一世紀這種趨勢還會進一步加強。到目前為止，研究美學、文藝學範疇的論文已大量湧現，專著也有多部問世，但嚴格地說，系統研究尚處在起步階段，發展的前景和開拓的空間是十分廣闊的。中國傳統美學範疇的特點是很突出的，根據現有的研究成果，大致可以歸結為以下幾點：

一、多義性和模糊性。範疇中的大多數，古人從來沒有下過明確的定義或界說，因此，這些範疇就具有多種義項，其內涵和外延都是模糊的。如「境」這個範疇，就有好幾種含義。標榜「神韻」說的王士禛，卻缺乏對「神韻」一詞的任何明晰的解說。不僅對同一範疇不同的論者有不同的理解，同一個論者在不同的場合其用意也不盡相同。一個影響很大、出現頻率很高的範疇，使用者和接受者也只是仗著神而明之的體悟。

二、傳承性和變易性。範疇中的大多數，不限於一家一派，而是從創建以後便一代一代地傳承下去，成為歷代通行的範疇，但於其傳承的同時，範疇的內涵卻發生著歷史性的變化，後人不斷在舊的外殼中注入新義，大凡傳承愈久，變易就愈多，範疇的內涵也就變得十分複雜。如「興」這個範疇，始自孔子，本是屬於功能論的範疇，而後來又補充進「感興」、「興會」、「興寄」、「興托」等含義，則主要成為創作論的範疇了。

三、通貫性和互滲性。古代美學中有相當數量的範疇是帶有通貫性的，即貫通於審美活動的各個環節。如「氣」這個範疇，既屬本體論，又屬創作論；既屬作品論，也屬作家論，又屬批評、鑑賞論。至於各個範疇之間的互滲，如「趣」和「味」的互滲，「清」和「淡」的互滲，包括對立的互轉，如「巧」和「拙」的互轉，「生」和「熟」的互轉，就更加普遍。因而範疇之間千絲萬縷、交叉糾纏的關係，形成一個複雜的網絡。

四、直覺性和整體性。許多範疇是直覺思維的產物，其美學內涵究竟是什麼，只可意會，不可言傳。典型的例子如「味」這個範疇，什麼樣的作品是有滋味的，如何賞鑑作品才是品「味」，怎樣才是「辨於味」，「味外味」又何所指等等，都是不可能用言語來指實，只能是一種心領神會的直覺解悟。既然是直覺的，即不經過知性分析的，就必然是整體的把握。如風格論中的許多範疇，何謂「雄渾」，何謂「沖淡」，何謂「沉著痛快」，何謂「優游不迫」，都不可條分縷析。直覺性與模糊性無疑是有不可分割的連繫的。

五、靈活性和隨意性。漢語中存在大量的單音詞，其組合功能極強，一個單音詞和另一個單音詞組合便構成一個新的複音詞。中國古代美學利用組詞的靈活性，創建了許多新的範疇，如「韻」和「氣」組合構成「氣韻」，「韻」和「神」組成「神韻」，「韻」和「味」組成「韻味」，等等。而這種靈活性可以說達到了隨意的程度，一個主幹範疇能繁育滋生出一個龐大的範疇群或範疇系列，舉其極端的例子而言，如「氣」，不僅構成了「氣韻」、「氣象」、「氣勢」、「氣格」、「氣味」、「氣脈」、「氣骨」，還演化成「元氣」、「神氣」、「逸氣」、「奇氣」、「清氣」、「靜氣」、「老氣」、「客氣」、「孱氣」、「傖氣」、「山林氣」、「官場氣」等等，當然這些衍生的名稱未必都算得上範疇，但確有一部分上升到了範疇的地位。

上述這些傳統美學範疇的特點，也就是研究中的難點，要給予傳統美學範疇以現代詮釋，而不是以古釋古，難度是很大的。根本的問題在於古今思維方式的差異。我們現代的思維方式，基本上是採納了西方的思維方式，因此在詮釋中很難找到對應的現代語彙，要將傳統美學範疇裝進現代邏輯的理論框架，便會感到方枘圓鑿，扞格難通。中國的傳統思維，經歷了不同於西方的發展道路，即沒有同原始思維決裂，相反地卻保留了原始思維的若干因素。我們不能同意西方某些人類學家的論斷，認為中國的傳統思維還停留在原始思維的水平。中國古人的理論思維在先秦時代已達到很高的水平，所保留的原始思維的痕跡，有些是合理的，保持了宇宙萬物的整體性和完整性，不以形式邏輯來切割肢解，是符合辯證法的原理的，在傳統美學範疇中也表現出這種長處。因此，研究中國美學範疇，必須結合古人的思維方式，連繫整個中國傳統文化的大背景來考察，庶幾能作出比較準確、接近原意的詮釋。範疇研究的深入自然會接觸到體系問題。中國古代美學家、文論家構築完整的理論體系者極少，但從範疇的整體來看是否構成了一個統一的體系呢？範疇的層次性是較為明顯的，如有些研究者區分為元範疇、核心範疇（或主幹範疇）、衍生範疇（或從屬範疇）等三個或更多的層次。但範疇之有無邏輯體系，研究者尚持有截然不同的觀點。我們傾向於首肯「潛體系」的說法，即範疇之間存在有機的連繫，範疇總體雖然沒有顯在的體系，卻可以探索出潛在的體系。但要將這種「潛體系」轉化為「顯體系」並非易事，因為這是兩種思維方式的轉換，轉換實際上是重建。有些研究者梳理整合出了一套範疇體系，只能是一家之言，是一種先行的試驗。由於對個別範疇還未研究深透，重建整個中國美學理論體系的條件就沒有完全成熟。於是我們萌發了一個構想，就是編輯一套「中國美學範疇叢書」，每一種

（或一對）範疇列一專題，寫成一本專著，對其美學內涵作詳盡的現代詮釋，並盡量收全在其自身發展的不同歷史階段上的代表性用法和代表性闡述，力爭通過歷史的評析揭示各範疇內涵邏輯展開的過程。「叢書」選題主要是元範疇和核心範疇，也包括少量重要的衍生範疇，在這些範疇之內涵蓋若干相關的次要範疇。這是對中國傳統美學範疇的一次全面深入的調查，工程是浩大的、艱難的，但確是意義深遠的，它將為中國美學和中國文論的史的研究和體系研究打下堅實的基礎。

這一工程從一九八七年開始策劃，歷時十三年，得到許多中青年學者的熱烈響應。更有幸的是，在世紀交替之年，獲得江西省新聞出版局和百花洲文藝出版社領導的大力支持，在他們的努力下，「叢書」被列入「十五」國家重點圖書出版規劃，「叢書」共計三十本，預定在四年內分三輯出齊。為此組織了力量較強的編委會，投入了充足的人力、物力、財力，力爭使「叢書」成為精品圖書。我們萬分感佩江西出版部門充分估計「叢書」學術價值的識見和積極為文化建設做貢獻的熱忱。最終的成果也許難以盡愜人意，但我們相信「叢書」的出版，必將在中國美學範疇研究的長途跋涉中留下一串深深的足印。

蔡鍾翔

陳良運

二○○一年三月

內容提要

在古代中國，人們習慣於從「勢」的角度去考察和判斷事物的運動方式、軌跡和發展前景。「勢」的民族特色鮮明，是一個從大局著眼、重視整體性、以運動屬性為內核的形象性概念。由它組合的概念系列（如「形勢」、「勢位」、「體勢」、「定勢」等）形式多樣，意蘊豐富，很早就出現在古代政治學、兵法和自然關係論中。「勢」與藝術有天然的連繫，至少從漢魏六朝起就成為重要的美學範疇。本書介紹了先秦諸子以及古代諸「藝」（音樂、舞蹈、武術、圍棋等）的「勢」論；以翔實的資料和簡要的評介重點展示了中國書法、繪畫、文學領域「勢」論的建樹和演進歷程。最後從藝術動力學的視角概括出「勢」範疇的內涵和美學特徵，論證了它的當代價值。

題　詞

「勢」的歷史極其悠久，
有如我們古老的民族；
「勢」的活力依然勃鬱，
唯獨它才青春永駐。
倘若我是今天的造藝者，
我仍將毫不遲疑地做
求「勢」的一派。

目次

第四章

文學的「勢」

第五章

「勢」論——古代藝術動力學的理論意義與當代價值

小 引

「勢」由動而生，無動則無勢可言。「權勢」有強力的威壓和驅動力，「形勢」是矛盾運動的大格局，「氣勢」的張揚有雄強的精神意志作後盾，「陣勢」是兩軍對壘時的隊形和作戰態勢，「趨勢」是發展的動向，「姿勢」指形體動作的姿態，拳法中「勢」是動作規範……總之，運動性是「勢」的核心屬性。

在中國，「勢」最初指權力地位造成的格局，具有政治的強制力，先秦的法家重視「勢治」；孫子論兵法之勢，既要求因天時地利和敵我態勢「因利制權」（制定謀略、選擇陣形、把握時機），又要求統帥能使自己的士卒如同高山滾下的圓石、潰堤直瀉的洪水，形成不得不然的衝擊力。

西方最傑出的軍事家和政治家拿破崙明言，只有利益和恐懼可以驅使人們，可謂精於「勢」道。誠然，他早年未見過中國的「勢」論，所以讀到《孫子兵法》的時候不能不折服。如果看到荀子、韓非的權勢之論呢？我想拿破崙還會驚嘆中國的權術研究的。

本書最後一章的副題中我稱「勢」論為古代的藝術動力學。藝術家以「總一之勢」把作品摶聚成一個充滿活力的整體；以作品及其意象展開之「勢」造成一種心理壓強，左右和推動受眾感情和思維的運動。作為訴諸視覺的藝術，雕塑和繪畫只能提供凝固的造型而受到極大的侷限，強烈地追求時空上的突破。於是萊辛《拉奧孔》說要選擇表現「富於包孕的片刻」；凡・高說，「要畫出動態和生命的力」。音樂、文學是訴諸聽覺的藝術，展開上相對比較自由，但也要求在時間的延續中有起有收，有節奏和起伏回還，有高潮有停頓……此類對藝術的理解、追求和佈局安排的具體操作、處理，乃至表現風格的選擇，在中國古代都可與「勢」範疇組合的理論相連繫。文學藝術中的造「勢」是由自發到自覺的，理論也有一個形成、拓展和完善的過程。

書名的「因動成勢」除了可以理解為「事物由於運動形成了它的勢」之外，還有一層意思，就是「勢」可能指潛藏的動因，或者似靜而寓動，或者超越已展現的狀貌顯示出未來的動向和運動力度。所以蓄勢能夠「未發而威」，所以「勢」有時義近於「未來趨向」。雖然運動還未作展示或者尚未全部展示，卻已儲備了進一步運作的因子，這就是選擇「因」字的又一個理由。

第一章

傳統文化中普泛的「勢」意識

「勢」這個漢字本身就是一個意蘊相當豐富的詞，在不同場合可以分別解釋為形、姿態、權力、地位、時機、法度、情狀、環境、條件、威力、規律和運動趨向等等。在保持自身基本含義的情況下，它能與其他字組合成許多複合詞和成語、詞組，比如形勢、姿勢、聲勢、氣勢、趨勢、態勢、勢利、勢力、勢態、勢焰、勢頭、均勢（現代物理學上還有勢能、勢差、電動勢等等），以及勢不兩立、勢均力敵、勢如破竹、因勢利導、大勢所趨、趨炎附勢、審時度勢、虛張聲勢、勢不可擋之類。在歷史故事和通俗小說裡，亡國之君與敗軍之將常有「大勢去矣」的哀嘆，「強弩之末勢不能穿魯縞」則是勢儘力微的比況。得勢者往往平步青雲為所欲為，「虎落平陽」和「龍游淺水」的可悲處境自然是失勢所至。高屋建瓴者勢不可遏，氣勢磅礴者每每先聲奪人。仗勢欺人者是權貴豪強的鷹犬，乘勢而起者則順應了潮流把握了時機。罰不責眾是遷就其人多勢大，「小打小鬧」不被重視也只因其勢單力薄成不了「氣候」。《孟子》〈公孫丑下〉中曾經說：「天時不如地利，地利不如人和。」其實無論是天時、地利還是人和，古人之所以在政治和戰爭中注重這三者，其目的不外乎追求得「勢」，形成一種順乎潮流、勝券在握的有利格局。

勢有消長，有逆轉。也就是說，勢隨著時間的推移和空間的改變而不斷地運動變化著。當初項羽順應天時民心，破釜沉舟揮師擊秦，楚戰士無不以一當十，呼聲動天，確乎具有摧枯拉朽之勢。然而時過境遷，項羽最後又在垓下發出「此天之亡我，非戰之罪也」的感慨和「時不利兮騅不逝」的悲歌。後唐莊宗天下得而復失，史家亦稱：「方其盛也，舉天下豪傑莫能與之爭；及其衰也，數十伶人困之，而身死國滅，為天下笑。」譚嗣同在變法失敗捨生成仁之際也有「無力回天」的遺恨。這些慨嘆皆為得勢失勢而發。如今對五十年代初大陸人民思想水準的估價也許不一，但一般都承認其時革命的勢頭正旺，人們的精神意志和行為彷彿被無形的大潮推擁，不得不投身其中，甚至虔誠地為種種「運動」推波助瀾，這無形的大潮就體現出「勢」。當代人在觀察和判斷運動變化的多元結構的世界現象時，經常使用諸如「形勢」、「趨勢」、「勢態」、「勢頭」和「均勢」、「勢力」、「造勢」這樣的概念，其中表達出精微義蘊的「勢」是很難被另外的字眼替代的。在可以預見的將來，「勢」這個系統的語彙仍然會得到人們的青睞大概是明白無疑的。

古人說：「名必有所分，稱必有所由。」（王弼《老子指略》）一定的概念只能從一定的角度反映事物的某一側面。一個重要的概念或範疇的產生，必然反映出其創造者的某種意識，體現出其思維方式上的某種特點。一定範疇的產生是人們認識發展到一定階段的反映。倘若在一個民族發展的歷史長河中某個範疇沿用不衰，那麼就表明它與這個民族的傳統意識有密不可分的內在連繫；該民族能夠運用它來闡述對思考對象的獨特理解。如果這個範疇在中西合璧的當代社會仍葆其強勁的生命力，還在若干領域廣泛使用而不被取代，那就說明：它所反映的事物的某一本質方面依然得到認可；創造它的民族對人類文明做出了貢獻。

「勢」可以說正是這樣的一個範疇。

考察「勢」意識在中國傳統文化中的廣泛存在以及「勢」作為概念的成長過程，當有助於瞭解華夏民族把握和反映世界的一個基本著眼點。

第一節　先秦兩漢子書中的「勢」——向藝術領域轉移前的「勢」論

人是自然的人，也是社會的人。人類的祖先大概從擺脫矇昧狀態有了自我意識開始，就感受到自我與環境的對立。因為所謂「自我意識」的基點就在於與環境的分離。主觀意志與客觀事態相吻合的情況固然有之，不過更多的情形則是兩者的矛盾和衝撞。

《老子》〈五十一章〉說：「道生之，德畜之，物形之，勢成之。」其「勢」是左右「物」運作的動因與外部條件（環境、格局）形成的合力。《莊子》也曾從環境、格局和發展勢態的角度提到「勢」，如：

> 夫自細視大者不盡，自大視細者不明。夫精，小之微也；垺，大之殷也；故異便，此勢之有也。（〈秋水〉）

> 孔子游於匡，衛人圍之數匝，而絃歌不惙。子路入見，曰：「何夫

子之娛也？」孔子曰：「來，吾語汝。我諱窮久矣，而不免，命也；求通久矣，而不得，時也。當堯、舜之時而天下無窮人，非知得也；當桀、紂之時而天下無通人，非知失也；時勢適然。」（〈秋水〉）

王獨不見夫騰猿乎？其得柟梓豫章也，攬蔓其枝而王長其間，雖羿、蓬蒙不能眄睨也。及其得柘棘枳枸之間也，危行側視，振動悼栗，此筋骨非有加急而不柔也，處勢不便，未足以逞其能也。（〈山木〉）

據《孟子》〈離婁上〉記載，公孫丑曾經問孟子，為什麼君子「不教子」？孟子的回答是「勢不行也」。就是以為父親的身分使「教」有所不便，其負面影響會危害父子正常的親和關係。

自然萬物依循其恆常不變的法則和節律運動，譬如日月星辰的運行，晝夜四季的更替，動物植物（包括人自身）的生長繁衍衰老病死等等，一概不受人們主觀意願左右。大約也是在戰國時代成書的《管子》，其第二篇〈形勢〉說：「天不變其常，地不易其則，春秋冬夏不更其節，古今一也。」後面第六十四篇〈形勢解〉又闡釋道：「天覆萬物，制寒暑，行日月，次星辰，天之常也。」並指出萬物的春生、夏長、秋收、冬藏是「四時之節也」。

自然物態的運動節律體現著恆常不易的「勢」，社會生活的運作（包括人們的統屬關係，社會的權力結構，指導人們思想行為的規範，乃至國家民族的盛衰興亡）也往往體現出難以逆轉的「勢」。「勢」以一種特定的格局和無形的力推動或者制約著事物發展的進程，影響著人們的情感和心理。

自然給人們帶來的究竟是恩惠還是災禍經常是難以預期的，社會政治的好壞，戰爭的勝負與家邦的興衰一般也不取決於個人的意願，人們在自然之偉力和社會大潮的面前通常顯得卑微脆弱。自然和社會的運動演化帶著「順我者昌，逆我者亡」的威勢，讓人們別無選擇，只能作識時務的「俊傑」。《管子》〈形勢〉篇如是說：

> 其功順天者，天助之；其功逆天者，天圍（違）之。天之所助，雖小必大；天之所圍，雖成必敗。順天者，有其功；逆天者，懷其凶，不可復振也。

這裡的「天」，是指超然於人們主觀意願以外的客觀規律和自然態勢而言的，故其後又云：「得天之道，其事若自然；失天之道，雖立不安。其道既得，莫知其為之；其功既成，莫知其釋之。藏之無形，天之道也。」

置身於體現「天之道」的自然勢態中，人們和一切事物都為某種無形的、幾乎不可抗禦的力所左右、所推動、所催迫，在一種不得不然的格局中運動、演化，遵循「勢」的要求發揮相應的作用。

有必要指出的是，《管子》的〈形勢〉篇和〈形勢解〉篇反映出早期「勢」論的兩個特點：第一，儘管先民們對於自然關係中的「勢」的感受可能先於社會關係的「勢」，但是除了因農業需要重視節候的規律以外，人們並不注意對自然之「勢」所以然的探求；「勢」的理論最先是在社會關係論中得到充分發育的。第二，儘管有大勢所趨、不得不然的一面，但古人的「勢」論從來就不是消極和甘於無所作為的，其間看不到宿命論的悲哀和惶恐，強調的是對「勢」的認識、把握與利用。《管子》中這兩方面的材料很多，我們將在探討其他各家「勢」論時再徵引生發，此處從略。

一、社會關係論中的「勢」——「勢」是地位、權力

古代中國大概自商代起進入青銅時代，物質生產水平的提高為財富的占有提供了必要條件。商、周的國家機器已經比較完善。如果說早期氏族公社首領擁有的權力地位更多地體現著維繫保障氏族生存繁衍的責任的話，那麼到了商、周，統治者的權力地位業已與相應的利益結合在一起了。作為治水故事裡的英雄來描述的大禹，是為子民劬勞不已、有權無利部落首領的最後一位代表，也同三皇五帝一樣成為人們追懷的永不復出的偶像了。

《尚書》〈君陳〉篇說：

王曰：君陳，爾惟弘周公丕訓，無依勢作威，無倚法以削。

君陳是周朝大臣，周公死後，成王命他治理東郊成周。此為成王告誡君陳之語，要求他弘揚周公遺訓，不要憑藉自己的地位權勢對屬下作威作福，也不要倚仗法制施行刻削之政。這段記載大概是現存資料中最早用到「勢」的一則。

看來睿智的君主懂得，既需要利用權力地位來施行統治，鑒於歷史的教訓，又必須防止由於濫用權勢喪失民心，從而破壞統治的基礎。

戰國是強權政治的時代，人們對地位和權力之「勢」的感受和體察更為深入了。《孟子》〈公孫丑上〉錄有齊人諺語：「雖有智慧，不如乘勢；雖有鎡基，不如待時。」《莊子》中用到權勢之「勢」的地方也很多，如「道流而不明居，得行而不明處，純純常常，乃比於狂；削跡捐勢，不為功名」（〈山木〉）；「勢為天子而不以貴驕人」，「夫富之於人，無所不利，窮美究勢，至人之所不得逮，賢人之所不能及……且夫聲色滋味權勢之於人，心不待學而樂之，體不待象而安之」（〈盜

跖〉）；「今子既上無君侯有司之勢，而下無大臣職事之官」（〈漁父〉）之類。莊周對於世俗權勢自然投以鄙夷的目光，比如：「故勢為天子，未必貴也；窮為匹夫，未必賤也」（《莊子》〈盜跖〉）；「錢財不積則貪者憂，權勢不尤則誇者悲。勢物之徒樂變，遭時有所用，不能無為也。此皆順比於歲，不物於易者也。馳其形性，潛之萬物，終身不反，悲夫！」（《莊子》〈徐無鬼〉）

慎到（約前395-約前315）提出「勢治」的主張，認為君主應該憑藉自己至高無上的權力地位實行法治。《慎子》〈威德〉曾經指出：「賢不足以服不肖，而勢位足以屈賢矣。」慎到的主張對戰國後期的法家學者有很深的影響：荀況是以兼收並蓄諸子精華知名的大家，他與集法家大成的韓非都在自己的著作中充分闡揚慎到的「勢治」之說，全面地討論了權力地位之「勢」對新興國家的積極意義；稍後，《呂氏春秋》〈慎勢〉也於此有專門的論述。這些議論恢宏精闢，頗有「為帝王師」的卓識和氣魄。我們的評價以荀、韓為中心，以《管子》和《呂氏春秋》等子書的有關材料補充、印證之。

（一）、荀子論「勢」

《荀子》中頻繁地議及地位權力之勢的功能，比如：

國者，天下之利用也；人主者，天下之利勢也。（〈王霸〉）

天子者，勢位至尊，無敵於天下。（〈正論〉）

夫民易一以道而不可與共故，故明君臨之以勢，道之以道，申之以命，章之以論，禁之以刑。（〈正名〉）

古者聖人以人之性惡，以為偏險而不正，悖亂而不治，故為之立君上之勢以臨之，明禮義以化之，起法正以治之，重刑法以禁之，使天下皆出於治，合於善也。（〈性惡〉）

荀子認為，君主居於天下最有利的地位，擁有天下最大的權勢。這至尊的「勢位」、「無敵於天下」，為控制和駕馭臣民提供了必要的政治格局。《管子》〈明法解〉說得明白：

明主在上位，有必治之勢，則群臣不敢為非。是故群臣之不敢欺主者，非愛主也，以畏主之威勢也。百姓之爭用，非以愛主也，以畏主之法令也。故明主操必勝之數，以治必用之民；處必尊之勢，以制必服之臣。故令行禁止，主尊而臣卑。故明法曰：尊君卑臣，非計親也，以勢勝也。

封建的等級制原本就無所謂公平，何況定於一尊的君主專擅天下之利，要臣民們心悅誠服以「愛主」之心行事是靠不住的。因此，沒有權勢的威壓群臣就難以聽命效力，沒有強制性的法令就無法統御百姓。

荀子還明言權位的高低與占有利益成正比，天子「富有天下」這一點。《荀子》〈君子〉篇說：「天子也者，勢至重，形至佚（同逸），心至愈（同愉），志無所詘，形無所勞，尊無上矣。」其〈榮辱〉篇和〈王制〉篇又進而論到：「夫貴為天子，富有天下，是人情所欲也，然則從（同縱）人之所欲，則勢不能容，物不能贍」；「分均則不偏，勢齊則不一，眾齊則不使」；「勢位齊，而欲惡同，物不能澹（同贍），則必爭，爭則必亂，亂則窮矣」。荀子從「人性惡」的基本認識出發，亦裸裸地揭示出統治者為攫取私利的慾望所驅使從而爭權奪勢的本來面目。他認為，在不能人人都滿足「富有天下」之私慾的情況下，只有確立「勢」（權力地位）的「不齊」這種格局才能遏止爭鬥，構建成有所統屬的、安定的政治秩序。「不齊」才有主從之分，才能使人們認可與地位權力差別相當的利益等級差別。足見「勢位不齊」具有震懾他人，使「天下之富」歸於君主一己的作用。

《呂氏春秋》〈慎勢〉對此有所闡揚：「王也者，勢無敵也。勢有敵則王者廢也。」篇中徵引道：「慎子曰：今一兔走，百人逐之。非一兔足為百人欲，由分未定也。分未定[1]，堯且屈力，而況眾人乎？積兔滿市，行者不顧，非不欲兔也，分已定矣。分已定，人雖鄙不爭。故治天下及國，在乎定分而已矣。」慎子將明確權力地位的大小和利益的歸宿作為一種手段，以形成「不爭」之勢。

不過，「勢」與地位名號並不是一回事，它是其統屬下眾多地位低下者對其權力地位格局的認可和服從，所以《荀子》〈王霸〉篇又指出：「人服而勢從之，人不服而勢去之。故王者已於服人矣。」

擁有不爭之勢的君主可以為所欲為，「志無所詘」，故「勢」的利用有兩面性。《荀子》〈強國〉說：「處勝人之勢，行勝人之道，天下莫忿，湯、武是也；處勝人之勢，不以勝人之道，厚於有天下之勢，索為匹夫不可得也，桀、紂是也。然則得勝人之勢者，其不如勝人之道遠矣。」沒有「勝人之道」指導而徒具「勝人之勢」，這「勢」便只能是滅亡的加速劑。《荀子》〈君道〉篇亦云：「……故明主急得其人，而暗主急得其勢。急得其人，則身佚而國治，功大而名美，上可以王，下可以霸；不急得其人，而急得其勢，則身勞而國亂，功廢而名辱，

---

1 原作：「非一兔足為百人分也，由未定。由未定……」此處從陶鴻慶說。

社稷必危。」

（二）、韓非論「勢」

韓非是戰國末期法家學派的代表人物，他是建立中央集權國家機器最傑出的鼓吹者和政治設計者。他所結撰的《韓非子》一書，對權力地位之「勢」的討論是相當充分的。我們於此擇其要而述之。

韓非所論《八經》以「因情」為首，這「因情」就是指利用人們心理的好惡取捨。韓非認為：「凡治天下，心因人情。人情有好惡，故賞罰可用；賞罰可用則禁令可立，而治道具矣。君執柄以處勢，故令行禁止。柄者，殺生之制也；勢者，勝眾之資也。」統治者應當利用人們趨利避害的普遍心理以賞罰樹立權威，做到令行禁止；如此則權勢有足夠的力量統御民眾。

《管子》在這方面曾有十分透闢的論述。〈形勢解〉在闡釋「蛟龍得水，而神可立也；虎豹托幽，而威可載也」和「貴有以行令，賤有以忘卑」（皆〈形勢〉篇所論）時如是說：

虎豹，獸之猛者也；居深林廣澤之中，則人畏其威而載（同戴）之。人主，天下之有勢者也；深居，則人畏其勢。故虎豹去其幽而近於人，則人得之而易其威。人主去其門而迫於民，則民輕之而傲其勢。故曰：虎豹托幽，而威可載也。

人主之所以令則行禁則止者，必令於民之所好，而禁於民之所惡也。民之情莫不欲生而惡死，莫不欲利而惡害。故上令於生，利人則令行；禁於殺，害人則禁止。令之所以行者，必民樂其政也，而令乃行。故曰：貴有以行令也。

前一段話是謂「威」、「勢」表現為一種無形而可感的壓迫力與制約力，「法術」之士研究了人們的心理，提出在人主與臣民之間須保持距離，因為令人莫測高深能強化「威」、「勢」，最有利於人主對臣民的駕馭。後一段話則指明，君主令行禁止的關鍵是順乎臣民的好惡之情。

《慎子》〈因循〉篇云：「天道因則大，化則細。因也者，因人之情也。人莫不自為也，化而使之為我，則莫可得而用矣。是故先王見不受祿者不臣，祿不厚者不與入難。人不得其所以自為也，則上不取用焉。故用人之自為，不用人之為我，則莫可得而用矣。此之謂因。」[2] 極力倡導「因勢」的慎到提出「因情」的原則是使「人莫不自為」。君主任用的人其切身利害必須與君主（或國家）的利害相一致，他們為君主效力實際上也是為自己工作，於是成為國家機器上能動運轉的組成部分。「祿厚」者從君主那裡分享到更多的利益，理當更能與君主共患難。這種變「為我」而為「自為」的用人原則，指導一些近代實業家締造出成功的經濟管理模式。

《韓非子》〈功名〉篇明確地將「勢位」視為君主成功地進行統治所需的一個條件：

明君之所以立功成名者四：一曰天時，二曰人心，三曰技能，四曰勢位。……得勢位，則不進而名成。若水之流，若船之浮。守自然之道，行毋窮之令，故曰明主。夫有材而無勢，雖賢不能制不肖。故立尺材於高山之上，下臨千仞之谿，材非長也，位高也；桀為天子，能制天下，非賢也，勢重也；堯為匹夫，不能正三家，非不肖也，位卑也。千鈞得船則浮，錙銖失船則沉，非千鈞輕而錙銖重也，有勢與

2 引文與《四庫全書》本稍有出入。此處從清錢熙祚校本。

無勢也。故短之臨高也以位，不肖之制賢也以勢。

《韓非子》〈奸劫弒臣〉篇中進而指出：「不因其勢，而待耳以為聽，所聞者寡矣，非不欺之道也。明主者，使天下不得不為己視，使天下不得不為己聽。故身在深宮中而明照四海之內，而天下弗能蔽、弗能欺者何也？暗亂之道廢而聰明之勢興也。故善任勢者國安，不知因其勢者國危。」此處所談的統治術是要求君主利用自己至高無上的權力地位，也就是「因其勢」，造成一種致使天下臣民不得不然、皆為我用的格局。人人都成為自己的耳目，就可以免受諂佞奸邪者的矇蔽欺騙。這樣才算得明君，國家也因此能獲得安定。

韓非反覆強調君主集權威於一身的必要，《韓非子》〈內儲說下六微〉篇中論道：「勢重者，人主之淵也；臣者，勢重之魚也。魚失於淵而不可復得也，人主失其勢重於臣而不可復收也。」《韓非子》〈喻老〉篇亦云：「勢重者，人君之淵也。君人者，勢重於人臣之間，失則不可復得。」《韓非子》〈備內〉篇談到周天子使「臣專法而行」的歷史教訓時說：「偏借其權勢，則上下易位矣。此言人臣之不可借權勢。」不僅對於大臣擅權的可能要高度警惕，就是對國之儲君——通常是自己的親生兒子，也須防範。《韓非子》〈亡徵〉篇就有「太子尊顯，徒屬眾強，多大國之交，而威勢蚤（同早）具者，可亡」的一條。看來專制君主的「勢重」獲得的權益令人垂涎，確實使自己成了名副其實的孤家寡人，處處隱伏著爭鬥與危機，周圍的一切人，乃至親屬都可能是威脅自己地位和生存的敵人。君臨天下者有十分得意處，亦有十分可悲處。所以《呂氏春秋》〈慎勢〉警告說：「失之乎勢，求之乎國，危。吞舟之魚，陸處不能勝螻蟻。權鈞（同均）則不能相使，勢等則不能相併，治亂齊則不能相正，故大小、輕重、少多、治亂不可不察，此禍福之門也。」

《韓非子》〈功名〉篇論「勢位」之利用時曾經言及「守自然之道」。《韓非子》〈觀行〉篇也說：「……故勢有不可得，事有不可成。故烏獲（古代大力士）輕千鈞而重其身，非其身重於千鈞也，勢不便也。離朱（古之明目者，傳說可於百步之外見秋毫之末）易百步而難眉睫，非百步近而眉睫遠也，道不可也。故明主不窮烏獲以其不能自舉，不困離朱以其不能自見。因可勢，求易道，故用力寡而功名立。」足見「勢」的形成和發揮功用都得受其本然規律的約束，往往有一定的侷限。順應客觀規律，因勢利導才合乎「自然之道」，才有可能取得事半功倍的成效。《韓非子》中立〈難勢〉一篇專論，通過駁難從另一個側面對「自然之勢」作了辯證的剖析：

夫勢者，名一而變無數者也。勢必於自然，則無為言於勢矣；吾所為言勢者，言人之所設也。今曰：「堯、舜得勢而治，桀、紂得勢而亂」，吾非以堯、舜為不然也。雖然，非一人之所得設也。夫堯、舜生而在上位，雖有十桀、紂不能亂者，則勢治也；桀、紂亦生而在上位，雖有十堯、舜而亦不能治者，則勢亂也。故曰：「勢治者則不可亂，而勢亂者則不可治也。」此自然之勢也，非人之所得設也。若吾所言，謂人之所得設也；若吾所言，謂人之所得勢也而已矣，賢何事焉！……夫賢、勢之不相容亦明矣。且夫堯、舜、桀、紂，千世而一出，是比肩隨踵而生也。世之治者不絕於中，吾所以為言勢者，中也。中者，上不及堯、舜，而下亦不為桀、紂，抱法處勢則治，背法去勢則亂。今廢勢背法而待堯、舜，堯、舜至乃治，是千世亂而一治也；抱法處勢而待桀、紂，桀、紂至乃亂，是千世治而一亂也。且夫治千而亂一，與治一而亂千也，是猶乘驥、駬而分馳也，相去亦遠矣。夫棄隱栝之法，去度量之數，使奚仲為車，不能成一輪。無慶賞之勸、刑罰之威，釋勢委法，堯、舜戶說而人辯之，不能治三家，夫勢之足用亦明矣。而曰「必待賢」，則亦不然矣。

上面這段論述首先將「勢」分為「自然之勢」與「人設之勢」兩類。然後說明「自然之勢」在此處專指「生而在上」的固有權力地位。這「自然之勢」既可以為堯、舜得而用之，也曾經為桀、紂所擁有；「自然之勢」造成「法術之士」無能為力的現實，即「勢治者不可亂，勢亂者不可治」。韓非所熱衷的顯然是「人設之勢」。他指出，堯、舜、桀、紂的自然產生是歷史上千載一出的現象，實際政治生活中經常碰到的人君是居「中」的，他們「上不及堯、舜，而下亦不為桀、紂，抱法處勢則治，背法去勢則亂」。在這樣的情況下，「法術之士」可以大有作為。所謂「人設之勢」就是能動地利用權力地位，實施法度，至少也能取得「千世治而一亂」的效果。倘若放棄「人設之勢」而去等待堯、舜那樣的聖人君臨，就只能是「千亂而一治」了。看來積極有為的「人設之勢」不僅是可能的，而且是必須的。韓非認為，只憑藉賢哲們的才具和道德感化力量去治理國家（即所謂「賢治」）是不足取的，倘若「無慶賞之功，刑罰之威，棄勢委法」，即使賢明若堯、舜也將無所作為。「勢之足用」之說建築於人們向善之心不如趨利避害之心那樣急切的認識之上，透露出先秦法家大抵以「人性惡」的判斷作為其立論之依據。

被《漢書》〈藝文志〉歸入「名家」的《尹文子》大概成書於戰國晚期，其說雜糅諸子而近於法術，「勢」之所辨在君臣名分權位而不在一般的名實，其論能反映當時諸子重「勢」的普遍性。

《尹文子》〈大道上〉中說：「道不足以治則用法，法不足以治則用術，術不足以治則用權，權不足以治則用勢。勢用則反權，權用則反術，術用則反法，法用則反道，道用則無為而自治。故窮則徼終，徼終則反始，始終相襲，無窮極也。……術者，人君之所密用，群下不可妄窺；勢者，製法之利器，群下不可妄為。人君有術而使群下得窺，非術之奧者；有勢使群下得為，非勢之重者。大要在乎先正名分，使不相侵雜，然後術可秘，勢可專。」法術之士既看到權力格局中「勢」的強制功能，並覺察到能夠懂得如何運用權勢更為重要。道、法、術、權、勢相濟相成和「始終相襲」很能體現黃老的「無為而治」與申韓法術勢治的內在連繫。

《尹文子》〈大道上〉又說：「圓者之轉，非能轉而轉，不得不轉也；方者之止，非能止而止，不得不止也。因圓者之自轉，使不得止；因方者之自止，使不得轉。」《孫子兵法》〈兵勢〉篇有「方者止，圓者行」之語，大概是《尹文子》這個論斷的淵源。事物的體態和屬性決定其存在方式和運動趨勢，這種況喻後來出現在文學藝術的「體勢」論中，用來說明按照創作體制選定表現方式時應該遵循其自然之勢。隨後《尹文子》〈大道上〉又說：「處名位，雖不肖下愚，物不疏己。親疏繫乎勢利，不繫乎不肖與仁賢。亦吾不敢據以為天理，以為地勢之自然者爾。」社會關係的法則儘管和自然關係的法則有相近相通之處，人際關係方面的影響卻不應忽略，所以在智者看來，「繫乎勢利」的親疏不可能一概如「地勢之自然」般視為是一種必須順應的「天理」。

《尹文子》〈大道下〉以為，人們即使在才能智算方面相同也會有貧富貴賤的差別，貧賤者「能不怨則美矣，雖怨，無所非也。其敝在於不知乘權藉勢之異，而雖曰智能之同，是不達之過」。以權勢獲取富貴似乎天經地義，人們只應心悅誠服地接受存在差別的現實，只應該也能夠藉助權勢去謀取富貴。

《尹文子》的議論可以視為對韓非「人設之勢」的闡揚和補充。

《慎子》《管子》《荀子》《韓非子》《尹文子》以及《呂氏春秋》中有關「勢」的理論適應戰國時代變法圖治、由分裂走向統一的政治形勢，闡述了「君權至上」樹立絕對權威的必要性，提出了建立中央集權國家的指導思想。中國封建等級制的顯著特點之一，就是君主與統治集團其他成員的懸隔（相比之下西方封建君主與大貴族的等級差別要小得多）。看來，中國高度集權的統治方式是在「勢」論的指導下形成於戰國、秦漢，並於幾千年的因襲中不斷完善和強化的。

荀子、韓非諸家之論似乎也從一個側面體現了華夏民族對於社會關係的重視。他們充分認識到社會地位的不同能夠造成人們的心理勢差。又從歷史的經驗教訓中體察出運用權勢的正負兩種效果，它既是治世的利器，也可能造成亂世的危害。「法術之士」撇開了仁義的說教，對「勢治」進行了精深的研究，告誡君主要利用人們趨利避害的心理，以「慶賞刑罰」為手段駕馭臣民，強化權位的威勢，「處勢」的目的在於引導或者脅迫人們統一意志和行為，使之符合最高統治者所代表的國家利益與意志的需要。

先秦的法家對自己講究政治權術是不諱言的，《韓非子》中的「勢」論算得這方面的集大成之作。它對古代中國的政治倫理和權力意識有深刻的影響。精於造就和利用權勢的「法術之士」在君權至上的封建社會中有很大的依附性，他們期望博得君主的器重，在為強化集權統治出謀劃策的過程中，取得個人的權益和施展抱負的機會。《史記》〈李斯列傳〉記云：

李斯者，楚上蔡人也。年少時，為郡小吏，見吏舍廁中鼠：食不潔，近人、犬，數驚恐之。斯入倉，觀倉中鼠：食積粟，居大廡之下，不見人、犬之憂。於是李斯乃嘆曰：「人之賢、不肖，譬如鼠矣，在所自處矣！」乃從荀卿學帝王之術。

李斯受到的啟發是：在當時社會中權位的高低決定個人作用和獲得利益的大小。所謂「帝王術」顯然就是荀子倡言的以「勢治」為核心的統治術。他是「勢治」的實踐者，由於適應秦統一和建立中央集權國家的需要而取得了成功。

「無依勢作威，無倚法以削」的諄諄告誡包含著「民本」思想。孔子的「君君，臣臣，父父，子子」原是要求各守己道、名副其實，率先要求的是君主要像君主的樣子。儒家經典曾規定「民為貴，社稷次之，君為輕」。然而依韓非「勢」論構建的君主專制制度，則對集權於一身的君主無任何有效的制約，他面前的子民只能做馴服的奴僕，否則「非刑即戮」。缺少制約的權勢是不可抗禦的腐蝕劑。嵇康《太師箴》指出，「季世」君主「憑尊恃勢，不友不師，宰割天下，以奉其私。……驕盈肆志，阻兵擅權；矜威縱虐，禍崇丘山；刑本懲暴，今以脅賢；昔為天下，今為一身」。這種必然導致的君不君的現象使「臣臣」的要求變得勉強和虛偽，喪失了對子民的感召力，最終破壞了孔門賢哲苦心設計和完善的君臣倫理的社會基礎。

二、兵法中的「勢」——「勢」是陣形、格局

（一）、《孫子兵法》中的「勢」論

春秋戰國時期諸侯之間征戰頻頻。事關國家存亡興敗，所以軍事行動被各國君主視為頭等國家大事，士人亦常以掌握用兵之術作為進身之階，於是總結戰爭經驗和指揮藝術的兵法著述應時而興。其中流傳最廣、享譽最高的是春秋末葉齊人孫武所著的《孫子兵法》十三篇。在《孫子兵法》中不少地方都論及用兵之勢，而且分立〈兵勢〉篇進

行專門的探討。這表明至晚到春秋末，「勢」已經是兵法的一個重要範疇了，較之《管子》《荀子》和《韓非子》的問世要早得多。《孫子兵法》〈兵勢〉篇說：

戰勢不過奇正，奇正之變，不可勝窮也。奇正相生，如循環之無端，孰能窮之？

激水之疾，至於漂石者，勢也；鷙鳥之疾，至於毀折者，節也。

是故善戰者，其勢險，其節短。勢如彍弩，節如發機。

……勇怯，勢也；強弱，形也。……

故善戰者，求之於勢，不責於人，故能擇人而任勢。任勢者，其戰人也，如轉木石。木石之性，安則靜，危則動；方則止，圓則行。故善戰人之勢，如轉圓石於千仞之山者，勢也。

孫武認為，兩軍對壘所形成的「勢」如何，關係著戰爭的勝負，而「勢」又「奇正相生」，有不可窮盡的變化。所謂「正」，當是正常的、合乎規範的一類，而「奇」則是非常規的、出人意表的另一類。「奇」與「正」有種種不同的組合方式，以適應千變萬化的主觀、客觀因素。統率一軍的將領必須靈活地構結和駕馭「勢」為己所用。

「勢」如張開的弓、沖蕩的水，是事物運動顯示的能量或者力的積蓄。善於指揮戰爭的人能夠使自己的軍隊在短促的運動節奏中集中地爆發所蓄積的全部能量，從而產生不可抗禦的打擊力和破壞力，達到摧毀敵人的目的。

孫武指出，「勢」直接影響和決定戰爭參加者的心態：居於有利之「勢」的一方，自然「勇」；處於不利之「勢」，則自然「怯」。所謂強弱，不過是雙方「形」的格局造成的。這裡論的是戰場的陣形格局，暫時撇開了決定勝負的其他因素，就「戰勢」的心理影響而言，孫武確實是很有見地的。當然，我們也可以將「勇怯，勢也；強弱，形也」作為互文來理解，「形」與「勢」在古人心目中原是相互依存的，「形勢」合成一詞的時間也相當早。

《孫子兵法》〈兵勢〉篇後一段引文強調將帥在指揮上有不能推諉的職責，即自己對於戰「勢」的判斷、把握以及「擇人任勢」。孫武明確地說：「任勢」也就是將參加戰鬥的人置於如同自上而下地轉動木石那樣不得不然的運動勢態中。他解釋說，木、石形狀和位置、條件的不同能夠造成不同的勢態，可以是靜止的，也可以是運動的。木、石只有是圓形的，而且是從「千仞之山」上向下滾動墜落，方能產生出不可阻遏的「勢」和巨大的衝擊力量。善於指揮的將帥能使自己的士卒在合戰之際處於此種高屋建瓴之「勢」中一往無前。

《孫子兵法》其他篇中的一些「勢」論亦有可取。比如〈始計〉篇說：「計利以聽，乃為之勢，以佐其外。勢者，因利而制權也。」是謂采納了於已有利的計策之後要形成相應的「勢」，從與敵人交接的外部勢態上來輔助計謀的實施。唐人杜牧在「因利而制權」一句之下注云：「……或因敵之害見我之利，或因敵之利見我之害，然後可制機權而取勝也。」宋代的梅堯臣亦云：「因利行權以制之。」戰場上的利害全由敵我的具體情況決定，看來孫武要求統帥運籌帷幄，以權變相機制宜，造成一種有利於我方的勝「勢」；也可以說在知己知彼的前提下形成揚長避短、避實擊虛的勢態，從而制勝於敵。〈虛實〉篇所說的「兵無常勢，水無常形；能因敵變化而取勝者，謂之神」，也同「因利而制權」一樣被後來的兵家奉為佈陣造勢之圭臬。孫武反覆告誡人們，兵「勢」須因敵情的變化而作相應的變化，必如「水無常形」那樣靈活無定，才能達於神妙莫測百戰不殆的境界。

孫武幫助吳國戰勝了「地方五千里，帶甲百萬」的強楚，用戰爭的實踐證明了其戰爭理論的科學性。

（二）、孫臏等人論「勢」

戰國中期的孫臏是孫武的後人，也是著名的軍事家，為齊國取得對魏戰爭的勝利發揮了關鍵性的作用。孫臏用兵特以重「勢」知名，他所著的《孫臏兵法》曾一度失傳。七〇年代初，山東臨沂銀雀山西漢墓葬的發掘中《孫臏兵法》與《孫子兵法》以及其他一些先秦兵書的同時出土，才使這部古代著作重見天日。

《孫臏兵法》中有〈勢備〉篇。我的老師張震澤先生在其《孫臏兵法校理》一書中，為該篇作題解說：「篇題『勢備』，原寫在第一簡簡背，蓋取篇中『陳（意同「陣」）、勢、變、權』及『無天兵者自為備』之語名篇。篇中論『陳、勢、變、權』四事，而獨取『勢』字者，蓋以為四者中『勢』最重要。《呂氏春秋》〈慎勢〉云：『孫臏貴勢』，正與此合。」[3]

《孫臏兵法》〈勢備〉篇指出，人類相互間在爭鬥角逐，但不像野獸那樣有天生的「齒、角、爪、距」可資利用，只能通過人為努力來加強自己的武備和威力。這種努力在軍事上可分為「陳、勢、變、權」四方面，都稱得上「自為備」的「聖人之事」。隨後又論「勢」說：

---

3 《孫臏兵法校理》，中華書局1984年版，第80頁。

> 羿作弓弩，以勢象之。……何以知弓弩之為勢也？發於肩膺之間，殺人百步之外，不識其道所至。故曰：弓弩，勢也。

孫臏以為上古時羿所創造的弓弩是「勢」的象徵。弓弩能夠比況和象徵「勢」，是因為它在彍張過程中可以積蓄足夠的引而未發之力，突然施放出來威力所及甚遠，且能出其不意，令敵人防不勝防。這完全能與兵法之「勢」的特點相印證，可謂對其先人「勢如彍弩」之說的闡釋。

《孫臏兵法》的「勢」論大多與《孫子兵法》一脈相承。比如〈見威王〉一篇中有「夫兵者，非士（同『恃』）恆勢也」；〈威王問〉一篇又有「兵勢不窮」皆與「兵無常勢」之旨相同。孫臏對於某些軍事原則和術語的意義作了比較精確的闡述，譬如〈威王問〉中論道：「夫權者，所以聚眾也；勢者，所以令士必斗也；謀者，所以令敵無備也；詐者，所以困敵也。」此處的「勢」，已經與「權」、「謀」、「詐」相分離，具有了更為獨立更為清晰的意義。其「所以令士必斗」的理解，可以視為《孫子兵法》〈兵勢〉篇「任勢」之說的簡明註釋。又如〈客主人分〉篇所說：「勢不便，地不利也」；「所謂善戰者，便勢利地者也。」孫臏從古代戰爭特別依賴有利地形的實踐經驗中總結出「便勢」與「利地」的一致性。

尤其值得一說的是《孫臏兵法》專設了〈奇正》篇，其中云：

> 有所有餘，有所不足，形勢是也。……戰者，以形相勝也。形莫不可以勝，而莫知其所以勝之形。形勝之變，與天地相敝而不窮。形勝，以楚越之竹書之而不足。形者，皆以其勝勝者也。以一形之勝萬形，不可。所以制壹也，所以勝不可壹也。故善戰者，見敵之所長，

則知其所短；見敵之所不足，則知其所有餘。見勝如見日月，其錯勝也。如以水勝火。形以應形，正也；無形而制形，奇也。奇正無窮，分也。……故戰勢，大陣□[4]斷，小陣□解。後不得乘前，前不得然後。……故戰勢，勝者益之，敗者代之，勞者息之，飢者食之。故民見□人而未見死，蹈白刃而不旋踵。故行水得其理，漂石折舟，用民得其性，則令行如流。

孫臏對《孫子兵法》〈兵勢〉篇的「奇正」之論大加充實和發揚。首先，孫臏把兵法中的「勢」與「形」直接連繫起來，乃至以「形勢」一詞入論。「勢」本與「形」密不可分，孫武雖在其兵法中分立〈軍形〉〈兵勢〉兩篇，仍不難發現兩者交叉、吻合之處頗多：〈兵勢〉篇將「勇怯，勢也」與「強弱，形也」對舉入論；〈軍形〉篇所說的「勝者之戰民也，若決積水於千仞之谿者，形也」，實與〈兵勢〉篇「任勢者，其戰人也，如轉木石」之論基本吻合，不過是以「形」代「勢」而已。「勢」與「形」對應，則有虛實相互依存的關係，在兩軍對峙的戰場上，它們更如同身與影一樣變化相隨，消長與共。《管子》有〈形勢〉篇，儘管不是討論軍事，也可以見出「形」與「勢」的水乳交融。唐人房玄齡釋《管子》〈形勢〉篇題云：「自天地以及萬物，關諸人事，莫不有形勢焉。夫勢必因形而立，故形端者勢必直，狀危者勢必傾。觸類莫不然，可以一隅而反。」這已是普遍意義上的認識了。

至晚從孫臏起，兵法中「形勢」的概念已經較為常見，比如《淮南子》〈兵略訓〉就提及「形勢」，《漢書》〈藝文志〉的《兵書略》〈兵形勢〉裡有〈孫軫〉五篇、《圖》五卷的存目。班固云：「形勢者，雷

4　□為原簡缺字。下同。

動風舉，後發而先至，離合背鄉（同『向』），變化無常，以輕疾制敵者也。」、「形勢」合成一詞似有其必然性。作為一個詞，它一般指事態的總體格局及其發展趨勢。至今人們仍把對事態的宏觀把握稱之為對「形勢」的判斷、分析。

其次，孫臏考察作戰「形勢」，似乎更為自覺地運用敵我「形勢」對比的分析方法。孫武曾經不無自豪地宣稱，善用兵者應該做到：「人皆知我所以勝之形，而莫知吾所以制勝之形。」（《孫子兵法》〈虛實〉）孫臏則進一步揭示：任何「形勢」都是「有所有餘，有所不足」的，事物只要以某種「形」出現，就必然會有另一種「形」能夠制約之。問題只在於用兵者能否找到這種克制對方的「形」。因此，兵家要善於發現敵我雙方「形勢」之所長所短，從而作出權變的決斷。只依靠己方「形勢」的某種長處而不變，是不足以應付敵情之萬變的，此即所謂「以一形之勝勝萬形，不可」。謹記「有有餘，有不足」之理，不但進攻能夠克敵制勝，也能使防守立於不敗之地。其論閃爍著辯證法的光輝，見得出孫臏接受了五行相剋相生之說的影響。

複次，以「勝者益之，敗者代之，勞者息之，飢者食之」來把握「戰勢」，是告誡指揮者根據具體情況能動地強化有利的「形勢」，調整部署、休息士卒以扭轉不利的局面，造成「令士必斗」的勢態，使之「蹈白刃而不旋踵」。孫臏認為：「行水得其理，漂石折舟，用民得其性，則令行如流。」這似乎也類於「因情」，能「用民得其性」，「戰勢」的威力方能充分發揮。《荀子》〈議兵〉也主張對士卒「劫之以勢」，造成他們不得不為我所用的格局。在統治者之間爭權奪利的戰爭中，將領「得民理」、「關心」士卒的偽善本質和功利目的是清楚不過的，所以吳起為士卒吮癰，士卒之母為之痛哭就極其自然了。

孫臏之後，兵法著述中亦不乏論「勢」者，值得一提的是西漢《淮南子》〈兵略訓〉。其中指出：「兵有三勢」即「有氣勢，有地勢，有因勢」，並加以闡釋說：

將充勇而輕敵，卒果敢而樂戰，三軍之眾，百萬之師，志厲青云，氣如飄風，聲如雷霆，誠積逾而威加敵人，此謂氣勢。硤路津關，大山名塞，龍蛇蟠，卻笠居[5]，羊腸道，發笱門[6]，一人守隘而千人弗敢過也，此謂地勢。因其勞倦怠亂飢渴凍暍[7]，推其，擠其揭揭[8]，此謂因勢。

將「兵勢」明確地分而為三：其一是旺盛的精神意志以及強大的力量、聲威所形成的「氣勢」；其二是地形便利造成的「地勢」；其三是根據敵人暴露出的弱點，或者抓住有利的時機，或者推波助瀾強化不利於敵的因素，此所謂「因勢」。無論攻守，兵家重「地勢」理所當然，故有云：「神莫貴於天，勢莫便於地，動莫急於時，用莫利於人，凡此四者，兵之干植也。然必待道而後行，可一用也。夫地利勝天時，巧舉勝地利，勢勝人。故任天者可迷也；任地者可束也，任時者可迫也，任人者可惑也。」地勢是具體的，也是複雜多變的，一個「便」字道出了因地制宜的隨機性。

對「勢」的區分，是兵法之勢的一個進步。後來人們不斷運用「氣勢」「地勢」「因勢」（比如「因勢利導」）的概念，從不同側面闡揚對「勢」的理解，甚至超越了兵法的領域，發展了「勢」的意識和理論。

5 《太平御覽》云：卻，偃復也；笠，簦也。

6 「發笱」為捕魚器具，竹製，魚可入不可出，此處喻致敵死境的險要地形。

7 「暍」，中暑。

8 《太平御覽》云：「擠」，排也。「㢠㢠」，欲僕也；「揭揭」，欲拔也。

除論「兵有三勢」而外，《淮南子》〈兵略訓〉對兵法的勢還有多方面的闡揚，其中有與《孫子兵法》相近的部分，如：

或將眾而用寡者，勢不齊也（註：勢不齊，士不用力也）。將寡而用眾者，用力諧也。

兵之所隱議者天道也，所圖畫者地形也，所明言者人事也，所以決勝者，「鈐勢」也。故上將之用兵也，上得天道，下得地利，中得人心，乃行之以機，發之以勢，是以無破軍敗兵。及至中將，上不知天道，下不知地利，專用人與勢，雖未必能萬全，勝鈐必多矣。下將之用兵也，博聞而自亂，多知而自疑，居則恐懼，發則猶豫，是以動為人禽矣。

夫以巨斧擊桐薪，不待利時良日而後破之；加巨斧於桐薪之上，而無人力之奉，雖順招搖、挾刑德（註：招搖，斗杓也；刑，十二辰也；德，十日也。）而弗能破者，以其無勢也。故水激則悍，矢激則遠。夫栝淇衛箘簵，載以銀錫，雖有薄縞之幨、腐荷之矰，然猶不能獨射也。假之筋角之力，弓弩之勢，則貫兕甲而徑於革盾矣。夫風之疾，至於飛屋折木；虛舉之下，大遲自上高邸，人之有所推也。是故善用兵者，勢如決積水於千仞之堤，若轉員石於萬丈之谿。

若合符節，勢如弩，疾如發矢（原作「疾如弩，勢如發矢」，疑誤），一龍一蛇，動無常體。

對於勢有「齊」的要求，表明勢是一種合力形成的，且以「諧」(協調）為上。所謂「鈐勢」就是謀勢，即勢的謀劃、營構。其論源於《孫子兵法》〈始計〉篇的「計利以聽，乃為之勢，以佐其外。勢者，因利而制權也」。「巨斧擊桐薪」況喻的也是以蓄積之力的突發造成強勢——形成難以抗禦的迅疾而短促的強力衝擊。《孫子兵法》〈兵勢〉篇亦有「激水漂石」和「轉圓石於千仞之山」的譬喻，說過「勢如彍弩，節如發機」。如果說《淮南子》有所發展，也只在更注重各種因素的綜合罷了。也因為如此，在《淮南子》〈兵略訓〉中「勢」的意蘊常常超越陣形和突發的衝擊力之外，從而凸顯了它的多義性：

夫水勢勝火，章華之台燒，以升勺沃而救之，雖涸井而竭池，無奈何之也。

故德義足以懷天下之民，事業足以當天下之急，選舉足以得賢士之心，謀慮足以知強弱之勢，此勝之本也。

是故善守者無與御，而善戰者無與斗。明于禁舍開塞之道，乘時勢、因民欲，而取天下。故善為政者積其德，善用兵者畜其怒。德積而民可用，怒畜而威可立也。故文之所以加者淺，則勢之所勝者小；德之所施者博，而威之所制者廣。

權勢必形，吏卒專精，選用良才，官得其人。

兵如植木，弩如羊角，人雖眾多，勢莫敢格。

有指態勢、情況、時勢（時代環境或特定時段的發展動向）和實力格局的，也有權勢之「勢」。《淮南子》〈兵略訓〉中有一段議論頗耐尋味：「凡物有朕，惟道無朕；所以無朕者，以其無常形勢也。輪轉而無窮，像日月之運行，若春秋有代謝，若日月有晝夜，終而復始，明而復晦，莫能得其紀。制刑而無刑，故功可成。物物而不物（一作「象物而不物」），故勝而不屈。刑，兵之極也；至於無刑，可謂極之矣。」所謂「朕」指朕兆、形跡；「刑」，同形。事物現象是有形的，而「道」是無形跡的。「無常形勢」指「道」無恆常的、固定的外在形態和動作模式，但事物的運作又有其內在規律；能以無形的「道」駕馭有形的事物，則達於至境。

戰爭是國家或部落集團間有組織的暴烈行為，是人類社會生活的特殊現象。兵法中的「勢」屬於與人事相關的一類是不存歧義的。然而諸家兵書為描述「戰勢」的特徵卻這樣況喻，「勢如彍弩」、「水無常形」、「激水漂石」、「如轉木石，方則止，圓則行」、「行水得其理，漂石折舟」、「以水勝火」等等，表明即使「勢」論在社會關係領域發育充分，也與自然關係的「勢」相溝通。甚至可以說「勢」意識的萌生主要受自然現象的啟示。因為自然關係之「勢」無疑比社會關係之「勢」更具體、更直觀，否則比況將是反向的了。

三、向自然關係的領域擴展的漢代「勢」論——「勢」是運動趨勢、規律或者來自旺盛生機的威懾力

漢承秦制，繼續構建著中央集權的封建帝國。不過，秦代速亡的教訓是相當深刻的。漢初的有識者在接受前人「勢」論的同時又有所補充和修正。賈誼撰寫《過秦論》剖析秦的成敗興亡的原因，認為穆公以來秦之二十餘君「為諸侯雄」，並非由於「世世賢」，而是居於有利之「勢」的緣故。即使當時天下諸侯同心併力攻秦，也只能由於「形不利、勢不便」而遭致失敗。然而此時的賈誼已不像當年的韓非那樣迷信權勢了，他指出秦二世「仁義不施，而攻守之勢異也」，其迅速覆滅也是必然的。賈誼告誡漢朝的統治者「前事不忘，後事之師」，必須「審權勢之宜」。稍後，《淮南子》〈兵略訓〉中也指出：「二世皇帝，勢為天子，富有天下」，卻因「縱耳目之慾，窮侈靡之變，不顧百姓之飢寒窮匱」，橫徵暴斂而至敗亡。「戍卒陳勝，興於大澤」，「勢位至賤，而器械甚不利，然一人唱而天下應之者」，是二世「積怨在於民也」。司馬遷也在《史記》〈日者列傳〉中向達官貴人們提出警告說：「道高益安，勢高益危；居赫赫之勢，失身且有日矣！」

不過，漢代學者對於「勢」論發展的貢獻主要是在擴大其運用範圍方面。他們開始自覺地從「勢」的角度考察自然萬物的關係及其運動變化的態勢，把「勢」與「理」經常地連繫起來，從而最後完成了以「勢」論藝術的理論準備。

（一）、與「理」密切相關的「勢」

《春秋穀梁傳》對僖公二十二年宋襄公在泓之戰中大敗於楚人有一段評論：

> 倍則攻，敵則戰，少則守。……言而不信，何以為言？信之所以為信者，道也。信而不道，何以為道？道之貴者時，其行勢也。

晉人范寧《集注》云：「（范）凱曰：道有時，事有勢。何貴於道？貴合於時。何貴於時？貴順於勢。宋公守匹夫之狷介，徒蒙恥於夷狄，焉識大通之方，至道之術哉！」這一段議論指出：人們所說的道理（「言」）必須真實可信才有意義。然而道理的真實可信是相對的，尤為突出的是「時」、「勢」上的相對性。也就是說，事物的運動變化顯示出一定的勢態，其過程可以劃分為若干有差別的時段，「道」（真理）只與事物一定時段勢態的本質相吻合。宋襄公死守倫理教條，不懂得與「時勢」作相應變通之理，所以白白蒙受失敗的恥辱。

「道之貴者時，其行勢也」表述了「勢」因時而變的特點。古人重「時」。以農為立國之本，使人們充分關注時令和氣候。《樂記》有云：「化不時則不生。」孟子亦告誡君主治民「勿奪其時」。在社會生活中，人們往往讚許善於調整自己行為的「因時制宜」和「與時屈伸」。《周易》〈艮卦・彖傳〉說：「時止則止，時行則行，動靜不失其時，其道光明。」隨著時間推移，事物總是運行不息的，而在這一過程中，主宰其方向、進程、情態的就是「勢」。故云：「其行勢也。」因此古人向來認為把握「時勢」至關重要，《戰國策》〈齊策〉中甚至強調說：「時勢者，百事之長也。」此處「時勢」指事物運動一定時段的勢態，也指其發展趨向和規律。它以能夠瞻望前景的種種徵候體現出來，包含著規定「百事」運作總體趨勢之理（此「理」即《穀梁傳》，《周易》所謂「道」）。

後來的論者有些徑直將「勢」理解為客觀形勢和社會演變的必然趨勢，比如唐代的柳宗元為反對藩鎮割據撰寫的《封建論》指出：「封建非聖人意也，勢也。」意思是分封諸侯乃周天子（以至更古的堯、舜、禹、湯）迫於形勢不得已而為之，即「蓋非不欲去之也，勢不可也」。顯而易見，柳宗元所言之「勢」，不能離開特定的「時」。「勢」大抵由集團之間的力量對比、抗衡雙方的形勢格局、社會權力結構的位差以及社會意識、社會心理等若干因素復合而成，顯示著事物發展的大方向和盛衰的必然性。這種必然性的顯示在古人看來就是「理」之所在。

不過，無論在歷史的哪一時期，人類在社會關係、自然關係兩方面的意識總是互相滲透的。《呂氏春秋》〈慎勢〉篇提出「以大畜小吉，以小畜大滅；以重使輕從，以輕使重凶」的政治統御原則，又強調「水用舟，陸用車，涂用輴，沙用鳩，山用樏，因其勢也者令行。」案：輴、鳩、樏分別為適宜泥（涂）、沙、山路行進的小車。後面「因勢」制宜的比喻與前面的統御原則都是「人情」、「物理」相通相融的證明。前文已經敘及孫子論「勢」以「水無常形」和漂石圓木和弓弩作比，《三國志》所記諸葛亮「隆中對」中引用了「強弩之末勢不能穿魯縞」的名言，都表明自然物態的運動廣泛地存在著與社會現象相通的「勢」，包含著影響事物運動進程的不得不然之「理」。

隨著歷史的演進，人們對自然關係的認識在逐步深化，尤其是戰國末至西漢初與儒、法兩家抗衡的黃老思想影響擴大之後，人們對「勢」的考察在自然關係領域也有較大進展。《莊子》〈秋水〉篇借寓言裡的北海神若之口說：「夫自細視大者不盡，自大視細者不明。夫精，小之微也；垺，大之殷也：故異便。此勢之有也。」莊子於此闡述了自己對觀察事物角度的辯證認識，他以為大（從宏觀的角度考察）有大的不足，小（從微觀的角度考察）有小的侷限，這是一方面；然而小能得其精微，大能得其整體概貌，這又是另一面。無論大小，都受各自「勢」的制約，又都有各自「勢」的便利。此處的「勢」所包含的「理」，當是由觀照者與觀照對象之間的距離以及位置關係決定的「理」。

應該說明的是，只是到了漢代，一些學者才在超越社會關係的領域中比較經常地運用「勢」這個概念，而漢初的《淮南子》可以作為代表。

（二）、兼綜先秦諸子「勢」論的《淮南子》

淮南王劉安是武帝的叔父，有文才，曾極受喜歡文學的武帝推重。他廣招才士數千人編寫的《淮南子》雖以老莊思想為主導，也對儒、法等家的主張有所兼容。其「勢」論就是很好的例子。其《要略》介紹全書梗概時已經透露出兼收並蓄的宗旨：「《道應》者，攬掇遂事之蹤，追觀往古之跡，察禍福利害之反，考驗乎老莊之術，而以合得失之勢者也。……《兵略》者，所以明戰勝攻取之數，形機之勢，詐譎之變，體因循之道，操持後之論也。」除前文作了介紹的〈兵略訓〉比較集中以外，散見於各篇的「勢」論也不少。

《淮南子》中的「勢」有用作權勢的。〈兵略訓〉就有「二世皇帝，勢為天子，富有天下」、「（陳勝）勢位至賤」、「恐勢利不能誘」之類。在〈原道訓〉和〈俶真訓〉中對這種「勢」的不屑彷彿能見到老莊的影子。如〈原道訓〉所謂「古之人有居岩穴而神不遺者，末世有勢為萬乘而日憂悲者」；「夫有天下者豈必攝權持勢，操殺生之柄，而以行其號令邪！」（得道者）「是故不待勢而尊，不待財而富，不待力而強。平虛下流，與化翱翔，若然者藏金於山，藏珠於淵。不利貨財，不貪勢名」；「貪饕多欲之人。漠泯於勢利，誘慕於名位」皆然。〈俶真訓〉云：「若夫神無所掩，心無所載，通洞條達，恬漠無事，無所凝滯，虛寂以待。勢利不能誘也，辯者不能說也，聲色不能淫也，美者不能濫也，智者不能動也，勇者不能恐也，此真之道也。」足見《淮南子》的「勢」終究不同於荀子、韓非。論者對當時擁有最高權位者似乎不無微詞。〈詮言訓〉也說：「知足者不可以勢利誘也。」、「文侯曰：『段干木不趨勢利……段干木光於德，寡人光於勢。……勢尊不若德尊。』」〈泰族訓〉亦曰：「所謂有天下者，非謂其履勢位、受傳籍、稱尊號也。言運天下之力，而得天下之心。」

〈主術訓〉中則完全是法術刑名之士的口吻：「夫以一人之心而事主，或背而去，或欲身徇之，豈其趨舍厚薄之勢異哉？人之恩澤使之然也。」、「夫人主之聽治也，清明而不暗，虛心而弱志。是故群臣輻輳並進，無愚智賢不肖莫不進其能，於是乃始陳其禮，建以為基。是乘眾勢以為車，御眾智以為馬，雖幽野險途，則無由惑矣。」、「權勢之柄，其以移風易矣。堯為匹夫。不能仁化一里；桀在上位，令行禁止。由此觀之，賢不足以為治，而可以易俗明矣」；其後亦有「攝權勢之柄，其於化民易矣」；「怯服勇而愚制智，其所托勢者勝也」；「是故得勢之利者，所持甚小，其存甚大；所守甚約，所制甚廣」。〈齊俗訓〉亦曰：「異形殊類，易事而悖；失處而賤，得勢而貴；聖人總而用之，其數一也。」

在封建君主專制的國家，君權絕不能旁落的。「是故人主處權勢之要，而持爵祿之柄，審緩急之度，而適取予之節，是以天下儘力而不倦。夫臣主之相與也，非有父子之厚，骨肉之親也，而竭力殊死，不辭其軀者何？勢有使之然也。」、「是故權勢者，人主之車輿也；大臣者，人主之駟馬也。體離車輿之安，而手失乎駟馬之心，而能不危者，古今未有也。」（《淮南子》〈主術訓〉）

君主的權位不可替代，權勢的運用則有賴於任用賢能而不可以人主一己的私智，故云：「勢不及君，君人者不能任能，而好自為之，則智日困而自負其責也。」

然而「勢」是一柄雙刃劍，有勢也能走向反面。統治者難免為權勢腐蝕：「處人主之勢，則竭百姓之力，以奉耳目之慾。」

官吏若作威作福，因私廢公，朋比為奸，則可能至於亡國：「為智者務於巧詐，為勇者務於鬥爭。大臣專權，下吏持勢，朋黨周比，以弄其上，國雖若存，古之人曰亡矣。」

《淮南子》中「勢」概念的運用不限於兵法和政治地位和權力格局的討論。〈俶真訓〉說：「夫牛蹄之涔無徑尺之鯉，魁父之山無營宇之材，所以然者何也？皆其狹小而不能容巨大也。又況乎以無裏之者邪？此其為山淵之勢亦遠矣。」在對大、對超越的推崇中用到「山淵之勢」，這「山淵之勢」是宏偉深廣的「自然之勢」，是與「道」、「理」而非權位、利害相連繫的，「勢」有了進入超功利的審美領域的動向。

《淮南子》論「自然之勢」的部分尤其值得關註：

> 夫萍樹根於水，木樹根於土，鳥排虛而飛，獸蹠實而走，蛟龍水居，虎豹山處，天地之性也；兩木相摩而然（燃），金火相守而流，員（圓）者常轉，窾（中空）者主浮，自然之勢也。（〈原道訓〉）

> 若吾所謂無為者，私志不得入公道，耆（嗜）欲不得枉正術，循理而舉事，因資而立功，推自然之勢[9]，而曲故不得容者。事成而弗伐，功立而名弗有。非謂其感而不應，攻而不動者。若夫以火熯（意為焙燒）井，以淮灌山，此用己而背自然，故謂之有為。若夫水之用舟，沙之用鳩，泥之用輴，山之用樏，夏瀆而冬陂，因高為田，因下為池。此非吾所謂為之。（〈修務訓〉）

〈原道訓〉的「自然之勢」，很明顯是針對社會關係以外的自然物態而言，認為萬物的自然屬性、形態、結構以及它們之間相互關係的差別決定了它們各不相同的存在和運動變化方式。此處的「自然之勢」大抵與自然之理的意義近似。〈修務訓〉則明確地闡述了論者對於源出老莊的「自然無為」的特殊理解。他只將「用己而背自然」看作是應該摒棄的「有為」，強調「循理而舉事，因資而立功」合乎「自然無為」的宗旨。可見論者修改了老莊消極出世無所作為的立場，賦予「自然

9　原作「因資而立權自然之勢」，從王念孫校改。

無為」具有鮮明功利色彩的積極意義。其所謂「無為」，指的是不違背事理，能動地順應事物運動的自然趨勢，甚至是指利用事物的資質與客觀條件建立功業。這裡的「自然之勢」有自然屬性和運動規律、客觀條件的意蘊，理當「為我所用」，實現人自身的功利目的。不過，實現這種功利目的的與眾不同之處，是它有尊重自然關係和自然規律的前提，是有了新內涵的「無為」的產物。

〈修務訓〉還指出：

> 夫天之所覆，地之所載，包於六合之內，托於宇宙之間，陰陽之所生，血氣之精。合牙戴角，前爪後距，奮翼攫肆，蚑行蟯動之蟲，喜而合，怒而斗，見利而就，避害而去，其情一也。雖所好惡，其與人無異，然其爪牙雖利，筋骨雖強，不免制於人者，知不能相通，才力不能相一也。各有其自然之勢，無稟受於外，故力竭功沮。……各悉其知，貴其所欲達，遂為天下備。

是謂人類與自然界的動物相比，有所同，亦有所不同。「喜而合，怒而斗，見利而就，避害而去」是兩者共同之處。然人類卓異之處在於具有可以相互交流的智慧，其「才」與「力」的發揮服從於一致的目標。因此，雖有爪牙利、筋骨強的「自然之勢」，野獸仍不免受制於人類。這裡的「自然之勢」大約指天賦的體能和力量。論者認為徒具「自然之勢」而缺少智慧是不足取的，其論旨依然是強調能動地駕馭「自然之勢」的必要。

《韓非子》中的「自然之勢」所指只限於社會權力結構的範圍，《淮南子》中的「自然之勢」則涉及了更廣闊的領域。在兩部著作裡「自然」都保持著「本然」的意思。《韓非子》的「自然之勢」側重生與之俱的一面；《淮南子》的「自然之勢」則有突出客觀規律的意義，即「勢」與「理」已有密切連繫。除以上所引〈原道訓〉、〈修務訓〉的材料而外，在沒有直言「自然之勢」的一些地方也貫穿著相同和相近的宗旨，如：

舜之耕陶也，不能利其裡；南面王則德施乎四海。仁非能益也，處便而勢利也。古之聖人，其和愉寧靜，性也；其志得道行，命也。是故性遭命而後能行，命得性而後能明。烏號之弓，谿子之弩，不能無弦而射；越舲蜀艇，不能無水而浮。今矰繳機而在上，網罟張而在下，雖欲翱翔，其勢焉得？（〈俶真訓〉）

因高而為台，就下而為池，各就其勢，不敢更為。（〈說山訓〉）

躄者見虎而不走，非勇，勢不便也。

冬有雷電，夏有霜雪，然而寒暑之勢不易，小變不足以妨大節。

今有六尺之席，臥而越之，下材弗難；植而逾之，上材弗易。勢施異也。

孟賁探鼠穴，鼠無時死，必噬其指，失其勢也。

質的張而弓矢集，林木茂而斧斤入：非或召之，形勢所致者也。（以上〈說林訓〉）

禹決江疏河，以為天下興利，而不能使水西流；稷闢土墾草，以為百姓力農，然不能使禾冬生。豈其人事不至哉？其勢不可也。夫推而不可為之勢，而不修道理之數，雖神聖人不能以成其功，而況當世之主乎？（〈主術訓〉）

禹鑿龍門、辟伊闕，決江浚河，東注之海，因水之流也。后稷墾草發菑，糞土樹谷，使五種各得其宜，因地之勢也。

金之勢不可斫，而木之性不可鑠也。

各有所適，物各有宜，輪圓輿方，轅縱衡橫，勢施便也。（以上〈泰族訓〉）

所謂「勢利」指環境、條件造成的便利，人們只能「因勢」、「施便」，順應體現客觀規律，才能有所作為，「以成其功」；而喪失了必要的環境和客觀條件提供的便利，與自然規律相背離則一事無成，乃至受到懲罰。

《淮南子》的「勢」論廣泛吸收了前人的思想材料，是民族特色鮮明的思維成果。比如認為「勢」常在變動之中，是與「時」相推移的，在〈齊俗訓〉說：「昔齊桓公合諸侯以乘車，退誅於國以斧鉞；晉文公合諸侯以革車，退行於國以禮義：桓公前柔而後剛，文公前剛而後柔，然而令行乎天下，權制諸侯鈞者，審於勢之變也。」〈詮言訓〉所舉事例還從另一側面豐富了審勢的內涵：「夫墨子跌蹏而趨千里以存楚宋；段干木闔門不出以安秦魏，夫行與止也，其勢相反而皆可以存國，此所謂異路而同歸者也。」是謂「勢」之取捨因人因時而異，完全可能殊途同歸。論者雖主張尊重規律、順應規律，卻強調人的主觀能動作用。〈人間訓〉的「辭所不能，而受所能，則得；無損墮之勢，而無不勝之任也」以為明智的取捨是「勝任」的保證；〈修務訓〉在解釋其「無為」的意義時說：「夫地勢水東流，人必事焉，然後水潦得谷行。禾稼春生，人必加功焉，故五穀得遂長。聽其自流，待其自生，則鯀禹之功不立，而且后稷之智不用。」指出其「無為」不是「聽其自流」無所作為，反而要求在順應自然規律前提下投入主觀的努力（「人必事焉」、「人必加焉」）。

《淮南子》成於眾手，用到「勢」的場合不一，組詞造語各異，在不同語境和語義網絡中須作不同的解釋，但是仔細體會，還是能覺察到「勢」的各種意蘊之間常有某種連繫和通同之處。就「勢」論而言，《淮南子》涉及的領域寬泛，囊括了先秦諸子之說，且有所拓展，其豐富性是任何一部先秦著述無法比擬的。顯然，考察諸種「勢」論共通和相連繫的地方有助於人們瞭解傳統「勢」意識的基本出發點及其內蘊的核心。我們綜述它的主要目的乃在於此。

（三）、王充《論衡》中的「氣勢」

東漢前期的王充以有鮮明唯物論傾向的元氣論來解釋世界的本源和生命現象的基礎，他所提及的「勢」確實經常與「氣」相連繫。其《論衡》〈物勢〉篇云：

凡萬物相刻賊，含血之蟲則相服，至於相啖食者，自以齒牙頓利，筋力優劣，動作巧便，氣勢勇桀。若人之在世，勢不與適，力不均等，自相勝服。以力相服，則以刃相賊矣。夫人以刃相賊，猶物以齒角爪牙相觸刺也。力強角利，勢烈牙長，則能勝；氣微爪短銖（原作「誅」，據校改），膽小距頓，則服畏也。

夫物之相勝，或以筋力，或以氣勢，或以巧便。小有氣勢，口足有便，則能以小而制大；大無骨力，角翼不勁，則以大而服小。鵲食蝟皮，博勞食蛇，蝟蛇不便也。蚊虻之力不如牛馬，牛馬困於蚊虻，蚊虻乃有勢也。

王充在〈物勢〉篇闡述了自己對於自然萬物競爭格鬥、相互制約以及生命運動機制的理解。他不同意「五行之氣、天生萬物。以萬物含五行之氣，五行之氣更相賊害」的認識，以為萬物相勝相服在於「齒牙頓利，筋力優劣，動作巧便，氣勢勇桀」諸種因素的差別。這種得自對動物實際考察的解釋自然比刻板的「五行相剋」之說中肯得多。〈物勢〉篇裡反覆用了「氣勢」一詞是很有意義的，「勢」與「氣」聯成一體，「勢」就與生命之元和精神活力結下了不解之緣，「氣勢」往往成為一種動態的超越形質之外的力量顯現。後來的實踐證明，「氣」與「勢」的結合是比較經常而且牢固的。

《論衡》〈物勢〉篇所說的有「氣勢」者是在格鬥角逐中占據上風的一方，這一點與《淮南子》〈兵略訓〉所謂「氣勢」是相同的，不同的只是王充描述的是「含血（氣）之蟲」間「相刻賊」的情形，而非人類的戰爭。在前段引文中，「勢烈」的強者彷彿具有旺盛的「氣」──勃發充溢的生命活力，以及由此外化出來的威懾力量。擁有此種威懾力才能制勝「氣微」的對手，使之「服畏」。

王充既然把「氣勢勇桀」與「齒牙頓利，筋力優劣，動作巧便」並列，皆視為決定角逐勝敗的因素，便表明「氣勢」於此專指內在的意志和活力體現出的一種精神威勢。然而，後一段引文立論的角度稍有區別：「蚊虻之力不如牛馬，牛馬困於蚊虻，蚊虻乃有勢也。」此處論的是「力」與「勢」的較量。體味此「勢」，似乎兼含著「口足有便」

的優勢。看來王充認為「勢」與「力」若各在一方，有「勢」比有「力」更勝一籌。尤其是「小有氣勢」則「能以小制大」的論斷，肯定了盛壯的精神、便利的態勢所擁有的力量遠遠超過龐大的形體。此論可以說是對兵法中「勇怯，勢也；強弱，形也」的說明和補充。

王充論中「小有氣勢」是與「大無骨力」相對應的，透露出「氣勢」與「骨力」的意義相近或者可比，兩者都有一種「蘊乎內，又著乎外」的精神活力。此外，充分認識到「氣勢」的價值高於形體，也就距離認識精神意志對於形象的意義不遠了。這些對於造藝者無疑會產生深遠的影響。

第二節　傳統諸「藝」中的「勢」

一、說「藝」與「勢」

如果說戰爭中統帥運籌帷幄是軍事指揮的藝術，那麼兵法就是這門藝術的理論。倘若撇開權術中貪婪、狡詐和狠毒的一面，政治活動也是綜合諸多因素的智力角逐。歷代傑出的帝王將相曾導演過驚心動魄、精彩紛呈的政治、軍事活劇；如今的政治家、軍事家和實業家依然講究駕馭形勢和人際關係的政治智慧和領導藝術。

清代著名學者段玉裁在《說文解字注》中說：「《說文》無『勢』字，蓋古用『埶』為之。如《禮運》『在埶者去』是也。」埶就是藝（藝），指某方面的才能和技藝。「勢」與「藝」的發音和意義都不一樣，「勢」原來為什麼用為「藝」已不得而知，但「勢」這個概念後來確實和藝術有不解之緣。

據《周禮》〈地官〉〈大司徒〉記載，周人以「禮、樂、射、御、書、數」為「六藝」，是貴族子弟必須接受的六種教育。此處「藝」的意義比較接近現代「藝術」這個概念。

「六藝」中「樂」指音樂；「射」指射箭，「御」指駕車，周人是駕車作戰，這兩項相當於後來的騎射武藝；「書」據注為「六書」，指「象形、指事、會意、形聲、轉注、假借」的文字學，大概也包括書寫技能的培養；「數」指計算的技能。先秦的「禮」和「樂」中包含著舞蹈的內容；古代大臣晉見君王曾要行「山呼舞蹈」之禮，「舞蹈」是一種朝儀；在廟堂演禮中舞蹈是不可缺少的組成部分。「樂」與「舞」原本不可分，樂官兼掌舞，《禮記》〈月令〉中多次出現「命樂正入學習舞」和「樂舞」並舉的記載。〈樂記〉中也說：「故鐘鼓管磬、羽籥干戚，樂之器也；屈伸俯仰、綴兆舒疾，樂之文也。」其中的「羽籥干戚」是舞者的道具，「屈伸俯仰、綴兆舒疾」是指舞蹈者的動作和位置的變化。〈樂記〉還說：「詩，言其志也；歌，詠其聲也；舞，動其容也。三者本於心，然後器樂從之。」足見古人以為樂舞（乃至於詩）是一體的，將舞蹈看作是「樂」的視覺藝術形象。

本書要介紹古代藝術理論的「勢」，自然首先要從古代諸「藝」中尋找依據。音樂、舞蹈、書法、篆刻、繪畫、文學這些至今仍屬典型的藝術門類提供的材料自不必說，我們還選用了遙承古代「射」、「御」的武術和孟子稱為「小數」的圍棋（雖與「六藝」之「數」有別，卻同樣需要精於計算）方面的資料。儘管武術、圍棋未必被今人承認為純藝術的門類，人們評價局中人造詣高低的時候，卻總是稱其「武藝」怎樣、「棋藝」如何的，武術和圍棋的「藝」道對「勢」也極其重視。看來在傳統的文化活動中，凡屬重「勢」的，大多歸屬古代「藝」的一類。用今天的標準來衡量，也至少是與「形」或「象」的創造相關，或多或少帶有藝術意味的活動。

在討論諸「藝」之「勢」之前，我們可以歸納一下秦漢諸子所說的「勢」具有的特點：

「勢」大多因為事物有量和形態、位置的差別而產生，是事物的不同部分、不同個性在相互比較參照中顯示出來的：地位有高低，人有多寡，力有大小，物態有動靜，以及所處形勢便利與否等等，總之「勢」產生於不平衡的格局中。有「勢」的格局具有一種類似「場」的作用，能對處於其中的人形成並保持某種趨向的心理壓強，從而制約其感情思維活動和行為。

「勢」一般以一定的「形」為基礎，往往有力的內涵和變化靈活的特點，所以有時可以將「勢」理解為動態的「形」，理解為蓄蘊或者顯示出力的「形」。

「勢」的形成受事物內在的「理」制約，它的運動和發展變化遵循著自然而然的規律。然而，不僅社會關係領域的「勢」是人的創造，人們也可以在順應其規律的前提下，在自然關係領域創造、把握之，使「勢」為我所用。

總之，在先秦兩漢時代就廣泛存在的「勢」意識，從一個側面反映了古人對自然關係和社會關係的本質及其演化方式的理解。有些「勢」原是人為的，卻又深刻地影響著人們的心理和行為。「勢」常與生動可感的形象密切相關，又往往有理性的思辨蘊含其中；人為的「勢」往往是獨創精神與遵循規律的結合，它的靈活無定是事物關係網絡複雜多變和思維創造豐富多彩的表現。「勢」能以「形」的方式展開，顯示事物瞬時的空間結構的網絡關係；也可能追溯過去，表述現在和預示未來；對事物作縱向的展示，凡此種種，都與藝術創造的特點相連繫、相契合。「勢」的意識從自然關係領域擴展到社會關係領域，進而順理成章地全面進入藝術創造的領域。

漢魏六朝是我國古代藝術創造和美學思想發生飛躍的重要時期。

從目前可以收集到的資料看，「勢」的概念都在這一時期進入音樂、書法、繪畫、文學的理論，而無一例外。這固然是藝術實踐和理論發展的必然趨勢，也可以認為是先秦兩漢子書「勢」論的雄厚基礎導致的飛躍。

古人以「勢」論藝的著述篇帙浩繁，尤以書法、繪畫、文學方面的材料豐富，並有集成之論。本書將在隨後三章裡分別討論書法之勢、繪畫之勢和文學之勢。這裡便只概略地介紹一下音樂、舞蹈、武術和圍棋等門類專著中的古代「勢」論。

二、意蘊不一、各自為用的音樂之「勢」

與其他典型的藝術門類相比，古代有關音樂的議論中提及「勢」的地方是不多的。也許是古人沒有像現代人那樣明確地將訴諸聽覺的樂曲音響視為一種形象的緣故吧。被稱為造型藝術（或者稱為視覺藝術、空間藝術）的繪畫、書法、雕塑之類大概不會有這樣的曲折。古代樂論中，不僅「勢」用得少，而且意義缺少規範。比如：

……是乃使夫性昧之宕冥，生不睹天地之體勢，暗於白黑之貌形。（漢・王褒《洞簫賦》）

若論其體勢，詳其風聲：器和故響逸，張急故聲清，間遼故音痺，弦長故徽鳴；性潔靜以端理，含至德之和平，誠可以感蕩心志，而發洩幽情矣！（魏・嵇康《琴賦》）

古語云：「按弦如入木。」形其堅而實也。……故知堅以勁合，而後成其妙也。況不用幫，而參差其指，行合古式，既得體勢之美，不爽文質之宜，是當循循練之，以至用力不覺，則其堅亦不可窺也。

（明・徐上瀛《溪山琴況》〈堅〉）

儘管三人都用了「體勢」一詞，但「體勢」的含意卻完全不同。王褒為西漢宣帝時代的人，他所謂「體勢」，嚴格說並不是針對音樂而言的，大約指天地的體統，即天地上覆下承、陽陰清濁的結構和主次關係。嵇康是傑出的演奏家和音樂理論家，其《琴賦》仍貫徹他「聲無哀樂」論的宗旨，強調「體勢」與樂器（琴）的質性直接相關；「器（指琴體）和」、「張（弦）急」、「間遼（指弦的間距大）」、「弦長」分別具有「響逸」、「聲清」、「音庳（低）」、「徽鳴（泛音）」的效果。而「潔靜」之性則與「端理」相連繫，包含著無上的「至德之和平」的美。明末遺老徐上瀛以精通琴理知名於世，他仿前人以二十四品論詩，寫出著名的琴況二十四論。上面第三段引文即出自其第十六論「堅」一節，此論強調按弦指法的「堅實」，「得體勢之美」的「體勢」，似指「參差其指，行合古式」的手法和「堅以勁合」、「不用幫」的力度這兩個方面的經驗、規範吧。

在琴的彈奏上，古人一向注重「心、手、物（器）」的和諧。《關尹子》〈三極〉稱，善鼓琴者「得之心，符之手；得之手，符之物」。所以元代吳澄的《琴言十則》也說過「須理會手勢，則威儀可觀」，是見演奏的「手勢」和指法「體勢」，對於琴家來說都是不可忽視的。

我們還可以從近人楊宗稷編著的《琴學叢書》裡印證這一點。其卷六《琴話二》中說：

彈琴至得心應手時，左右指下，望之不覺，其用力實則進、退、抹、挑，聲聲具有擊鼓撞鐘之勢。蓋獅子搏兔與搏象等也。

琴家演奏講究手部的姿態和力度。「搏兔與搏象等」之喻是很耐玩味的，大抵是鼓琴也必須氣神貫注、用意專精，表現出足夠宏大、旁通萬物的氣魄和力吧！楊宗稷在《琴余二》中，更徵引了大談「手勢」的《琴苑心法》圖解：索鈴法為「蟹合離象，賦性側行，內柔外剛，鰲舉目瞠，觀其連翩之勢，似夫輪歷之聲」；圓摟法是「油然而起，勢逐風輕，喻度指之如雲，不欲重而有聲」；圖按法則是「爰借喻於清彈，欲其勢之虛徐」；罨法則為「欲上不上兮，其勢逐逐；重按指於分寸兮，欲來去之神速」；等等。《琴苑心傳》的作者反覆說明各種指法名稱都是「因其勢以取喻」、「因其勢而命名」、「取夫勢而為喻」，表演的宗旨是「以手勢而像物」。看來，彈奏古琴的指法、手勢直接決定和影響樂曲的造型，這種「勢」體現出的特點，應該與樂曲的風格相一致。

明朝中葉的朱載堉出身皇室，是一位難得的古代音樂理論家，他經多年潛心研究，創造了比較精確的「新法密律」，即所謂「平均律」。他所著錄《樂律全書》闡述了自己的理論體系，也保存了一些古人的樂論，其中也有涉及「勢」的部分，下面就是其中所載明人季本的一段論述：

若夫黃鐘九寸，冬至氣應，大寒以下，其律漸短，其氣漸升者，則以陽氣潛藏，從微至著。其初細弱，其勢未揚；其後憤盈，其勢漸達，蓋氣力強弱，自然不同，非謂陽氣之升，果以分毫而進也。

天地之氣，陽生於子，以漸而進，其勢憤盈，至於巳而極；陰生於午，以漸而退，其勢衰颯，至於亥而窮，此自然之道也。（《樂律全書》卷五錄自《彭山全集〉）

季本表述的仍是秦漢以來音樂理論中帶有神祕色彩的「候氣」和陰陽五行之說[10]，在理論上並無積極意義。然而其「勢」與「氣」的消長有密切的連繫，且有從「未揚」到「漸達」，從「憤盈」到「衰颯」的演化過程，與聽覺藝術能夠在時間的延續中展示形象的特點相吻合。

清康熙年間的江永在自己的樂論著述中較多地用到「勢」，他所說的「勢」，又明顯有音樂發展自身規律的意蘊。比如在《律呂新論》《論陳暘〈樂書〉之疏率》一文中，他批評陳氏「去二變四清以復古」的錯誤主張，指出「二變」（即「變宮」、「變徵」）是古代「三分損益」之法導致的必然結果；「四清」（指「宮清」、「商清」、「角清」、「徵清」；因羽聲最高故無「羽清」）是「『旋宮』避陵犯」的產物。因此，「即欲去之，而勢亦不可得而去」。

江永的《律呂餘論》四條又道：

古樂之變為新聲，亦猶古禮之易為俗習，其勢不得不然。（其一）

度量權衡不必泥古。……後世度長量大權重，與古懸殊，民間用之既久，勢難改易。……毋斤斤於法古，似亦勢之宜焉已。（其四）

江永所謂「勢」與音樂內在的「理，與事物存在、運動所形成的自然慣性和發展趨勢是相通的。

楊宗稷《琴學叢書》卷二十七《琴鏡》補三有「蜀道」一則，其中說：

10 西漢末，京房發展了《呂氏春秋》的「四季合四音，十二月合十二律」說，以前人的三分損益法推算出與「候氣」吻合的六十律。《後漢書》〈律歷志〉說：「以六十律分期之日。黃鐘自冬至始，及冬至而復；陰陽寒燠風雨之占生焉。」

……接入「蜀道之難，難於上青天」兩句，復上高徽，最後琴曲上下往復、前後照應之法。「倚絕壁」三字作一聲，順勢下接滾拂潑剌，寫「飛湍瀑流萬壑雷」情景，兼有會意諧聲之妙。

這裡的「勢」是針對樂曲音響的展開方式和過程而言的，作者強調整個樂曲的「上下往復，前後照應」，是將樂曲視為一個藝術的整體。「三字作一聲，順勢下接」，正體現出造「勢」既有琴家的創造，又符合樂曲和表現對像兩方面之「理」，這種有動態之「勢」的音樂形象，「兼有會意諧聲之妙」，是一種綜合的藝術效果。可惜古代樂論中如此的「勢」論並未見充分展開。

三、舞蹈之「勢」是基本動作和姿態

舞蹈藝術從來就與音樂存在共生的關係，古代舞譜和舞論也歸於樂論一類。由於有直觀的「形」，依靠視覺的舞蹈語彙進行藝術傳達，所以比起一般樂論來，有限的舞蹈論著中「勢」的出現卻相當頻繁，而且作基本動作或者姿態解釋也是毫無歧義的。

古代舞蹈方面的材料保存下來的很少，朱載堉《樂律全書》卷二十的《古今樂律》〈雜說並附錄〉中記錄著古代的「人舞之譜」：

四勢為綱，象四端也：
一曰上轉勢，象惻隱之仁；
二曰下轉勢，象羞惡之義；
三曰外轉勢，象是非之智；
四曰內轉勢，象辭讓之禮。

朱載堉解釋道：「此四勢象四端，舞譜謂之送搖招搖。上轉若邀賓之勢，下轉若送客之勢，外轉若搖出之勢，內轉若招入之勢。」緊接又介紹「八勢」的一組：

> 八勢為目，象五常三綱也：
> 一曰轉初勢，象惻隱之仁；
> 二曰轉半勢，象羞惡之義；
> 三曰轉周勢，象寫實之信；
> 四曰轉過勢，象是非之智；
> 五曰轉留勢，象辭讓之禮。

在此後有朱載堉解釋：「此五勢象五常，朱熹《詩傳》釋『輾轉反側』四字之義曰：『輾者，轉之半；轉者，輾之周；反者，輾之過；側者，轉之留。』《舞譜》借此四字之義明古人舞法，『轉』之一言，眾妙之門也。」然後又繼續徵引道：

> 六曰伏睹勢，表尊敬於君；
> 七曰仰瞻勢，表親愛於父；
> 八曰回顧勢，表和順於夫。

朱載堉解釋說：「此三勢，象三綱。伏睹勢，表尊敬，君為臣綱之象；仰瞻勢，表親愛，父為子綱之象；回顧勢，表和順，夫為妻綱之象。五常三綱共為目，總以四端為之綱也。大袖斂手，舞文象也。小袖展手，舞武象也。《周禮》所謂小舞，蓋類此云。」按《周禮》〈春官〉〈樂師〉有：「掌國學之政，以教國子小舞，凡舞，有帗舞，有羽舞，有皇舞、有旄舞、有干舞、有人舞。」周代的樂師有教國子（學生、貴族子弟）學習舞蹈的任務，國子未成人而學，所以稱為「小舞」。

《樂律全書》保存了不少珍貴的古代舞蹈資料，卷三十七、三十八、三十九記錄有《六代小舞譜》《小舞鄉樂譜》等，其中也同樣強調各「勢」象徵綱常的意義。然而圖示中已有從一人舞到四人舞的不同組合，且有手執樂器、雉尾、旄、槍、干戚的舞蹈形式。卷四十有《二佾綴兆圖》一段記載舞蹈的文字說：「《樂記》〈禮樂〉有『屈伸俯仰，綴兆舒疾。』注云：『綴謂酇舞者之位也，兆其外營域也。』按『酇』，聚也。『舒』，緩散也；『疾』，急促也。」所謂「綴兆」，指群舞的位置變化和活動範圍。《二佾綴兆圖》只記錄各「勢」舞步的位置變化。尤其值得一提的是卷四十一的《靈星小舞譜》，這是古代祭祀后稷的舞蹈，八組舞「勢」，象徵著后稷教人農事的八個方面：一、「象教芟除，手執鐮舞」；二、「象教開墾，手執钁舞」；三、「象教栽種，手執鍬舞」；四、「象教耘耨，手執鋤舞」；五、「象教驅爵（即雀），手執竿舞」；六、「象教收穫，手執杈舞」，七、「象教舂梻，執連枷舞」；八、「象教簸揚，執木鍁舞」。每組舞都「用童男二人」，「四轉共計三十二勢」；總計舞者童男十六人，全舞有二百五十六「勢」。

上面所提到的古代舞蹈之「勢」，都附有圖解。無論是「三綱五常」的宣示，還是表達對祖先的崇拜，抑或對為民族開拓做出重大貢獻者的追懷，這裡記錄的古代舞蹈都有宗廟化、禮儀化的特點，恪守著儒家寓教於樂的觀念，突出以象明意的古樸程式。缺少新意，缺少在創造美方面的追求，漢民族的古典舞蹈在倫理綱常的桎梏中趨於衰微的徵候是明顯不過的，同時也暴露出詮釋者朱載堉舞樂論濃厚的保守傾向。

四、強調勁健和規範的武術之「勢」

武術以前曾被稱為「國術」，也是我們的文化遺產中民族特色鮮明而又很寶貴的一部分。「勢」確實是武術中最常見的術語。

據年逾百歲的武術大師吳圖南先生所著《國術概論》說：太極拳最早為南朝梁（6世紀前半葉）韓拱月所傳，有「小九天」十五勢。唐人許宣平傳為三十七勢。至明人宋遠橋增至四十二勢時，拳勢的名目已與現代太極拳大同小異。另有宋人胡境子所傳以用肘居多的「後天法」十五勢，以及元末明初張三丰所傳「十三勢」太極拳。又有「白鶴亮翅」、「雙風貫耳」、「野馬分鬃」、「金雞獨立」、「彎弓射虎」等八十勢。吳先生說：「必須一勢用成，再用一勢。久之，自能自始至終，儼然一勢，相繼不斷，滔滔不絕也。」[11]

現存的武術流派或者就太極拳說其淵源，是否可以上溯到南朝或許有不同意見，然而，人們都承認「勢」這個術語的重要。「勢」主要指拳術系列的每一個基本動作。開始有「起勢」，結尾有「收勢」，在一定階段的終結要形成一個相對靜止的「架式」。明代抗倭名將戚繼光有三十二勢拳法，他的《拳經》〈捷要篇〉提出「勢勢相承」的要求，一個靜止的架式是前一動作的目標和歸宿，又是後一個動作的預備姿勢。在「靜止」中蓄蘊著引而未發的力和動勢。整個武術套路是由一系列的架式串聯而成的。

架式可以視為武術所特有的節奏和規範。

架式有嚴格的規範，包括動作的規格和接連、身段、步態以及手眼心氣的配合，非經長期鍛鍊，難以達到要求。架式之間的轉換對身體各部分的運動路線和用力也有嚴格規定。架式的串聯決定了動作的時疾時徐、起伏轉換，使武術套路成為一種有節奏而又流轉不息的力與技擊技巧的展示過程。

---

11 吳圖南：《國術概論》，北京市中國書店1984年版，第69頁。

武術之「勢」還有師法造化的特點，尤其是形意拳，慣於模仿生動、輕捷、剽悍的飛禽走獸搏擊飛動的健美造型。許多「勢」就是從「象形」的角度命名的，如「打虎勢」、「燕子探海」、「二龍戲珠」等等。《國術概論》介紹，八卦掌以掌代拳，有「鷂子翻身」、「丹鳳朝陽」、「獅子滾珠」、「青龍探爪」、「惡虎撲食」等六十四勢。而少林拳有堪稱其精華的一百八十二式（按吳老獨在此處稱「式」，或許是強調規格、法度的嚴謹，其表述的內容與一般的「勢」相同）。其中也有「落地生根」、「麒麟獨立」、「雄獅翻身」、「黑虎膀」、「蛇變龍」、「金豹形」等名目。

習武者從來講求「精」、「氣」、「神」的完備。只有精神充溢、意氣貫注，動作才迅猛而準確，才能以凌厲氣勢壓倒對手。南拳還以喊聲助長出拳的威勢，也意在取得心理上的優勢。武林中有「拳勢豪放如大江奔湧」的話。所謂「十二形」中的「動如濤」、「靜如岳」稱得上拳「勢」的極致，這是一種非神完氣足、功力深厚不可企及的境界。

五、重「模樣」、求發展的圍棋之「勢」

圍棋是古代中國的發明，在流傳到朝鮮、日本以及其他地區之前，在華夏已經有很長的歷史了。《左傳》中便有弈棋的記載。古人稱對弈為「手談」，是一種高雅的智力角逐，一些著名棋局也是令人歎為觀止的藝術創造。建安時代的應瑒寫過《弈勢》，曾描述「有像軍戎戰陣」的種種棋形。

南宋初年李逸民編著《忘憂清樂集》是我國現存最早的古代棋譜，其中存錄的北宋皇祐年間的《棋經十三篇》（張擬撰），篇幅雖然不長，論及「勢」之處卻不少：

棋者，以正合之勢，以權制其敵。故計定於內，而勢成於外。

(〈得算篇第二〉)

與其戀子以求生,不若棄子而取勢。

我眾彼寡,務張其勢。善勝敵者不爭,善陣者不戰,善戰者不敗,善敗者不亂。夫棋,始以正合,終以奇勝。(〈合戰篇第四〉)

夫弈棋,緒多則勢分;勢分則難救。(〈虛實篇第五〉)

夫弈棋布勢,務相連接,自始至終,著著求先。

局勢已贏,專精求生;局勢已弱,銳意侵綽。

兩勢相圍,先蹙其外。勢孤援寡則勿走。(〈審局篇第七〉)

困敗而思者其勢進,戰勝而驕者其勢退。(〈度情篇第八〉)

看來紋枰手談與對陣鏖兵有許多相通之處,圍棋理論除了有歷代棋家自己的經驗總結以外,還受兵法的直接影響。《忘憂清樂集》還載有劉仲甫的《棋訣》,其中也若干次論到「勢」,其中論「取捨」一段較為精彩,茲錄於下:

蓋施行決勝謂之取,棄子取勢謂之舍。若內足以預奇謀,外足以隆形勢;縱之則莫御,守之則莫攻;如是之棋,雖少可取而保之。若內無所圖,外無所援,出之則愈屈,而徒益彼之勢;守之則愈困,而徒壯彼之威;如是之棋,雖多可舍而委之。

李逸民在《忘憂清樂集》下卷中,又記錄了一些構思精巧的棋局,稱之為「高祖解滎陽勢」、「三將破關勢」、「獨飛天鵝勢」、「千層寶閣勢」、「祥雲勢」、「開山勢」等等，計三十七勢。這種用作構局代稱的「勢」，與前面所謂「勢」儘管不是一回事，但依然有棋形、模樣方面的意蘊。

圍棋至今仍是影響廣泛、很受歡迎的智力競賽活動，而且被視為東方文化的精華，大有在世界上普及的勢頭。在棋藝上略有修養的人都知道，「勢」是圍棋實踐和理論上的重要術語。

在對弈開始的佈局階段，取「外勢」與取「實地」是兩種相對立的戰略選擇。「實地」是基本確定下來的為一方占有的地域；而「外勢」則相反，是尚未最後確定、然而有向外發展潛力（可能構成大片地域或者有利於攻對方）的「形」。棋子在取實地的過程中，大多已經充分地發揮了子力；而取勢棋子的威力則存留較多，期待在中盤戰鬥攻逼對方和將模樣（模糊的控制範圍）轉化為「實空」的過程中進一步施展。高手們在佈局階段絕不願輕易地放棄外勢，除非換取了足以與對方外勢效益相抗衡的實地。即在所謂「兩分」或者對於侵削、化解對方外勢已有成算的情況下，取實地才是知己知彼的合理選擇。

下棋的最初幾步，倘若在靠近棋盤四角的三路線上落子，能最有效地控制實地；而在四路線上落子，則有利於取勢。古人下圍棋原有事先在「四四」（也即星位，縱橫都是四路的交叉點）上放置「勢子」的規定（黑、白各兩枚，對角放置）。之所以稱為「勢子」，是因為「四四」對角部實地的控制力較弱，卻有利於在這一角佈局取勢的緣故。

圍棋的「勢」，往往力求形成較大的「模樣」，它是很講究「形」的。好的「形」棋子搭配合理，既不會因為重複而浪費子力，又便於機動取捨、攻防和有效地「成空」。虛的「勢」以實的「形」為依據，擁有可塑性很大的控制面。一般說，一定的「形」具有一定控制範圍的「勢」，可以認為這「勢」是棋形子力的「場」。

棋手在佈局、中盤戰鬥和收官的攻防與騰挪轉換中，總是力求最大限度地發揮每一手棋的效能。因此，能夠在臨場充分認識雙方棋形格局中子力「場」的威力，便有利於對局勢的優劣緩急作出準確判斷，棋手才能選擇最佳的作戰方案，及時搶占形勢要點，把握接戰的「手筋」；才能將棋下得進退有方，嚴厲勁峭，既不失時機，輕靈飄逸，又令對方難以捉摸。高手們在評議佈局或侵削大勢的方案時，常說憑感覺棋要下至某處才充分。所謂「感覺」，就是來自實戰經驗和靈感的對棋形子力「場」效能的直覺判斷。古人主張「寬攻」，備受今人的讚許。「寬攻」可以視為運用「勢」(即子力的「場」) 攻逼對方孤棋的方式：攻擊的落子距孤棋較遠（寬），然而子力所及威脅著孤棋的要害，既使對方不能擺脱糾纏，收取攻擊之利，又便於相機改變策略，迴避對手困獸猶鬥的反擊鋒芒。

以上簡略地討論了古代音樂、舞蹈、武術和圍棋的「勢」。由於古人對聽覺藝術形象的認識有明顯的侷限，舞蹈之「勢」缺乏理論上的闡述，而武術和圍棋又不能算典型的藝術門類；因此「勢」作為一個重要美學範疇，它的意蘊還不能得到充分闡明。而古代書法、繪畫、文學理論中有十分豐富和系統的「勢」論材料，我們只有在對它們的專門探討中，再作更深入和全面的開掘。

第二章

書法的「勢」

書法是我國古代人民創造的一種特殊的藝術門類，如果說它後來已經踰越了中國的國界的話，那麼可以稱之為以毛筆書寫漢字的藝術。古代書法家大多是士大夫文人，許多帝王將相也精於此道，都屬於能夠壟斷意識形態主流和書本知識的社會中上階層，他們的藝術追求比較集中地體現了傳統文化結構中高層次的美學觀念。

如同古代音樂理論一開始就與「氣」相連繫一樣，幾乎從人們發現漢字的書寫可以成為一門藝術的時候起，就十分重視它的「勢」了。據記載，西漢的開國元勛蕭何曾經論「書勢」說：

夫書勢法猶若登陣，變通並在腕前，文武遺於筆下，出沒須有倚伏，開闔藉於陰陽。每欲書字，喻如下營，穩思審之，方可下筆。且筆者，心也；墨者，手也；書者，意也。依此行之，自然妙矣。（《佩文齋書畫譜》卷五引《書史會要〉）

從書法的實踐和理論的發展進程看，《書史會要》所記的這段話出現在西漢初年是不足信的，然而書家從來重「勢」的看法，卻有豐富的材料可以佐證。

近代著名的書家康有為在其書法理論專著《廣藝舟雙楫》卷五論「綴法」中說：

> 古人論書，以「勢」為先。中郎曰《九勢》，衛恆曰《書勢》，羲之曰《筆勢》。蓋書，形學也。有形則有勢。兵家重形勢，拳法亦重撲勢，義固相同，得勢便則已操勝算。右軍《筆勢論》曰：一正腳手，二得形勢，三加遒潤，四兼拗拔。張懷瓘曰：作書必先識「勢」，則務遲澀；遲澀分矣，求無拘繫；拘繫亡矣，求諸變態；變態之旨，在乎奮斫；奮斫之理，資於異狀；異狀之變，無溺荒僻；荒僻去矣，務於神采。

人們雖然在書法以「勢」為先這一點上有相同認識，但他們的著眼點並不完全一致，康有為所說的蔡邕《九勢》、衛恆《書勢》和傳為王羲之《筆勢》就是如此。古代書法論著中經常出現的「書勢」、「字勢」、「筆勢」、「體勢」、「氣勢」、「形勢」之類術語和概念，其所指常常是各有側重的。古代書法理論有關「勢」的材料極其豐富，我將它們大致歸納成三個系統分而論之，這就是泛論各體的「書勢」論；探討規範的「筆勢」論和在品評中嬗變的「勢」。

第一節　泛論各體的「書勢」論

一、早期書法論著《四體書勢》

傳為南朝梁任昉所著的《文章緣起》將「古今」文體分為八十四類，其中「勢」的一體專指介紹書法藝術造型的一類文章。清乾隆時歙縣人程遙田還撰寫了一部名為《書勢》的著作，分「虛運」、「中鋒」、「結體」、「點畫」、「頓折」五個方面討論書法造型的規律和原則。不過，有代表性的「書勢」論都是早期的書法論著。

書法藝術在兩漢已趨成熟，各種書體也基本定型；至魏晉則達於極盛。六朝和隋唐人論書道，經常標舉和攀附古代名人大家以壯聲色，故傳世的書法論著中題署名家者多為依託。衛恆的《四體書勢》大概是少有的例外，其中保存了一些比較可信的漢代書論資料。

衛恆是西晉人，出身於書法世家。其父衛瓘頗負盛名，唐代張懷瓘《書斷》列其章草為神品，小篆、隸、行、草皆入妙品。衛恆的成就雖不如乃父，其古文、章草和草書也被《書斷》稱為妙品，隸則稍次，列能品。他所撰錄的《四體書勢》保存於取材較為嚴謹的正史《晉書》本傳中，文中所引漢代崔瑗的《草勢》和蔡邕的《篆勢》，在《後漢書》兩人的本傳中也有存目；而且行文立論顯而易見地具有早期書法論著的特點。

衛恆在「四體」之前分別介紹了文字和各體書法的源流；以及歷代的成就，文長不錄。僅引其正文於後。「四體」中列前的是衛恆自己的《字勢》：

黃帝之史，沮誦倉頡，眺彼鳥跡，始作書契。紀綱萬事，垂法立制。帝典用宣，質文著世。爰暨暴秦，滔天作戾，大道既泯，古文亦滅。魏文好古，古傳丘墳。歷代莫發，真偽靡分。大晉開元，弘道敷訓。天垂其象，地耀其文；天地乃位，粲矣其章。因聲會意，類物有方。日處君而盈其度，月執臣而虧其旁；云委蛇而上佈，星離離以舒光。禾卉苯蓴以垂穎，山岳嵯峨而連岡。蟲跂跂其若動，鳥飛飛而未揚。觀其措筆綴墨，用心精專；勢和體均，發止無間。或守正循檢，矩折規旋；或方員靡則，因事制權。其曲知弓，其直如弦。矯然突出，若龍騰於川；淼爾下頹，若雨墜於天。或引筆奮力，若鴻鵠高飛，邈邈翩翩；或縱肆阿那，若流蘇懸羽；靡靡綿綿。是故遠而望之，若翔風厲水，清波漪漣；就而察之，有若自然。信黃唐之遺跡，為六藝之範先。籀、篆蓋其子孫，隸、草乃其曾玄。睹物像以致思，非言辭之所宣。

其次，錄東漢末年的著名學者和書法家蔡邕的《篆勢》如下：

鳥遺跡，皇頡循。聖作則，制斯文。體有六，篆為正。形要妙，巧入神。或龜文針列，櫛比龍鱗，紓體放尾，長翅短身，頹若黍稷之垂穎，蘊若蟲蛇之棼緼。揚波振撇，鷹跱鳥震；延頸脅翼，勢欲凌雲。或輕筆內投，微本濃末，若絕若連，似水露緣絲，凝垂下端。從者如懸，衡者如編。杳杪邪趣，不方不員。若行若飛，跂跂翾翾。遠而望之，像鴻鵠群游，絡繹遷延；迫而視之，端際不可得見，指撝不可勝原。研桑不能數其詰屈，離婁不能睹其郤間。般倕揖讓而辭巧，籀誦拱手而韜翰。處篇籍之首目，粲斌斌其可觀。摛華豔於紈素，為學藝之范先。嘉文德之弘毅，慍作者之莫刊。思字體之俯仰，舉大略而論旃。

複次，衛恆又錄其《隸勢》云：

鳥跡之變，乃惟佐隸。蠲彼繁文，從此簡易。厥用既宏，體象有度。煥若星陳，郁若云布。其大經尋，細不容發。隨事從宜，靡有常制。或穹窿恢廓，或櫛比針列，或砥平繩直，或蜿蜒繆戾，或長邪角趣，或規旋矩折。修短相副，異體同勢。奮筆輕舉，離而不絕；纖波濃點，錯落其間。若鐘虡設張，庭燎飛煙。嶄岩嵯峨，高下屬連；似崇台重宇，層雲冠山。遠而望之，若飛龍在天；近而察之，心亂目眩。奇姿譎詭，不可勝原。研桑所不能計，宰賜所不能言。何草篆之足算，而斯文之未宣。豈體大之難睹，將秘奧之不傳。聊俯仰而詳觀，舉大較而論旃。

最後，《四體書勢》又引東漢前期崔瑗的《草勢》云：

書契之興，始自頡皇。取彼鳥跡，以定文章。爰暨末葉，典籍彌繁。時之多僻，政之多權。官事荒蕪，剿其墨翰。惟作佐隸，舊字是刪。草書之法，蓋又簡略。應時喻指，用於卒迫。兼功並用，愛日省力。純儉之變，豈必古式。觀其法象，俯仰有儀。方不中矩，員不副規。抑左揚右，兀若竦崎。獸跂鳥跱，志在飛移。狡兔暴駭，將奔未馳。或黝黭𧏙駐，狀似連珠，絕而不離，畜怒怫鬱，放逸生奇。或凌邃惴慄，若據槁臨危；旁點邪附，似蜩螗揭枝。絕筆收勢，餘綖糾結，若杜伯揵毒，看隙緣巇；騰蛇赴穴，頭沒尾垂。是故遠而望之，摧焉若阻岑崩崖；就而察之，一畫不可移。機微要妙，臨時從宜。略舉大要，彷彿若斯。

《字勢》《篆勢》《隸勢》《草勢》中《字勢》不為一體之論，所以《四體書勢》實際上只論及「篆」、「隸」、「草」三體。不過當時這三體實際上是三大類，它們囊括了各種區分更細的書體：所謂「篆勢」

應該包括古文、大篆、籀文、小篆等；「隸勢」則包括八分、隸書和楷書；「草勢」則包括章草、飛白、今草；只有行書介於「隸」、「草」之間。「三體書勢」的作者蔡邕、崔瑗是東漢名家。《書斷》評「八分」神品，唯蔡一人而已；在「飛白」中，則與二王鼎立；其大、小篆和隸書皆入妙品。崔瑗的「章草」也為神品，小篆則入妙品。《四體書勢》作為早期書法論的代表被後代書法專著廣為徵引。唐唐玄度《論十體書》說衛恆「著《四體書勢》，古今稱之」，可見其價值和地位。

早期的書法家以介紹各體「書勢」作為書論的開端，表明「勢」與書法有生與之俱的不解之緣。康有為所說「古人論書以勢為先」確實言之不虛。

二、《四體書勢》的時代特徵

衛恆著錄的《四體書勢》是以書體的造型特徵為描述對象的。崔瑗、蔡邕和衛恆用讚美的筆調介紹已在漢魏流行的各種書體生動多姿的造型，這種審美價值的自我肯定產生於書法論獨立門戶必經的初始階段，鮮明地表現出新藝術門類理論開創之際的特點。

《字勢》《篆勢》《隸勢》《草勢》描述的對象不同，然而它們的內容和展開方式卻大體一致，人們甚至很難比較出各體「書勢」應有的差異。它們共通的是，主要表述書法這個新藝術門類的成長過程及其與眾不同之處。

各家在展開論述之前，都依倉頡受鳥跡啟發創造文字的傳說，追溯了文字的起源。衛恆《字勢》作為概論，更盛讚了文字的政教功能，其「籀、篆蓋其子孫，隸、草乃其曾玄」之論，除了簡括地介紹了四種字體的嬗變過程而外，似乎也意識到在籀、篆之前的茫昧時期，尚有更為原始的文字。殷商甲骨文的發現是衛恆以後一千六百年的事，當時他也只能如是說了。

書體的演變是語言文字不斷發展的結果。隨著社會的演進，人類思維的廣度、深度以及複雜、精微程度不斷增加，它們作為思維活動和信息傳遞的媒介也不斷髮展：一方面字詞的量不斷增加；一方面又得適應交流和儲存信息的需要，不斷使之規範化和簡化。秦漢統一中國之後，形諸文字的政令簿札冗雜，更有文字刪繁就簡、希圖書寫便利的社會要求。蔡邕説隸體的出現是「鐲此繁文，從此簡易」的結果。崔瑗之論更詳，兼及隸、草出現之所由：「爰暨末葉，典籍彌繁。時之多僻，政之多權。官事荒蕪，剿其墨翰。惟作佐隸，舊字是刪。草書之法，蓋又簡略。應時喻指，用於卒迫。兼功並用，愛日省力。純儉之變，豈必古式。」

關於促進字體演變的因素，我們還可以作一點補充：

傳統的書寫工具毛筆與紙的發明，現在已經可以上溯到先秦時期。一九五四年六月，在長沙發掘一座戰國墓葬時曾出土過毛筆一枝。筆毛長二點五釐米，桿長十八點五釐米，兔毛製成，筆尖鋭圓健，彈力強，書寫流利。考其制造年代，當在傳説的造筆者蒙恬之前。據説考古學家在殷墟出土的殘缺石簋上甚至發現過用毛筆書寫出來的「祝」字字跡。有的學者以古代陶器上的紋彩圖飾形態為依據，把軟筆的出現上推得更早一些。

四大發明之一的紙，也絕非東漢蔡倫首創。儘管如此，毛筆和紙的廣泛使用可能仍然是秦漢開始的，蒙恬大抵是改進了毛筆的製作方法，既帶領數十萬人修築長城，也有可能主持過筆的大量生產，蔡倫的發明很可能是指廉價紙的生產方法而言。用毛筆書寫無疑比刀鑿刻畫捷便多了。廉價紙的出現有兩方面的意義：一是它導致書寫的普及與相應的技能提高；其次是毛筆、紙、墨三者作為中國傳統書寫工具的地位得到確立，紙面上毛筆墨跡的造型功能得以顯示。先進書寫工具的推廣促進字體的變革。早期的甲骨文、金文、古文、籀文由粗細沒有明顯變化的線條構成，是刀、鑿之類在硬性材料（龜甲、牛骨、鑄模、竹簡）上留下的痕跡。小篆算是過渡。隸、草、行、楷，各體相繼出現，則是以毛筆、漆墨書寫和後來紙張普遍使用的結果。毛筆有柔軟而富有彈性的筆頭，它賦予書寫者更大的運腕靈活性。毛筆勾勒提頓的筆畫瘦腴有致，富於變化，也提高了運筆的速度。這些都有利於書法體勢氣韻的創造，甚至能表現書法者的功力、學養、情感、個性和藝術追求。於是漢字的書寫便因其可能產生特殊的審美效果而逐漸形成一門獨闢蹊徑的藝術門類。

品讀《四體書勢》，人們必然有一個突出的印象：作者極儘想像，用千姿百態的客觀物像來比擬和形容書寫的字勢。從中可以獲得一些認識：首先，人們至少在漢代已經將書法與美的形象連繫起來，漢字書寫由可能生出美感的實用技能上升為以創造美為目的的藝術門類。蔡邕徑直說出「粲斌斌其可觀」、「摛華麗於紈素」的要求，其「形要妙」似乎也可以從「要眇宜修」——也即創造美的形象的角度來理解。當然，傳世的漢代刻石、碑、銘，許多是爐火純青的精品，它本身就是書法在藝術領域升堂入室的明證。

其次，漢字屬於象形文字的系統。雖然到了「篆」、「隸」、「草」諸體陸續行於世的時候，漢字的形態與客觀物像的描摹和圖像示意有了越來越大的差距，可是在人們心目中，文字與「象」的關係依然十分密切，觀賞書法作品常常聯想到自然物態。古往今來的小學家基本上都以「象形」為造字「六書」之首。衛恆的「睹物像以致思」，意味深長地道出了書法藝術的審美特徵。

第三，這些比擬書勢的物態描繪可以視為其作者對於客觀物像所含蘊的美的理解，似乎在提示書寫者從大自然物色的體察中汲取營養。其實論中已經出現了「類物有方」、「有若自然」,「聊俯仰而詳觀」,「觀其法象,俯仰有儀」之類論述。主張取法自然,崇尚簡易,是黃老思想在書法藝術領域取得主導地位的標誌。如果這種意識在兩漢還比較朦朧的話,到了魏晉就已經是指導開拓的一面旗幟了。

順便說一下:從生活在東漢前期的崔瑗有「爰暨末葉,典籍彌繁。時之多僻,政之多權。官事荒蕪,剿其墨翰」的批評,不難看出,當時知識階層中已經存在著離心傾向。他們把典籍文牘的煩冗與政治的腐敗相聯系,似乎有以尚自然從簡易來對抗正統經學讖緯煩瑣偽誕學風的意義。

三、書藝的「規矩」和審美特徵

《四體書勢》的「規矩」、「檢」、「則」、「制」指的是書寫規範,也即古代談藝者常說的法度。「或守正面循檢,矩折規旋;或方員靡則,因事制權」是有法度與無法度的對立統一。然而總的説來,書勢之論更多地強調「因事制權」的一面,比如「隨事從宜,靡有常制」,「純儉之變,豈必古式」,「方不中矩,員不副規」,「機微要妙,臨時從宜」之類皆然。

《孟子》〈告子上〉曰:「大匠誨人必以規矩,學者亦必以規矩。」《莊子》〈天道〉篇以輪扁斫輪「得之於手而應於心,口不能言,有數存於其間」表現沒有可以言傳授受的「規矩」。「書勢」論兼取兩者,是藝術表現「在有法無法之間」說的先聲。

漢字的篆、隸、草、行、楷各體均有一定的規範,否則不成其為一體。然而,人工書寫不可避免地要讓字帶上書寫者的個性。使用毛筆提高了書寫速度和運腕的靈活性,隨之而來的就是主體的隨意性增大。這既增加了把握寫字技巧的難度,也為造詣高深者自由抒發胸臆、表現個性提供了方便。這種不易獲得的隨意性賦予書法上升成一門高級藝術所必須的條件：造藝者首先得通過長時間的努力，掌握運用這種有規範和豐富表現力的藝術媒介的高技能，在此基礎上進行的是主體色彩鮮明的藝術創造。早期的書法家儘管在這方面未必有清醒的認識，卻能從自身的藝術實踐中意識到「守正循檢」和「方員靡則」的兩重性，作為書藝上的成功者，蔡邕他們對「隨事從宜」的靈活性和「純儉之變，豈必古式」的創造性給予了更多的肯定。

「書勢」論所取的審美角度是很值得考察的。

《字勢》云：「遠而望之，若翔風厲水，清波漪漣；就而察之，有若自然。」《篆勢》云：「遠而望之，像鴻鵠群游，絡繹遷延；迫而視之，端際不可得見，指撝不可勝原」。《隸勢》云：「遠而望之，若飛龍在天；近而察之，心亂目眩。」《草勢》亦云：「遠而望之，摧焉若阻岑崩崖，就而察之，一畫不可移。」這種遠與近皆有所論的雷同，雖然有相互因襲、借鑑的因素，卻反映出古代藝術家很早就發現了觀照距離對審美效果的影響。

「遠而望之」所獲得的意象，四家都以非「若」即「象」來表述，說明觀照者從遠處以整體把握的方式獲得的意象，具有各個局部復合而成的更能觸發聯想的模糊性和可塑性。「近而察之」則各家的體會不同：衛恆的「有若自然」和崔瑗的「一畫不可移」是對局部的要求，衛恆以為從近處考察，一幅字的細部亦當有其「自然之勢」；崔瑗則強調一筆一畫理應體現出堅實的功力和嚴謹的章法（或者這「不可移」中還有不可取代的個性）。蔡邕的「端際不可得見，指撝（義同「揮」）不可勝原」以及「心亂目眩」則說的是近觀的侷限。他認為只近察細部難以考究和把握意象延伸的境界，以及書家所以揮毫的情志意趣；「心亂目眩」更是直言如此近觀只能予人以錯亂和非美的感受。對「遠望」與「近察」的效果略加比較便可得知，儘管書法對局部和一筆一畫的細節有嚴格的要求，然而書家尤其看重全幅字綜合的整體意象。

早期書法家已經十分講究一幅字的整體意象，這一點還可以從另一個側面來印證：崔、蔡、衛諸家對「穹窿恢廓」、「絡繹延」、「高下屬連」的書法作品給予肯定自不必說，他們還用賞譽之辭介紹了「若絕若連」、「離而不絕」以及「狀似連珠，絕而不離」的另一種意象，足見字與字之間有內在聯貫的氣脈，從而使整幅字渾然一體，是受到推崇的。崔瑗的「絕筆收勢」顯然是針對全局的勢態而言的，一語便透露出「勢」的開闔收放須從整體造型著眼的自覺意識。

《四體書勢》以萬物的千姿百態比喻「書勢」已經表明，「書勢」之美包含著力的美、運動的美和生命的美。

「引筆奮力」和「縱肆」、「奮筆」之類顯然是指書寫者運筆的強勁力度而言；「揚波振撇」和「砥平繩直」的筆畫是力的表現；而「鷹跱鳥震」與「其曲若弓」的意象又含蘊著引而未發的力。

衛恆《字勢》有「蟲跂跂其若動，鳥飛飛而未揚」與「矯然突出，若龍騰於川；森爾下頹，若雨墜於天」，意在表述書法的生動多姿，因為在他以前的各家書勢論早已有「若行若飛，跂跂翾翾」，以及「飛龍在天」、「騰蛇赴穴」、「蜿蜒繆戾」之類「書勢」的動態描述。不僅以活物的動態作比擬在「書勢」論中俯拾皆是，即使用到無生命的自然物，如「阻岑崩崖」、「清風漪連」、「庭燎飛煙」、「層雲冠山」這樣的描寫也充滿了動感。

看來不僅「禾卉垂穎」與鳥獸飛騰是生命的運動，日月星辰的運行和「翔風厲水」、「嶄岩嵯峨，高下屬連」，都呈現出靈動的內涵。

書法是在空間展開的藝術。漢字一旦書寫出來，就凝固於一定大小的平面材料上。動態的意象是通過蘸墨的筆頭運行的痕跡表現出來的。這種痕跡既能使人聯想出作書者的心與手的運動意向，又能與客觀世界的運動物態相連繫。不過，既然是凝固了的線條痕跡表現出遠遠超過痕跡本身線條形象的開放的意蘊，那麼說書法藝術創造的形象是富於包孕的形象是不為過分的。

其實富於包孕可算作「書勢」的主要特點。書法家創造的字勢能喚起人們的豐富想像力，特別是那種引而未發勢態和貫注於內的流轉氣脈，體現著充盈的力和生命運動的趨勢與方向。蔡邕說：「揚波振撇，鷹跱鳥震，延頸脅翼，勢欲凌雲」真給人一種不捉住便要飛去的感覺。崔瑗的《草勢》云：「抑左揚右，兀若竦崎；獸跂鳥跱，志在飛移；狡兔暴駭，將奔未馳。」此處生動傳神的描寫也許更能體現出草書的特點，可以說是截取了由靜而動的物態中力度最強的片斷，其動勢不可遏止，能喚起具有最大延伸性的想像；而書法家恰恰能夠以凝固於平面材料的字勢，表現出物態靜動轉換之際這一富有包孕的片斷，從而大大突破了特定的平面空間的侷限。一幅字凝固的勢態雖然如同一幀畫一樣，只是事物運動過程的一個斷面，但是因為有「勢」，就可以體察出它所以成形，以及「勢」所顯示的運動趨勢和力。

書法所體現的力度和運動屬性，可以是比較外露的，也可以是較為含蓄的。「引筆奮力」可以獲得高飛翩翩之勢；「輕筆內投，微本濃末」也可以看作是撲朔迷離式的藝術處理，顯示出藝術表現多樣化的價值取向。

觀賞書法作品，往往使人逐步進入某種難以名狀的氛圍和意境，形成某種特定的心境和情感流動。崔瑗說：「畜怒怫鬱，放逸生奇」，「凌邃惴慄，若據高臨危」，表述了作書者與觀照者在藝術創造和欣賞的某些場合中的心理感受。草書「書勢」的縱恣奔放大幅度變化所導致的感情和心境變化比較容易覺察，由《草勢》指出創作和觀賞書法的心理效應是很自然的。其實，並不限於草書，也不只是書藝，任何門類藝術創造和欣賞的全過程中都存在著與心理因素的交感作用。藝術的「勢」對人們的心理和感情的發展變化具有驅動和導向的功能。當然，即使早期書法理論對此有所觸及，一般說來，他們在這個方面的意識是比較淡薄的。

漢字屬於象形文字的系統，有比表音文字更為突出的表意功能。書法作品中的文字一般也是辭章詩賦之類的文學作品。然而，《四體書勢》所論的書藝之美卻基本上撇開了文字的表意性，是與文辭意蘊美相分離的文字形態美；所創造的意境來自筆墨的線條圖像而非辭章的語義組合。後世的書法論倒未必輕視所書文字的意蘊，不過早期書法家認為書法藝術是以筆畫線條創造美的字形這一點，可以說把握住了這個藝術門類的本質特徵。

統一文字並改進書寫工具的歷史使命大抵是在秦漢完成的，與此相伴隨的是書法也逐步取得了備受推崇的地位。兩漢許多著名文人，乃至於帝王后妃都潛心於此。近人祝嘉《書學史》載西漢書家二十餘人，東漢則多至四十家。《佩文書齋畫譜》錄兩漢書家，帝后王妃十六，文士九十六，計一百二十餘人。蔡邕在漢末頗負盛名，他的《篆勢》說：「研桑不能數其詰屈，離婁不能睹其郤間；般倕揖讓而辭巧，籀誦拱手而韜翰。摛華豔於紈素，為學藝之範先。嘉文德之弘毅，慍作者之莫刊。」在《隸勢》中亦有類似的話。足見蔡邕等人已經認識到書法的藝術創造具有非凡的價值。他認為，書法達到的藝術境界是以有智謀權變知名的計然和桑弘羊無法窺測的；不但明察若離婁，精巧若魯班、工倕者相形見絀，也使詩、史的藝術成就黯然失色。這種排比雖然有文士自矜其技之嫌，卻反映了書法在古代藝術中的特殊地位。

《四體書勢》代表了早期的書法「勢」論，雖然論述顯得粗糙和含混，甚至篆、隸、草三體互相間的區別也沒有說得十分清楚，然而它的出現仍有重大意義。一則表明「勢」從書法理論的發端起便在其中據有其他範疇和概念無法相比的重要地位，這是很有必要究其所以然的。一則是它對「書勢」的描述，已經使人們能明顯認識「勢」的幾個重要特點，比如「勢」具有靈動的蘊含著力的美；「勢」富有包孕，對觀照者的心理和感情運動具有驅動和導向的功能等等。後來的書法及其他藝術門類的理論家，雖然不斷有所開拓，使「勢」論逐步上升到更高層次，然而他們的理論都沒有背離「書勢」論對於「勢」這個範疇基本內涵的規定。如前所說，《篆勢》、《隸勢》和《草勢》基本包容幾類書體，《字勢》更是總論書法藝術的造型特點，衛恆的宗旨顯然在與其他藝術門類進行比較，所以他說：「為六藝之範先。」雖然藉助於文字產生在前的優勢，卻也有對這一門類藝術創造價值的高度自信。

四、漢以後的「書勢」論

如果說《四體書勢》收錄了漢代人的發端之作，以後歷代皆有討論書體的著述問世，或專論某「勢」，或囊括諸體。

《全三國文》卷二十四錄鍾繇《隸書勢》殘文，並云：「《初學記》二十一引鍾氏《隸書勢》三條。」晉代有索靖的《草書狀》（一作《草書勢〉），劉劭的《飛白書勢銘》，王玟的《行書狀》；劉宋有鮑照的《飛白書勢銘》，梁武帝蕭衍有《草書狀》，唐代則有李陽冰《上採訪李大夫論古篆書》，元代有吳澄《論篆書》，明代宋濂有《論隸書》，李贄有《論古隸今隸》等等，都屬個別體、「勢」的專論。

囊括諸體的也不少，如梁庾元威的《一百二十體書》、唐代唐玄度的《論十體書》（古文、大篆、八分、小篆、飛白、倒薤篆、散隸、懸針書、鳥書、垂露書），張懷瓘的《十體書斷》（古文、大篆、籀文、小篆、八分、隸書、章草、行書、飛白、草書），明代也有趙宧光的《論九體書》（古文、古篆、大篆、小篆、繆篆、奇篆、分隸、真書、草書）等等。篆體的劃類最為繁多，是先秦時期文字不統一、缺少規範所造成的。

這些書體之論，言「勢」、言「狀」者與《四體書勢》相近，主要介紹各體的造型特點，而論「體」之作的重點則多在考辨源流。當然也不乏例外，如宋代和尚夢英的《十八體書》即以述「勢」為主。

「勢」既能體現書家的風格，也能體現出書體規範轉變和藝術追求的時代潮流。宋代米芾在《海岳名言》中說：「書至隸興，大篆古法大壞矣。篆籀各隨字形大小，故知百物之狀，活動圓備，各各自足。隸乃始有展促之勢，而三代之法亡矣。」康有為《廣藝舟雙楫》亦云：「書學與治法，勢變略同，前以周為一體勢，漢為一體勢，魏晉至今為一體勢，皆千數百年一變，後之必有變也。」

歷代書法論對「書勢」的美學意蘊不斷有所闡揚，然而認識都大致相同，我們不再一一評介。不過，「勢」是包含著動態的形。就「勢」的運動屬性而言，篆、隸、草諸體的表現是不能等同的。倘若要對《四體書勢》的討論作必要補充的話，便可以著重考察一下古人有關行、草二體之「勢」的認識。

在諸種書體中，行、草二體運筆的速度較快，字勢更為活潑。這樣，書寫的隨意性較大，更便於抒發書家的情性。因此，「勢」的飛動流走既是行、草的長處，也是擅長此道的書家著意追求的目標。漢代勒石立碑之風甚盛，推動了結體嚴謹的篆、隸兩體的傳習，因為碑額例用篆書，而碑文多用隸體（包括楷書）。兩晉士人崇尚自然放達，行事多敢簡易；東晉又明令禁止勒碑；於是行、草之帖流傳遂廣。兩晉書法論對這兩種書體的探討也多於其他各體。

東晉的王玟曾作《行書狀》，其中有「宛若盤螭之仰勢，翼若翔鸞之舒翮；或乃放手飛筆，雨下風馳；綺靡婉娩，縱橫流離」，對動

「勢」的描寫是很突出的。倘若行、草兩相比較，自然草書在創造恣肆飛動之「勢」方面更勝一籌。西晉著名書法家索靖在其《草書狀》中，對草書的造型美極盡形容之後，以「著絕勢於紈素，垂百世之殊觀」作結語。所謂「絕勢」大概是唯有草書才能創造的令人歎為觀止的絕妙之「勢」吧。與索靖同時代的楊泉也在《草書賦》中說：「惟六書之為體，美草法之最奇。杜垂名於古昔，皇著法乎今斯。字要妙而有好，勢奇綺而分馳。解隸體之細微，散委曲之得宜。」楊泉公然標舉草書之美為「六體」之最；認為草「勢」的特點在於「奇綺而分馳」。「奇綺」是奇特卓犖的美，「分馳」則指奔放馳騁的意象。他還指出草書在傳達「細微」意蘊方面能夠達「隸體」之未能達，更適宜抒發「委曲」的情懷。其後，梁武帝的《草書狀》也以「傳意志於君子，報款曲於人間」對草書這方面的功能作了明確的表述。

兩晉以降，書家仍然對草行之勢格外青睞。

鮑照《飛白書勢銘》云：「鳥企龍躍，珠解泉分。輕如游霧，重似崩雲。鋒絕劍摧，驚勢劍飛。差池燕起，振迅鴻歸」，認為「飛白」書勢「超工八法，盡奇六文」，「君子品之，是最神筆。」張懷瓘《議書》說「夫行書非草非真，離方遁圓」，又論草書說：「……然草與真有異：真則字終意亦終，草則行盡勢未盡。或煙收霧合，或電激星流；以風骨為體，以變化為用；有類雲霞聚散，觸遇成形；龍虎威神，飛動增勢。」張氏的描述很好地把握了行、草的特點：由於行書「非真非草，離方遁圓」，在規範的選擇上有較大的靈活性，且能兼二體之所長，故稱之為最風流者。草書與真書相比，草書言「行」，真書言「字」，顯然在強調草書字與字之間的聯貫性和全幅佈局的整體性。真書「字終意亦終」，草書「行盡勢未盡」，是因為草書飛動之勢更富於包孕，更能誘發豐富的聯想。「煙收霧合」一類具有朦朧的整體意象，「電激星流」一類則是筆墨飛馳出人意表。「以風骨為體，以變化為用」，強調了草書勁健的力和筆勢的多樣性。「雲霞聚散，觸遇成形」似乎表述了草書縱恣的筆勢所獨具的靈性：書家變幻莫測的隨意揮灑，其造型往往有自然天成之妙。「龍虎威神，飛動增勢」之論說明，造型的「飛動」可以增強「勢」，這「勢」顯然帶有藝術效果的意味；「飛動」之「勢」，能夠表現出健康旺盛（乃至有「威」）的精神和生命運動，能夠通過感官給人們的心靈以強勁的沖擊。

可以認為，人們對草書創造美和抒散懷抱的功能特別推崇，實際上就包含著對書法流走飛動之「勢」具有的審美價值的高度肯定。

在高度估價草、行飛動流走之「勢」的同時還需說明，一味縱恣，盡「勢」而為之也未必可取。清代馬宗霍在《霋岳樓筆談》中說：「明人草，無不縱筆以取勢，覺斯（王鐸，字覺斯，明清之際書法家）則縱而能斂，故不極勢，而勢若不盡。非力有餘者，未易語此。」足見有節奏，富於包孕之「勢」，方屬上乘。

南宋姜夔《續書譜》論「草書」一節說：「大抵用筆有緩有急，有有鋒有無鋒，有承接上字，有牽引下字。乍徐還疾，忽往復收。緩以效古，急以出奇。有鋒以耀其精神，無鋒以含其氣味。橫斜曲直，鉤環盤紆，皆以勢為主。」闡述了自己對草書之「勢」的理解：書法（特別是草書）造型應該兼有有鋒的呈露和無鋒的蘊藏；在承上引下的聯貫氣勢中有緩急、往復、收放的節奏變化；既有對前人規範的繼承（「仿古」），又有「新奇」的創造。姜氏所論比較集中地體現了草書造藝的對立統一原則，而且作出了「皆以勢為主」的結論。其「緩以仿古，急以出奇」似乎還表述出兩種造藝傾向的心態和動作特徵。「緩」中含著推崇並倣傚前人模式的嚴謹，「急」中顯示出表現個性的迫切和靈感爆發的突然。

在《書法約言》的《論行書》中宋曹說：「……不宜太遲，遲則痴重而少神；亦不宜太速，速則窘步而失勢。」其《論草書》亦云：「……起伏隨勢，筆正則鋒藏，筆偃則鋒側。草書時用側鋒而神奇出焉。」、「……草體無定，必以古人為法，而後能悟於古法之外，而後能自我作古，以我立法也。射陵逸史（宋曹自號）曰：作行草書須以勁利取勢，以靈轉取致。如企鳥跱，志在飛；猛獸駭，意將馳。無非要生動，要脫化。會得斯旨，當自悟耳。」宋曹的「遲速互節」和「隨勢用鋒」和「勁利取勢，靈轉取致」之說，還可以說與前人所論相近，而其「古法」之論則新穎而精辟：古代名家法度是人們對其成功嘗試的認可，是審美經驗的結晶；藝術家應該在前人的基礎上有所創造。即「必以古人為法，而後能悟於古法之外，而後能自我作古，以我立法」。此外，「無非要生動，要脫化」道出了書法家執著求「勢」的底蘊。看來到了清代，行、草之「勢」的創造原則和審美價值已經得到充分的認識。

當然，篆、隸、楷（真）諸體並非在取「勢」上無所要求。宋代書法家米芾以其字「勢」流動見長，他說：「章子厚以真自名，獨稱吾行草，欲吾書如排算子，然真字須有體勢乃佳耳。」（《海岳名言〉）是很有見地的。

第二節　探討規範的「筆勢」論

一、分解漢字，探討「筆勢」的必然趨勢

衛恆《四體書勢》引《草勢》之前，曾介紹說：「崔氏（指崔瑗、崔寔）甚得筆勢。」古代書家對「筆勢」作了不倦的探討，「筆勢」之論是書法理論中比重最大系統性最強的部分之一。

沈尹默先生在他的《書法論》中對「筆勢」這個傳統術語作了簡略的說明：「筆勢乃是一個單行規則，是每一種點畫各自順從著各具的特殊姿態的寫法。」古人的「筆勢」論對運用毛筆書寫漢字的規範和造型的特點、規律進行了細緻的討論，形成了一個相對獨立的「勢」論的分系統。

馮武《書法正傳》記載說：

蔡邕入嵩山學書，於石室內得素書，八角垂芒，頗似篆焉，寫李斯並史籀等用筆勢。喈得之，不食三日，惟大叫歡喜，若對千人。喈因學之，三年，便妙得其理，用筆頗異當代，善書者咸異焉。

又載所謂《蔡邕石室神授筆勢》云：「邕嘗居一室，不寐，恍然見一客，厥狀甚異，授以九勢，言訖而沒。邕女琰，字文姬，述其說曰：『臣父造八分時，神授筆法曰：書肇於自然，自然既立，陰陽生焉；陰陽既生，形氣立矣。藏頭護尾，力在字中；下筆用力，繫䣛（一作『肌膚』）之麗。故曰：勢來不可止，勢去不可遏。書有二法，一曰疾，二曰澀。得疾、澀二法，書妙盡矣。夫書稟乎人性，疾者不可使之令徐，徐者不可使之令疾。筆惟軟則奇怪生焉。九勢列後，自然無師授而合於先聖矣。』」《書苑菁華》所記與此大同小異，並有「九勢」分列於後：

凡落筆結字：上皆覆下，下以承上，使其形勢遞相映帶，無使勢背。

轉筆：宜左右回顧，無使節目孤露。

藏鋒：點畫出入之跡，欲左先右，至回左亦爾。

藏頭：員筆屬紙，令筆心常在點畫中行。

護尾：畫點勢盡，力收之。

疾勢：出於啄磔之中，又在豎筆緊趯之內。

掠筆：在於趲鋒峻趯用之。

澀勢：在於緊駃戰行之法。

橫鱗：豎勒之規。

此名「九勢」，得之雖無師授，亦能妙合古人。須翰墨功多，即造妙境耳。

蔡邕在東漢書壇上也算得上一個箭垛式的人物，有關他寫字的故事傳說和託名於他的書法論甚多。《九勢》雖然也不無精妙，但出自伯喈之手的可信程度顯然不如《篆勢》《隸勢》。《九勢》所謂「勢」與魏晉時人們所說的「筆勢」較為接近，它們不是針對篆、隸、草、行、楷之類作為書體之一的文字形態特徵而言，而是探討筆畫的書寫規範和文字形態藝術處理的方式，顯示出漢以後書法「勢」論的新特點。

衛夫人是東晉的女書法家，王羲之少時曾從她學書。傳為衛夫人所作的《筆陣圖》中論到：

若初學，先大書，不得從小。善鑑者不寫，善寫者不鑑。善筆力者多骨，不善筆力者多肉。多骨微肉者謂之筋書，多肉微骨者謂之墨豬。多力豐筋者聖，無力無筋者病，一二從其消息而用之。

「一」如千里陣雲，隱隱然其實有形。

「丶」如高峰墜石，磕磕然實如崩也。

「丿」陸斷犀象。

「乀」百鈞弩發。

「丨」萬歲枯藤。

「㇏」崩浪雷奔。

「𠃌」勁弩筋節。

右七條筆陣出入斬斫圖。

後人又稱此為「七勢」。傳為王羲之所著的《題筆陣圖後》又記云：「……（宋）翼先來書惡，晉太康中，有人於許下破鍾繇墓，遂得《筆勢論》。翼讀之，依此法學書，名遂大振。」足見六朝人學書已經非常注重筆勢。歸諸王羲之名下的論著還有《筆勢論》十二章，各章之名云：創臨、啟心、視形、說點、處戈、健壯、教悟、觀彩、開要、節制、察論、譬成。此外，與王氏有關的還有韋續《墨藪》所載《筆勢傳》、《筆勢圖》，馮武《書法正傳》所載《述天台紫真傳授筆法》等，都是其「書聖」聲望招致的攀附依託，其為書界箭垛的情狀更甚於蔡邕。

魏晉書法家多以蔡邕、鍾繇為宗，隋唐人又幾乎把王羲之奉為神明。從所謂蔡邕《九勢》以降，書法「勢」論浩繁，真偽參半，然而也能看出從魏晉到隋唐幾百年間書法理論的一條重要發展脈絡：由早期「書勢」論那樣對某一書體進行整體把握，轉向分解具體字形結構和筆畫的「筆勢」研究，從運用有獨特造型功能的書寫工具——毛筆的豐富經驗總結出書寫筆畫的基本規範。這不僅是與中國書法藝術實踐進入登峰造極的輝煌時代相伴隨的理論進步，也是理論研究主導方式上綜合與分解週期性轉換的體現。

如前所云，蔡文姬言其父得神授筆法，是在「造八分時」。漢代的「八分書」究竟所指何體，歷來是聚訟不休的。「分」，有分化的意思，也可以表示程度。「分」是一種變體，故小篆亦稱「秦分」，隸書亦名

「漢分」。唐張懷瓘云：「八分減小篆之半，隸又減八分之半。」清包世臣則云：「中郎變隸作八分。」康有為說：「秦篆變石鼓體而得其八分；西漢變秦篆長體為扁體，亦得秦之八分；東漢又變而為增挑法，且極扁，又得西漢八分；正書變東漢隸體而為方形圓筆，又得東漢之八分。」康氏之説不僅圓滿地解決了有關「八分」的爭議，而且概述出篆、隸、楷書的嬗變過程。看來蔡邕所造「八分」是對隸書的改造，或者與楷書相近。

楷書的升堂入室在書法史上有重要意義。

《四體書勢》中衛恆曾說：「秦既用篆，奏事繁多，篆字難成，即令隸人佐書，曰隸字。漢班固用之，獨符璽幡信題署用篆。隸書者，篆之捷也。上谷王次仲，始作楷法。至靈帝好書，時多能者。」從這段敘述看，王次仲大抵為漢人，楷書於漢代出現也在情理之中。有些書論以為王次仲是秦人，或者指另一人，更可能是以訛傳訛。蔡邕有《勸學篇》，其中稱「上谷王次仲，初變古形」。大概是指他創造楷法的革新意義而言的。

楷書晚出，有人指出甚至可能在草、行之後。然而楷書在書法步入鼎盛時代以後被認為書法藝術基礎的書體，也是人們刻意求精，名家輩出的主要書體之一。自楷書出現，迄今已近兩千年，書藝在中國長盛不衰，代有才人，卻再也未見字形有較大變革的新書體問世，更不須作某種新書體取代楷書地位的假設了。楷書在書法藝術領域據有特殊地位的事實，是值得深思的。

隸書憑藉毛筆書寫生動、圓潤、流暢的造型特點，改造了篆書的筆勢，一變粗細變化不大的圓渾盤曲的線條而為有瘦腴之分和波磔的筆畫；且有了以「展促」（由中心的收束而向外伸展）為特點的筆勢。隸書的筆勢有一種從容優雅的意態，使書法之美進入了新的層次。然而隸書的波磔限制了運筆的速度，一味「展促」也易流於散緩。楷書以更為平直的筆畫取代了隸書頻仍的波磔，書寫更為便捷；筆勢也突破了「展促」，更富於變化；在表現剛健挺拔的力美、嚴謹方正的結構和恢宏的氣象方面顯示出優勢。可以認為，楷書在隸書進行的字體改造基礎上實現了又一次飛躍，它是經改造定型的書寫工具、材料（毛筆、墨、紙）的造型功能與方塊字結構規範完美結合的產物；也可以說是充分發揮毛筆表現力書寫出來的、具有合理美學結構的標準漢字。楷體的出現是進步的書寫工具改造了漢字的明證。

與其他各體比較，楷書的字形結構和筆畫安排更為統一。書寫的規範更為嚴格。故得稱為「楷」、稱為「正」（也作「真」）。作書者欲以楷書表現自己的感情、志趣和個性，需要極深的功力和造詣。著名的書家也能在楷書的運筆、間架結構等方面表現出自己特有的風格，那也是在十分嚴謹的體式規範基礎上的創造。

書法藝術的興盛，尤其是楷書的流行，使人們更注意探討書法的規範，書法理論於是出現了分解漢字的趨勢。不少論者開始從基本的一筆一畫著手，去探索書藝美產生的機制。這就是「書勢」論為「筆勢」論取代的根本原因。

二、「永字八法」小議

在「筆勢」論中，流傳較廣、影響較大的「永字八法」也與王羲之不無連繫。《佩文齋書畫譜》「永字八法」條下記曰：「《禁經》云：『八法起於隸書之始，自崔、張、鐘、王傳授，所用該於萬字，墨道之最，不可不明也。』隋僧智永發其旨趣，授於虞秘書監世南，自茲傳授遂廣彰焉。李陽冰云：『昔逸少攻書多載，十五年偏攻「永」字。以其備八法之勢能通一切字也。八法者，「永」字八畫是也。』」

釋智永，是王羲之的七代孫。據記載享譽古今的《蘭亭序》帖曾由他珍藏，其後唐太宗從他的弟子辯才手中得去。《書法正傳》說智永「妙傳家法，為隋唐學書者宗匠」。唐人李嗣真說：「智永精熟過人，惜無奇態矣。」張懷瓘的《書斷》將他的隸書列為妙品，看來智永至少有熟稔祖上風範的特點。

所謂「永字八法」，其實就是分解「永」字八種筆畫的書寫要領，使學書者掌握毛筆寫字的基本筆法。「起於隸書之始」，說明「八法」為「隸」體的書寫規範，不過漢代亦稱楷書為「隸」，從《書畫譜》所錄的字形以及「趯」、「啄」等筆畫的名稱看，已是楷書筆勢。「八法」即：

「丶」一點為側。
「亠」二橫為勒。
「亠」三豎為努。
「亅」四挑為趯。
「氵」五左上為策。
「氵」六左下為掠。
「氵」七右上為啄。
「永」八右下為磔。

《佩文齋書畫譜》引《書苑菁華》所載《永字八法詳說》可謂這方面集成之作（此文前還有傳為顏真卿、柳宗元的「八法頌」各一），茲摘述於下：

側勢第一：側不得平其筆，當側筆就右為之。口訣云：先右揭其腕，次輕蹲其鋒，取勢緊則，乘機頓挫，借勢出之，疾則失中，過又成俗。夫側鋒顧右借勢，而側之從勁，輕揭潛出，務於勒也。

問曰：側不言點而言側，何也？

論曰：謂筆鋒顧右，審其勢險而側之，故名側也。止言點則不明顧右，無存鋒向背墜墨之勢。若左顧右側，則橫敵無力。……

勒勢第二（略）

努勢第三：努不宜直，其筆直則無力。立筆左偃而下，最須有力。又云：鬚髮勢而卷筆，若折骨而爭力。口訣云：凡傍卷微曲，蹙筆累走而進之，直則眾勢失力，滯則神氣怯散。夫努須側鋒，顧右潛超，輕挫其揭。

……

論曰：努者，勢微努曰努，在乎趯筆下行，若直置其畫，則形員勢質，書之病也。筆訣云：努筆之法，豎筆徐行，近左引勢，勢不欲直，直則無力矣。

趯勢第四：趯須蹲鋒，得勢而出，出則暗收。……口訣去云：傍鋒輕揭借勢，勢不勁筆不挫則意不深。趯與挑一也，鋒貴於澀出，適期於倒收。所謂欲挑還置也。夫趯自努出，潛鋒輕挫，借勢而趯之。

策勢第五：……口訣云：仰筆潛鋒，以鱗勒之法，揭腕趯勢於右。潛鋒之要，在畫勢暗捷歸於右也。夫策筆仰鋒豎趯，微勁借勢，峻顧於掠也。……

掠勢第六：……口訣云：撇過謂之掠，借於策勢，以輕駐鋒右揭其腕，加以迅出，勢旋於左。法在澀而勁，意欲暢而轉，遲留則傷於緩滯。……

啄勢第七：……口訣云：右向左之勢為卷啄，按筆蹲鋒，潛蹙於右，借勢收鋒，迅擲旋右（疑為「左」之誤）……

問曰：撇之與啄同出異名，何也？

論曰：夫擻者，蒙俗之言。啄者因勢而立，故非妄飾，貽誤學者。啄用輕勁為勝，去浮怯重體為工。攻之遠源，或不妄耳。筆訣云：啄筆速進，勁若鐵石，則勢成矣。

磔勢第八：……口訣云：右之送波皆名磔。右揭其腕，逐勢緊趯，傍筆迅磔盡勢，輕揭而潛收，在勁迅得之。夫磔法筆鋒須趯，勢欲險而澀，得勢而輕揭，暗收存勢，候其勢盡而磔之。

問曰：發波之筆今謂之磔，何也？

論曰：發波之法，循古無蹤。原其用筆，磔法為徑。磔豪聳過，法存乎神，而磔之義明矣。凡磔，若左顧右，則勢鈍矣。趯重鋒緩，則勢肥，須道勁而遲澀之。凡險勁風骨，泥滯存亡，以法師心，以志專本，則自然暗合旨趣矣。筆訣云：始入筆緊築而微仰，便下徐行，勢足而後磔之。其筆或藏鋒出鋒，由心所好也。

「永字八法」給人的第一個印象就是把漢字八種基本筆畫的名稱都作了形象化的改動，每一個筆畫稱為一種「勢」。「八法」就是「八勢」。

改動筆畫名稱的用意，是在突出每種筆畫書寫中運筆的走向，用力方式以及筆畫的造型特點，選用的字集中地體現了該筆畫的基本要領。比如「側不言點而言側」是強調「筆鋒顧右，審其勢而側之」；「努者，勢微努曰努」；「啄者如禽之啄物也」，「因勢而立」；等等。側、勒、努、趯、策、掠、啄、磔比之於點、橫、豎、挑、折、分發、撇、發波，有更強的力度和特徵鮮明的動態意蘊。

不僅在筆畫稱呼上直言為某勢，論中「取勢」、「借勢」、「引勢」、「趯勢」、「形勢」、「勢成」、「勢盡」、「失勢」之類比比皆是，可以說完全是從「勢」的角度來討論基本筆畫規範的。這就為我們理解「勢」的特點提供了方便。

書法藝術的創作過程可以説成是由動（書寫者立意、運筆）到靜（字成形，凝固於紙面）的過程。字形得服從表現「勢」的需要，許多書法家自覺地以造勢來把握自己的藝術創造。從這個角度説，最後呈現於紙面上的「形」，是「勢」所造成的。可是，作品中徒具其形的失勢者頗多，以勢生形之説只能就求勢的典範之作而言吧。

「勢」離不開「形」，藝術家們無不以「形」生「勢」。然而，並不是有「形」就一定有「勢」的。倘若兩者是存亡消長與共的，那麼無論怎樣糟糕的塗抹也不會「失勢」了。就創作而論，遵循嚴謹的規範是得勢的保證之一（楷書尤其如此），因為規範本身是審美經驗的結晶。「永字八法」就是楷書筆畫的規範，即如「書聖」王羲之也須以十五年「偏攻」之功力奠基。作品一旦完成，書法家創造的美的字形就已經凝固。欣賞者從這凝固的形所具有的「勢」中可以體察到書寫者運筆的過程和勢態，以至他的功力、情性和藝術追求，也完全可能超過書寫者當初賦予作品的意趣觸發更廣泛的聯想。這種看來是靜止的形，必須顯示出運動的趨勢，具有動態的美感和流轉的活力，必須在合乎筆畫以及間架結構規範的前提下創造出超越「形」的意蘊。簡言之，藝術活動（尤其是欣賞）中更重要的是由靜生動，以形生勢的一面，有勢之形必然是富有包孕的形。

追求筆勢的目的之一是顯示筆力。「努勢」（豎）是整個「永」字結構的核心，也往往是其他字的骨幹筆畫，《八法詳説》論「努勢」全從「力」上著眼，比如「努不宜直，其筆直則無力，立筆左偃而下，最須有力」，以及「折骨爭力」、「眾勢失力」之類。

所謂筆力並非簡單地加大、加重運筆力量就能獲得的。書法家中以筆力遒勁知名者，不少是文弱的一介書生，赳赳武夫精於此道者卻為數不多。《石室神授筆法》云：「力在字中。」

筆力實際上是凝固於紙面（或其他材料）的筆畫造型所顯示的力的內蘊。《八法詳說》之論表明書寫者恰恰要在運筆的一定階段及時地「輕揭」、「輕挫」施以「輕鋒」，才符合筆勢生力的要求。相反，在這種場合用力過於滯重，則「勢肥」，甚至成為「多肉微骨」的「墨豬」。《筆陣圖》譏斥「墨豬」，褒舉「多骨微肉」的「筋書」，是因為自然物態中「肥」是弛緩無力的表徵，而「筋」、「骨」則有勁健之力的內涵。故云：「多力豐筋者聖，無力無筋者病。」

運筆的速度與「筆勢」的關係密切，但是應該對這種關係進行清理，不可一概而論。

「勢」本是動態的「形」，較高的運筆速度總的說來是有利於增加造型動感的。書法完成向高層次藝術門類飛躍的進程，與廣泛運用毛筆這種書寫速度高於鐫刻的工具有重大關係。以足夠的速度書寫，留下的墨跡往往更能體現作書者心與手的意向和動態。當然，「筆勢」論談遲速，已經不是與鐫刻比較，而是在使用毛筆的同一層次之內。

《石室神授筆勢》云：「書有二法：一曰疾，一曰澀。得疾、澀二法，書妙盡矣。」能以較高的速度疾書，常常是作書者熟練掌握書寫技巧和具有奔放不拘個性率意揮毫的表現。「疾」能生勢是容易得到人們首肯的。然而「筆勢」論對「澀」、「徐」、「遲」的重視卻耐人尋味。《八法詳說》論「側勢」云「疾則失中，過又成俗」，說明並非一味求速就能得「勢」；論「努勢」云「努勢之法，豎筆徐行」；論「策勢」謂「始築筆而仰策，徐轉筆而成形」；論「磔勢」則「勢欲險而澀」，「趯重鋒緩，則勢肥；須遒勁而遲澀之」。還有強調須「疾」與「澀」、「遲」相結合的，其論「掠勢」云：「拂掠，須迅其鋒，左出而欲利」，「以輕駐其鋒，右揭其腕，加以迅勢出，旋於左。法在澀而勁，意欲暢而轉，遲留則傷於緩滯」。只有「啄勢」、「須疾為勝」，「啄筆速進，勁若鐵石，則勢成矣」。這裡用到一些意義相近的詞，需要把握好分寸，「澀」雖曾與「疾」對舉，但它不能與「徐」、「遲」等同，除了行筆速度較慢以外，還有加大增大筆紙摩擦以追求一種特殊用筆效果的意義。論中「澀」、「徐」是受到肯定的，而「緩」則毫無可取；大抵「澀」、「徐」之法有助於筆力吧。

看來，「筆勢」論絕不是盲目地以「疾」、「迅」為好的。「八法」更多地肯定了「澀」、「徐」的必要，固然由於它論的是規範化程度最高的楷書筆勢，也因為此時人們在運筆技巧上的探索已經精細入微，不再滿足於簡單地以速度快慢論高低了。運筆應有疾有徐，相反相成；須服從取勢的需要，該疾則疾，該徐則徐。它們常常互相轉換，互為準備或過渡階段，徐有時是「存勢」所必須。疾徐相間不僅顯示出力的張弛和蓄蘊進發過程，也是創造書法藝術節奏感的一個重要方面。其後宋代姜夔《續書譜》〈遲速〉云：「遲以取妍，速以取勁。先必能速，然後為遲。若素不能速而專事遲，則無神氣。若專務速，又多失勢。」清人宋曹《書法約言》說：

蓋形圓則潤，勢疾則澀。不宜太緊而取勁，不宜太險而取峻。遲則生妍，而姿態毋媚；速則生骨，而筋絡勿牽。能速而速，故以取神。應遲不遲，反覺失勢。

他論行書時還說：「……不宜太遲，遲則痴重而少神；亦不宜太速，速則窘步而失勢。」康有為也十分推崇蔡邕的「疾勢澀筆」之論，認為行筆有「十遲五急」之法。他們都從不同角度闡揚了「疾澀」、「遲速」相濟為用的必要。

既然筆力的勁健與否不能以運筆用力的輕重和速度的高低為據，

作簡單的判斷，那麼怎樣才能獲得受人們推崇的筆力呢？

書法藝術並不再現或者表現客觀世界的具體物像，筆墨線條能喚起人們對某些物態（包括有力美意蘊的勁健、挺拔、飛動之類物態）的聯想，但畢竟不是圖畫。書法藝術力求表現一種特有的力美，要求筆勢具有生機勃發的律動的活力，實際上自覺或不自覺地與藝術家對萬物生命運動的理解相冥合。書法的筆力大致取決於兩方面的因素：其一，作書者能否有表現力美的自覺意識和審美經驗，他應該對筆勢力美的所在和構成了然於心，就「意在筆先」而言，這是「意會」的一個重要內容。其二，作書者能否得心應手地駕馭書法藝術的媒介（筆、墨、紙），以運動變化（包括輕重疾徐）的線條創造理想的筆勢。兩個方面都要求作書者在掌握規範上具有堅實的根底。當然，名家的筆力還可以達到更高的境界，在恪守規範的基礎上創造個性色彩鮮明的筆勢與筆力。

書法不直接描摹和表現客觀世界的具體物像，卻強調創造靈動的「勢」和力，表明傳統藝術領域認可生命運動的普泛性。看來書法家對「勢」的追求與我們民族的人與宇宙同構的意識有某種默契；而表現出藝術形象的生命運動（無論是內涵還是外現的方式，無論是否能在客觀的世界現象中找到它的同類）乃是書法以至一切高層次藝術創造的靈魂。

《九勢》說：「凡落筆結字：上皆覆下，下以承上，使其形勢相映帶，無使勢背。轉筆：宜左右回顧，無使節目孤露。」又有「藏頭」、「護尾」之說，已可知各種「筆勢」是互相關聯照應的。字是基本的表意單位，有獨立固定的字形，各種筆畫依一定的間架結構組合成字，要求筆畫之間的協調照應是很自然的。《永字八法》雖是分論八種筆勢，卻終究是以組合成「永」字為目標的，所以也都考慮了結構整個字的全局勢態。譬如論「側勢」:「止言點不明顧右，無存鋒向背墜墨之勢」；言「勒勢」:「夫勒者，藉於豎趯」；「努勢」、「直則眾勢失力」；「趯自努出，潛鋒輕挫，借勢而趯之」；「策勢」則「峻顧於掠」等等。

《八法詳說》論細密地表述了每一種筆畫的造型過程，按照每種筆勢理想造型的要求，規定了筆畫線條的走向和始末變化，每一個細節運腕、用力的要領，以及對筆鋒、筆心的控制和利用等等，僅就其用於說明行筆勢態的動詞就有：平、揭、蹲、臥、頓、挫、出、從、顧、墜、下、壓、發、走、仰、收、偃、拳、流、滑、覆、趯、折、斫、蹙、按、進、卷、曲等等，可以說精緻已達於極點。論中既錄「口訣」，又補充以「筆訣」；前有評介，後有答問。是知為廣泛的集成之作，提煉於若干人長時期共同積累的心得體會之中。

規範化的「筆勢」論以「永字八法」為代表，之前之後書家的「筆法」、「筆勢」、「用筆」一類心得不勝枚舉，大都依據毛筆書寫造型的特點，討論運筆的要領和書法基本筆畫的意象勢態。書法家認識到掌握基本的筆法、筆勢不僅是入門所必須，而且是顯示書法造詣的一個重要側面。成功的作品中不容許有敗筆存在。嚴謹的規範是整個藝術門類審美經驗的結晶，也可以說是高層次藝術傳承的精髓。故趙孟《蘭亭十三跋》有「用筆千古不易」之說。當然，人們對「勢」的追求和探索絕不止於「筆勢」規範。漢字多至數萬，每個字的形態都不相同，何況還分成若干書體，由不同的人執筆書寫。有了基本的筆畫規範，書家還會滲入個性和審美理想，追求筆畫組合、每個字以及整幅書法作品最佳的「勢」；尤其是行、草二體在抒寫作書者情志意氣上更為自由，能創造出許多活潑恣肆、飄逸奔放、變幻層出而又氣脈屬連的意象，這就必須要求「勢」論向著新的層次發展。

三、張懷瓘論「筆勢」

唐代書法在實踐和理論上對前人都有所發揚光大，尤其在理論上頗有建樹。書論家中著述甚豐、影響較大的是孫過庭和張懷瓘。

孫過庭字虔禮，吳郡人，生卒年代約在公元648-703年之間。從其《書譜》〈序〉最後說「垂拱三年寫記」看，是武則天時代所著。孫過庭《書譜》二卷，今僅存其序和上卷。《書斷》中說孫過庭「嘗作《運筆論》，亦得書之旨趣也」，《運筆論》是否就是《書譜》也不可確知。

《書譜》用到過「勢」，孫過庭說自己志學翰墨「時逾二紀」，「觀夫懸針垂露之異，奔雷墜石之奇，鴻飛獸駭之姿[1]，鸞舞蛇驚之態，絕岸頹峰之勢，臨危據槁之形」。論及「一時而書，有乖有合」的五乖五合時，以「意違勢屈」為二乖。然而通觀所論，並未對「勢」作重點的探討。提及前人「勢」論，且存鄙薄之意：「代有《筆陣圖》七行，中畫執筆三手，圖貌乖舛，點畫湮訛。頃見南北流傳，疑是右軍所制。雖則未詳真偽，尚可發啟童蒙。既常俗所存，不藉編錄。至於諸家勢評，多涉浮華，莫不外狀其形，內迷其理，今之所撰，亦無取焉。……代傳羲之與子敬《筆勢論》十章，文鄙理疏，意乖言拙，詳其旨趣，殊非右軍。」他強調書法「務存骨氣；骨既存矣，而遒麗加之」。

看來孫過庭反對只從形式上追求那種徒有飛動外表而無充實內蘊的「勢」，於是也不屑於淺薄地附俗而論「勢」了。不過，他所注重的「骨氣」（或「骨力」）、「遒麗」，與前人嚮往得到的「佳勢」之指歸併不矛盾，如唐太宗李世民所說：「推再求骨力，而形勢自生耳。」[2]其實人們在討論同一個對象，闡述近似的觀點的時候，可以從不同的角

1 原作「資」，據校改。

2 《佩文齋畫譜》卷五《唐太宗論書》。

度，用不同的概念術語來表達；而對同一個概念術語，不同的人理解和運用上往往不盡一致，即使其中有些人的見解是相近的，也可能出現這種情況。在中國古代的哲學和藝術理論中，這種現象更是屢見不鮮的。

張懷瓘是海陵人，開元中為翰林供奉，可知他是盛唐人，比孫過庭稍晚。張懷瓘品評書藝的著作有《書斷》三卷，《評書藥石論》一卷和《書估》一卷；祝嘉《書學史》引《法書要錄》所載的《書議》，也屬此類。《法書要錄》還有其《文字論》和《六體書論》，《書法正傳》載其《玉堂禁經》和《論執筆法》。總之，他是唐人書法論傳世最多的一家。

與孫過庭相反，張懷瓘書論極為重「勢」，他對筆畫組合之「勢」和構結「字勢」的探討尤有成就。

(一)「用筆法」和「異勢」論

《佩文齋書畫譜》卷三《唐張懷瓘玉堂禁經》首先指出：「夫人工書，須從師授，必先識勢，乃可加功。」其論「用筆法」云：

夫書之為體，不可專執；用筆之勢，不可一概。雖心法古，而制在當時，遲速之態，資於合宜。大凡筆法點畫。八體備於永字。

八法之外，更相五勢，以備制度：

「門」，一曰鈎裹勢，須圓而傲鋒，罔閔二[3]字用之。

「刀」，二曰鈎努勢，須圓角而趯，均匀旬勿字用之。

「丶」，三曰衮筆勢，須按鋒上下衄之，今令字下點用之。

「丨」，四曰抬筆勢，緊策之，鐘法上字用之。

3　一本「二」作「田」。

「一」，五曰奮筆勢，須險策之，草書一二三用之。[4]

繼而，張懷瓘列舉了「用則有勢」的「用筆腕下起伏之法」九種：頓筆（摧鋒驟衂）、挫筆（挨鋒捷進）、馭鋒、蹲鋒、跨鋒、衂鋒、趯鋒、按鋒、揭筆（側鋒平發）；要求書寫者掌握各種筆鋒的造型特點，適應「字無常形」的需要。

複次，張懷瓘又詳說「烈火（灬）異勢」、「散水（氵冫淙）異法」、「勒法異勢」、「策變異勢」、「三畫異勢」、「啄展異勢」、「乙腳異勢」、「宀頭異勢」、「倚弋異勢」、「頁腳異勢」、「垂針異勢」十一類筆畫組合中的變通勢態。每一類又分多種形式。比如「烈火異勢」一類中又有「各自立勢」

「聯飛勢」，並告誡說「『布棋』俗勢凡拙，不可為也」。「勒法異勢」一類中有「勢存仰策而收」的「鱗勒」；有「但取古勁枯澀無求銛利」的「借勢法」，指出王羲之作此，「通變以避駢勢，夫為真隸必先用之」；還有「以險策捷挫，鋒露飛動」的「草勢法」等等。

對於書寫體態各異的數萬漢字來說，疏朗勻稱的「永」字具有的八種筆畫畢竟很難概全。張懷瓘先用「五勢」充實「永字八法」，以求「制度」完備。然而漢字的大小一般大體相當，可是一個字筆畫的多少和組合形式卻往往相去甚遠。漢字筆畫書寫的方式絕不是這十餘種可以囊括的。

所以張懷瓘不得不再作補充，又增九種以得「勢」為目的的「用筆腕下起伏之法」，透露了運腕、筆鋒與得「勢」的關係。總起來說，它們仍然屬於與「永字八法」同一層次的漢字基本筆畫的毛筆書寫規

4　「八法之外」以下至此與《翰林傳授隱術》（《宋書》〈藝文志〉作李訓撰）所載略同。

範和經驗。張氏所謂「制度」，大抵是指規範（「法」）說的。

「烈火異勢」以下詳細討論的大都是漢字常用偏旁部首的「異勢」。

所謂「異勢」，多針對歷代名家的墨跡而言，指他們書寫同一筆畫或偏旁部首所採用的不盡一致卻均獲成功的筆勢。然而此論的意義並不在於它囊括某種筆畫或偏旁部首多種書寫範例的努力。

首先，張懷瓘以成功的先例來表明書法的「變」、「異」不僅是可行的，而且是必須的。書法不是印刷，毛筆書寫造型的靈活性和書法家的創造性，決定了書藝形式的多樣性。「勒法異勢」說「右軍通變以避駢勢」。「駢」，指筆勢雷同的筆畫並列。「三畫異勢」說：「三畫同筆相類，不求變異，則涉凡淺。」書法家不僅在同一種筆畫的取「勢」上避免雷同，所書的文辭中有反覆出現的字，也注意在章法統一的前提下寫出各不相同的勢態。何延之說王羲之寫《蘭亭序》「三百二十四字，有構別體，就中『之』字最多，至二十許字，變轉悉異，遂無同者」（何延之《蘭亭記〉）。

其次，諸多「異勢」之論還有一個共同點，就是力戒板滯、鄙俗。比如「凡拙不可為」，「緩滯即為其病」，「凡俗不可用」，「時俗所貴，非墨家之態，戒之」，「俗鄙不可用」，「其於勾裹忌於緩滯」，等等。

「不求變異，則涉凡淺」可謂張懷瓘「異勢」之論的宗旨。他在完備「制度」以後縱論種種「異勢」，顯然借古今書法的得失成敗說明書藝有法與無法的辯證關係。熟諳「制度」是入門的必由之路，然而為「制度」所拘，則必墮凡庸。書法大家皆能「從心所欲而不踰矩」，這「從心所欲」的創造大概就表現在能充分表現作書者個性和藝術匠心的「異勢」之上。追求「變異」以克服「凡淺」和「滯緩」為目的，表現書法藝術的理想造型是以具有超邁深邃的境界和流轉勁健的力為特點的。書藝重「勢」之所由，乃在於此。

「異勢」之論涉及一些漢字的偏旁部首。它們大都是由「依類象形」的獨體字（「文」）演化而來，是合體字（「字」）的一個組成部分，相對獨立地保持著定型的筆畫結構和書寫規範。偏旁部首往往有一定的表意性，可用於字義分類。少數偏旁部首的書寫還殘存著一些「象形」的痕跡，比如火（火、灬）、水（氵）、山、穴、日、月之類。書寫者自然不應該違背業已形成的書藝規範去模擬偏旁部首或者文字所代表和示意的客觀物像，然而絕不排斥（甚至可能讚許）取勢與其本字或者整個文辭意蘊的吻合。文辭、書法風格渾然一體，情韻高遠的「雙絕」之作總是相得益彰，備受人們推崇。雖然張懷瓘和多數書論家在討論「制度」和「異勢」時，撇開了文字的表意功能，可是在書法創作和欣賞的實踐中，文字的造型和意蘊未必總是毫不相干的。

(二)結字的「取勢」之道《九勢》「陰陽向背」、「藏頭護尾」、「上覆下承」之說所涉及而未展開的間架結構問題，是構結「字勢」的關鍵所在。

元代的鄭杓在其《衍極》〈古學〉卷中說：「張懷瓘《十法》，其《成頌》之緒論乎？」指出張氏所論的淵源。師事智永的隋代和尚智果曾經作《心成頌》，論以筆畫結字的類型和要領。我們略其論而存其目，可見其大要：《心成頌》分「回展右肩」、「長舒左足」、「峻拔一角」、「潛虛半腹」、「間合間開」、「隔仰隔覆」、「回互留放」、「變換垂縮」、「繁則減除」、「疏當補續」、「分若抵背」、「合如對目」、「孤單必大」、「重並仍促」、「以側映斜」、「以斜附曲」以及「覃精一字，功歸自得盈虛、向背、仰覆、垂縮，回互不失也。統視連行，妙在相承起伏；行行皆相映帶，聯屬而不背違也」。

智果以許多近取諸身的比擬，論列了調整「一字」筆畫組合的訣竅。不難發現，他要求用彼此顧應回互、承啟開合、互補互抑之類手段，使種種筆畫結合成各個部分有機連繫協調一致的整體。《心成頌》的末尾又有意將「一字」之論擴展到「連行」，說明書法藝術講究整體性，謀求意象的和諧統一，是書法造型各個層次一概遵循的原則。智果未明言「勢」，只是其「顧應」、「回互」、「開合」中有所體現而已。在這方面張懷瓘卻明顯地以「勢」貫串其論了。

張懷瓘論《用筆十法》云：

凡工書點畫，體理精玄，約象立名，究之可悟，豈不以點如利鑽鏤金，畫似長錐界石？仿茲用筆，坐進千里。夫書，第一用筆，第二識勢，第三裹束。三者兼備，此為書法，苟守一途，即為未得。夫用筆豈止於偏旁向背？其要在蹲駁起伏；識勢豈止於散水烈火？其要在權變改制。裹束豈止於虛實展促？其要歸於互出。曉此三者，始可言書。今作成頌，以盡精旨：

一、偃仰向背：兩字並為一字，需求點畫上下偃仰離合之勢。

二、陰陽相映：陰為內，陽為外；斂心為陰，展筆為陽。必須相應，左右亦然。

三、鱗羽參差：點畫編次，無使齊平，如鱗羽參差之狀。

四、峰巒起伏：起筆蹙衄，如峰巒之狀，殺筆亦須存結。

五、真草偏枯：兩字或三字，不得真草合成一字，謂之偏枯。須求映帶，字勢雄媚。

六、斜正失則：落筆結字，分付（一本「付」作「寸」）點畫之法，須依位次。

七、遲澀飛動：勒鋒側筆，字須飛動，無凝滯之勢，是為得法。

八、射空玲瓏，謂煙感識字，草行用筆，不依前後。

九、尺寸規度：不可長有餘而短不足，須引筆至盡處，則有凝重之態。

十、隨字轉變：如《蘭亭》「年」一筆作懸針，其下「歲」字則變垂露；又其間一十八個「之」字，個別其體。

這「十法」之論可謂要言不煩。很顯然，其「結字」的宗旨就是形成理想的「字勢」。我們可以對「十法」提及而它論未詳的幾個問題略加釋評。

漢字的合體字比獨體字多得多。張懷瓘指出「兩字（其後「三字」亦同）並為一字，需求點畫上下偃仰離合之勢」，即要求新的組合須是有機的統一體，以兩字間的點畫照應和「偃仰向背」組成一個有生動勢態的新結構。其後「真草偏枯」一法也反對合體字真草雜湊破壞整體字勢的和諧統一，要求以劃一的書體相互「映帶」，創造「雄媚」的「字勢」。

「陰陽相映」一法說得明白，書法的陰陽之道就是「字勢」的內與外，「斂心」與「展筆」，左與右相反相成。「斂」與「展」也即收與放，合與開。「陰陽相映」似乎有兩層意義，一是「勢」的內蘊（「心」）和外在的形（「筆」）兩相映襯；一是「字勢」（包括內蘊和外在形態在內）收放、開合、左右的兩相映襯。書法論標舉相反相成的陰陽之道，反映了古人的宇宙萬物矛盾運動的意識，也就是標舉自然之理。張懷瓘在其《書斷》上篇中曾說：「……固其發跡多端，觸變成態。或分鋒各讓，或合勢交侵；亦猶五常之與五行，雖相剋而相生，亦相反而相成。」陰陽五行說原屬自然哲學，可是在書法論中人們已經運用陰陽的對立統一和五行的相剋相生辯證地闡釋藝術造型問題了。

「鱗羽參差」一法以「無使齊平」為要，力求以重疊交錯的豐富層次克服造型的單調平板。「峰巒起伏」之法中「殺筆亦須存結」一語頗為精辟。「殺筆」，即收煞之筆，「存結」指留存餘勢。張懷瓘要求作書者筆止而勢不盡，創造出包孕無窮發人遐想的意象。

「射空玲瓏」一法尤其耐人尋味。所謂「射」即是「象」；是取法某物的意思。「玲瓏」為精妙的造型。「射空」指無所依傍，憑空臆想得來的筆法，所以後文以「行草用筆，不依前後」來解釋。因為行、草兩種書體的隨意性大，為造詣高深的書家提供了「不依前後」經驗規範、以其創格達到精妙的條件。而「煙感識字」又是「射空玲瓏」的基礎，所謂「煙感識字」大抵是要求書家根據自己的朦朧感受來把握字的意象。看來這是一種強調表現心靈模糊感受，從「有法」昇華到「無法」的高層次藝術創造。似乎與後來嚴羽論詩提倡「不涉理路，不落言筌」，「羚羊掛角，無跡可求」，「其妙處瑩徹玲瓏，不可湊泊」不無相通之處。

四、姜夔等人論「筆勢」

張懷瓘的「筆法」論已很縝密，其後許多論家在「筆法」、「筆勢」方面的著述只能望其項背而已。當然，有價值的探索和書家的經驗談還是層出不窮的。比如姜夔《續書譜》在「筆勢」的題目下，專門討論了「搭鋒」、「折鋒」和「平起」、「藏鋒」的要求和造型效果：

> 下筆之初，有搭鋒者，有折鋒者。其一字之體，定於初下筆。凡作第一字多是折鋒，第二、三字承上筆勢，多是搭鋒。若一字之間，右邊多是折鋒，應其左故也。又有平起者如隸畫，藏鋒者如篆畫，大要折搭多精神，平藏善含蓄，兼之則妙矣。

明初採擷前人書論精華編成的《書法三昧》，也將此論收入第一則「下筆」之中，它的價值看來是得到認可的。所謂「折鋒」，大抵指以逆鋒落筆而言，即毛筆的中鋒在落筆時運行方向與該筆畫總的走向相逆折。

「搭鋒」則是順勢與上一筆相承接的筆鋒。所謂「折搭之勢」的要求是這樣的：每行第一字如果多是折鋒，那麼第二、三字就須多是搭鋒來承接照應；對一個字的組合也是這樣的，右邊之所以多用折鋒，是因為要照應左邊多搭鋒的緣故。姜夔認為筆勢還有「平起」和「藏鋒」的區別，指出它們分別具有隸書和篆書筆法的意味。姜夔不襲前論的「筆勢」說，要求作書者在追求筆鋒運動的方向富於變化和節奏感的同時，保持書寫的聯貫和自然。「折搭多精神」、「平藏善含蓄」道出了兩種筆勢所具有的藝術效果。明代大家董其昌也對「藏鋒」闡述了自己的體會：「書法雖貴藏鋒，然不得以模糊為藏鋒，須有用筆如太阿剸截之意。蓋以勁利取勢，以虛和取韻，顏魯公所謂如印印泥，如錐畫沙是也。」（《容台集》）

前面我們曾經提到，姜夔說：「遲以取妍，速以取勁；先必能速，然後為遲。若素不能速，而專事遲，則無神氣；若專事速，又多失勢。」其「遲速」實與筆的「有鋒」、「無鋒」以及「緩以仿古，急以出奇」有密切關係。姜夔強調「專事」遲和速都不可取。「速」雖可得勁利，但「專事」則反而「失勢」。「遲」儘管可以取妍，「專事」則無「神氣」。姜夔精通音律，他論書法之「勢」，彷彿有一種時間的流動感存在於書寫的過程，存在於字與字之間，存在於筆勢變化的節奏之中。

宋曹《書法約言》〈答客問書法〉又以「致」與「勢」相對應，可以說是對前人所論的補充和闡揚：「非勁利不能取勢，非使轉不能取致。若果於險絕處復歸平正，雖平正時亦能包險絕之趣，而勢與致兩得之矣。」他在論草書時也說過「以勁利取勢，以靈轉取致」，可見兼得「勢」與「致」是宋曹所執著追求的理想造型。其「致」與姜夔的

「妍」有相通之處，「使轉」（靈轉）之論卻是宋氏心得，多少有所拓展。

元代陳繹曾所著《翰林要訣》是書法規範和經驗集成的代表作之一，其中論列了「執筆」、「血」、「骨」、「筋」、「肉」、「平」、「直」、「圓」、「方」、「分佈」、「變」十一法，對筆勢多有涉及，也不無可取之處。陳繹曾論「勢」之變說：「形不變而勢所趨背各有情態。勢者，以一為主，而七面之勢傾鄉（同「向」）之也。」此論頗有新意：其一，字雖有定形，但書寫者取「勢」各有「情態」，這個性不一的「情態」主要表現在筆勢「趨背」的取向上。其二，諸多筆勢的「傾向」統一於核心的主導的一面；此處的「以一為主」說出了具有普遍意義的藝術造型原則。

人們在深入探討「筆勢」的過程中，往往涉及紙、墨的研究，也常論到作書者執筆的手指，以及掌、腕、肘、肩的正確運動姿勢。《翰林要訣》的「肉法」就討論了「指法」和紙、墨、硯的問題。清代著名書論家包世臣就極為講究運指，他在《述書》中詳論「以指得勢」之法。包氏尊崇北朝碑並經常摹寫之，他的《歷下筆譚》云：

北朝人書落筆峻而結體莊和，行墨澀而取勢排宕。萬毫齊力故能峻，五指齊力故能澀。……

北碑畫勢甚長，雖短如黍米，細如纖毫，而出入、收放、偃仰、向背、避就、朝揖之法備具。起筆處順入者無缺鋒，逆入者無漲墨；每折必潔淨，作點尤精深；是以雍容寬綽，無畫不長。後人著意留筆，則駐鋒折穎之處，墨多外溢，未及備法，而畫已成。故舉止匆遽，界桓（「桓」應作「恆」）苦促，畫恆苦短。雖以平原雄傑，未免斯病。至於作勢，裹鋒斂墨入內，以求條鬯（同「暢」）手足，則一畫既不完善，數畫更不變化。意恆傷淺，勢恆傷薄。得此失彼，殆非自主。

包世臣認為北碑有「畫勢長」的特點為後人所不及，關鍵是北碑諸法俱備，「起筆處」已見成算，所以字成能「雍容寬綽，無畫不長」。他又指出，一畫的完善與否，會影響其他數畫的變化；書法的意象以「意淺」、「勢薄」為病。這些都可以說對前人的「筆勢」之論有所補充。

康有為對包氏書的藝甚為仰慕，更稱美其書論「精細之至。為後世開山」。包氏《藝舟雙楫》在前，康氏則大加增益而成《廣藝舟雙楫》。然而，對包將「其要歸於運指」之說卻不大以為然。前人在執筆、運腕、運肘方法上常有爭論，大概是各自的書寫習慣不盡一致造成的。我們以藝術造型的「勢」為討論對象，執筆、運腕、運指之「勢」這個方面就只能從簡了。

第三節　「勢」在品鑑中的嬗變

早在秦帝國統一中國之前，漢字的書寫便可能已從一種實用的技能逐漸發展成一門藝術。《周禮》〈地官〉〈大司徒〉所說的「六藝」有「禮、樂、射、御、書、數」，「書」即文字的認讀和書寫技藝。大概自人們發現書寫漢字能夠表現出美開始，就有了最早的書法鑑賞和批評。藝術批評是藝術理論的先導和基礎，系統的理論探討又推動和指導藝術的批評。既然「古人論書以勢為先」，可以推想品評書藝中的「勢」意識和「勢」概念的出現不會晚於泛論各體的「書勢」和探討規範的「筆勢」。我們為了討論的方便，將古代書法的「勢」論分為各有側重的三個系統，其實它們原來往往是共生和交織在一起的。

古人品鑑書法的風格、造詣也常用「體勢」、「筆勢」之類概念，然而它們的內涵卻不像在書體論和探討書寫規範時那麼確切和統一。這有兩個原因：其一是中國古代文學藝術理論的概念術語一般很少被論者準確、周延地定義（甚至在哲學領域也如此），其意義往往是在被描述和具體運用中顯示出來的；其二是書法藝術欣賞的主體性很強，不同時代、不同的審美角度和藝術追求也會影響對概念術語的理解與發揮。人們總是依照自己的理解和方便去使用傳統的概念術語的。所以「體勢」、「筆勢」之類術語運用於品鑑中，既有大同，也因人和場合不一而有「小異」。這種「小異」往往是有價值的開拓和發展，值得我們注意。

一、齊梁書藝品評中的「勢」

魏晉南北朝是我國古代美學思想和許多門類藝術實踐發生重大轉折和實現飛躍的歷史時期。漢魏和兩晉的書法家藝術創造的輝煌成就促進了書法的理論探索，南朝的書法論也同畫論和文論一樣有了長足進步，而且同樣是北朝望塵莫及的。這個時期書論的主要形式是品評各家書藝之作，有代表性的書論家有劉宋的王倍，蕭齊的王僧虔和梁代的袁昂、陶弘景以及蕭衍。就「勢」論而言，在袁昂和梁武帝蕭衍的著述中比較集中，而且有特色。

袁昂，字千里，陳郡陽夏人，早年仕齊，入梁官至中書監。《法書要錄》載其《古今書評》云：

王右軍書，如謝家子弟，縱復不端正者，亦爽爽有一種風氣。王子敬書，如河間少年，雖有充悅，而舉體沓拖，殊不可耐。……殷鈞書，如高麗使人抗浪，甚有意氣，滋韻終乏精味。……崔子玉書，如危峰阻日，孤松一枝，有絕望之意。師宜官書，如鵬羽未息，翩翩自逝。韋誕書，如龍威虎振，劍拔弩張。蔡邕書，氣骨洞達，爽爽有神。鐘司徒書，字十二種意，意外殊妙，實亦多奇。……索靖書，如飄風忽舉，鷙鳥乍飛。孟光祿書，如絕壁崩崖，人見可畏。……

袁昂共評「古今」書家二十五人，並稱是「奉敕」而作，末尾有「普通四年二月五日內侍中尚書令袁昂」作結，並錄：「（武帝）敕旨具云『如卿所評』。」

如果說早期書法論只以豐富多姿的物態比喻書法之美的話，此時的書評則已從形似自然中的生動物態向追求造型的精神內涵和書藝自身的美上轉移了。這對「勢」論也是有影響的。其後袁昂又說：

臣謂鍾繇書，意氣密麗，若飛鴻戲海，舞鶴游天，行間茂密，實亦難過。蕭思話書走墨連綿，字勢屈強，若龍躍天門，虎臥鳳閣。薄紹之書，字勢蹉跎，如舞女低腰，仙人嘯樹，乃至揮毫振紙，有疾閃飛動之勢。……

「走墨連綿」、「揮毫振紙」之「勢」，自然只是書法藝術所獨有的；倘若他評鍾繇的「飛鴻戲海，舞鶴游天」是指「勢」而言，這「勢」卻與「意氣密麗」表現相連繫了。

《墨藪》和《書苑菁華》所載梁武帝蕭衍《書評》的內容與上文雷同之處很多。假如兩者都是可靠的材料的話，大概是「君納臣言」的緣故吧。梁武帝《書評》說「王羲之書，如龍躍天門，虎臥鳳闕」[5]，亦借用袁昂評蕭思話之語。當然，蕭衍書法造詣不淺，其《書評》論「勢」也有獨到之處，比如：

李鎮東書，如出水芙蓉，文彩鮮明，似刻金銀，乃有舒戚勢。

王褒書，淒斷風流，而勢不稱貌，意深工淺，猶未當妙。

蕭特進書，雖有家風，而風流勢薄。猶如羲、獻（一本「羲獻」作「大小王」），安得相似。

蕭衍傳世書論在南朝諸家中算是最多的，他在《觀鍾繇書法十二意》中說：「逸少至學鍾書，勢巧形密；及其獨運，意疏字緩，譬猶楚音習夏，不能無楚。」雖則「不能無楚」或多或少有不失本色的因素，此論顯然對王是不甚恭的。看來王羲之書法在東晉南朝固然已享盛名，蕭衍亦曾大加褒舉，但尚未推尊至高不可攀的「書聖」的地位。他還曾經與陶弘景多次書信往還，探討書藝，《佩文齋書畫譜》載《梁武帝答陶弘景論書書》云：

夫運筆邪則無芒角，執手寬則書緩弱。點掣短則法臃腫，點掣長則法離澌。畫促則字畫橫，畫疏則字形慢。拘則乏勢，放又少則。純骨無媚，純肉無力。少墨浮澀，多墨笨鈍，比並皆然。任意所之，自然之理也。若抑物得所，趣合無違。值筆廉斷，觸勢峰郁。揚波折節，中規合矩。分間下注，穠纖有方。肥瘦相和，骨力相稱。婉婉曖

5 《書苑菁華》載《梁武帝古人書人優劣評》作「王羲之書字勢雄逸，如龍跳天門，虎臥鳳閣，故歷代寶之，永以為訓」。

曖，視之不足；稜稜凜凜，常有生氣。適眼合心，便為甲科。

這一段有關適度的論述頗有辯證的意味，筆畫的短長、促疏、拘放、骨肉、少墨與多墨等諸類相反的傾向，過則為敗筆，相濟則可能有成。理想的書法造型應該具有「中和」之美，它是有「勢」的，生動而又勻稱蘊藉，嫵媚而又兼含骨力，謹嚴而不失自然，此論很能體現齊梁時代書法藝術的審美追求。

除袁昂、蕭衍兩家而外，陶弘景、庾元規、庾肩吾等人也有書論著述，其中也有可取之處，如《法書要錄》載庾肩吾《書品論》曰：

若探妙測深，畫（一本「畫」作「盡」）形得勢，煙華落紙，將動風采，帶字欲飛。疑神化之所為，非人世之所學，惟張有道、鐘元常、王右軍其人也。

南朝的「勢」論多出自書藝的品評中，是以書法家的造詣和作品的獨特風格為描述對象的，不再是一體之論了。其與「書勢」論的鮮明區別，表明書法藝術創造和對「勢」的追求進入了一個新的階段。

二、「勢」進入新的理論層次

早期的「書勢」論，採取縱觀全局的方式把握書法藝術創造的意象。

以這種方式考察「勢」的審美效果，判別書藝的風格傾向和價值高低，為歷代書法品鑑一脈相承。上面所引梁代幾家書論中描繪了生動多姿的書法造型，基本上還是用整體把握的方式。然而應該看到，儘管一些書論仍以討論「勢」為重點，作書者的「字勢」如何仍是審美判斷的依據，但此時的「勢」與早期「書勢」論的「勢」的理論意義已經大不一樣了。從梁代開始，書論家更為頻繁地運用一些與「勢」相對獨立的概念和範疇來表達新的藝術追求，譬如「氣」、「風」、「骨」、「意」、「神」、「韻」、「味」等等。原本兼容於「書勢」的美學意蘊，日趨精細地分化出許多互相關聯又各有天地的層面。

然而「勢」與書法仍有不解之緣，這是其他範疇難與並能的。「畫（盡）形得勢」一語最能説明書法對「勢」的倚重。「形」是筆墨線條凝結於紙上的造型，它呈現於目前，卻要求產生出感發驅動於心的「勢」，要能由靜而生動。「勢」既由「形」所表現和儲蘊，其動態的意蘊和表現力又遠遠超越於「形」之上。梁武帝對王褒、蕭特進的批評很可玩味。「淒斷風流，而勢不稱貌」與「風流勢薄」都是指其字所含蘊的「勢」薄弱，與表現其形貌、「風流」之所需不能相稱。「風流」大抵是有風韻和流轉活力的美。形貌之「風流」似乎全仰仗「勢」來表現的。而「意深工淺」似乎又指出「勢」不足的原委：作書者的功力淺薄，書寫時無法完成以「形」造「勢」的任務。

在新的理論層次內，「勢」保持著運動的屬性，富有包孕和力。從「字勢屈強，龍躍天門，虎臥鳳閣」之類評述可知，生命運動和力的屬性是與美的創造相連繫、相適應的。如果説「龍躍」形容動態鮮明的字勢，而「虎臥」則有靜態的美，那是很不夠。龍、虎是生氣勃勃以矯健騰躍聞名的有生命的靈獸，虎即使以臥勢呈現出靜，這靜中也包孕著隨時可能騰躍飛舉的動勢。龍鳳藻繪，虎豹凝姿，它們原有美的造型和色彩。可是由於湧現了由早期「書勢」分化出來的新概念和新範疇，此時從整體把握的角度所論及的「勢」，往往側重於書法造型活潑的姿態和運筆流走的趨勢。故有「將動風采」、「帶字欲飛」、「飛走流注」、「疾閃飛動」之類型容相伴隨。需要説明的是，袁、蕭二人對某些書家的評論有時也未明用「勢」這一字，但從「龍威虎振，劍拔弩張」，「飄風忽舉，鷙鳥乍飛」、「飛鴻戲海，舞鶴游天」這樣一些描述來看，顯然也是指「勢」而言的。

袁昂品評「古今」二十五家書法妙語連珠，蕭衍《書評》也有相似的評論風格。在書法藝術創造活動中，「情」與「物」的關係只是微妙的間接關係，它撇開了客觀世界的具體物態，只服從於毛筆功能和漢字造型特徵的制約，可以說是由作書者掌握書藝媒介的功力以及主觀精神、意氣、藝術匠心決定一切的。即使「應物斯感」而揮毫，也只能貫注某種感受、情緒或者悟解於筆端，而不是對客觀物態的模擬，所以書法藝術的造型形象清晰而意蘊渾融。袁昂、蕭衍從切身的細膩感受出發，以豐富的聯想去描述自己的審美判斷，是符合書法藝術審美特徵的高明選擇。

品評諸家書藝，也是人物品鑑之風在藝術領域擴散的表現，它促進了書法藝術實踐和理論的進步。書評的字裡行間往往流露出對各家藝術造詣的不同估價，體現出評論者的審美標準，後來也有將書家分品列等者。但是就「勢」所表述的風格而言，高下之分也不盡鮮明。人們本來就很難用統一的尺度去衡量不同風格的藝術創造，對意蘊渾融的書法藝術尤其如此。比如「龍威虎振，劍拔弩張」與「飛鴻戲海，舞鶴游天」，「飄風忽舉，鷙鳥乍飛」，「鵬羽未息，翩翩自逝」，「危峰阻日，孤松一枝」，「絕壁崩崖，人見可畏」，「舞女低腰，仙人嘯樹」之類比喻，究竟是不是精確地排定其優劣次序的。書家達於爐火純青的境界，總是任其情性「自為佳好」的。書評對各個不同的「字勢」之美都作了精彩的描繪，包含著對藝術個性的充分肯定。

當然，對人各有美的肯定，並不妨礙對高層次藝術境界的追求。引文中不難看出袁昂特別推崇鍾繇，評他的書法「意外殊妙，實亦多奇」；庾肩吾則認為只有張芝、鍾繇和王羲之三人「探妙測深，盡形得勢」，「將動風采，帶字欲飛」，達於出神入化令世人不可企及的境界。看來那個時代的藝術家崇尚神妙奇特不墮凡庸的藝術創造，其審美理想要求表現出超越世俗的主體精神。

此外，蕭衍稱讚李鎮東書法「有舒曖勢」也值得一說。所謂「舒曖」是指「勢」的開合、收放而言的。可以認為「舒曖」是在筆墨線條展開過程中顯現的一種節奏。包括筆畫和字形結構，字與字之間的搭配呼應，以及整個作品的章法佈局在內的藝術處理，書法家都得考慮如何以開合相間、有收有放的「勢」，去體現書法藝術所要求以及為個人風格所特有的節奏感。這種節奏是與「自然之理」，與人和宇宙的生命律動相通的。

如果說推崇「中和」之美與儒家的美學思想有淵源關係的話，那麼對風格的多方位價值取向和超越世俗的藝術追求，以及藝術表現節奏的講究，則表明對儒家美學思想的突破。時代進入了為藝術而藝術的階段。在玄學影響下，藝術的創造精神已經覺醒。

三、唐人論「體勢」

(一) 虞世南、李世民、顏真卿等論「體勢」

近人祝嘉的《書學史》認為：「書至於唐，雄厚之氣已失，江河日下，非天才學力所能挽回。」、「唐初歐陽詢、虞世南、褚遂良雖尚有六朝遺意」，卻「自知才力不逮，守轍循途，不復敢縱其筆勢矣」。唐代書風甚盛，人物輩出，卻很少有人認為他們能在「書勢」、「筆意」的創造方面與神氣超邁飄逸的六朝名家相匹者。也許因為有這方面的自知之明，他們更注重對前人經驗和規範的繼承，於是在書法品評中有講究「體勢」的傾向。

虞世南《筆髓論》中「釋草」有「或體雄而不可仰，或勢逸不可止，縱於逬逸，不違筆意也」，「……故兵無常陣，字無常體矣。謂如水火，勢多不定，故云：字無常定」。這兩段話中「體」與「勢」是對舉入論的，而且兩者的意義在此處也有所溝通，無論是「體」還是「勢」似乎都能理解為「體勢」。

唐太宗李世民篤愛書藝，他的倡導對有唐一代書法流行有重大的影響。唐太宗對東晉王羲之書法的膜拜更無以復加，王氏「書聖」地位的確立實得力於一代英主的盛讚。他的書法評論對「勢」也有所及，《書法鉤玄》卷四所載《唐太宗書王右軍傳授》說：

獻之雖有父風，殊非新巧。觀其字勢，疏瘦如隆冬之枯樹；覽其筆蹤，拘束如嚴家之餓隸。其枯樹也，雖槎持而無屈伸；其餓隸也，則羈羸而不放縱；兼斯二者，政翰墨之病歟？……所以詳察古今，研精篆索，盡善盡美，其惟王逸少乎？觀其點曳之工、裁成之妙，煙霏露結，狀若斷而還連；鳳翥龍蟠，勢如斜而反直。

引文所謂「字勢」、「筆蹤」意義相通，此處對王獻之的貶抑或許有過分之處，但也非自太宗始，早在南齊，王僧虔已經有「獻之骨勢不及父，媚越過之」的批評，太宗只不過進而張大之。他的主張是：首先，必須對前人有所突破，無「新巧」者不足取。在這幾句議論之前，李世民曾對魏書法大家鍾繇有「其體古而不今」的微詞，雖然是與書聖王羲之作比較見出的不足，看重創新的傾向也是明顯的。其次，必須在錯綜變化中表現出有收有放的節奏，如枯樹「槎持（義近「參差」）而無屈伸」者字勢無生氣；必須姿縱有力，若「嚴家之餓隸」則「筆蹤」拘束無力，精神全失。「觀其點曳之工，裁成之妙」兩句，可以視為側重於「體」的評價，而「煙霏露結，狀若斷而還連」和「鳳翥龍蟠」，則是側重「勢」的描繪，兩者有密不可分的連繫。

張旭是頗負盛名的草書大家，許多人向他請教筆法，他只大笑而已，認為「筆法玄微，非志士高人，詎可與言要妙也？」唯顏真卿受張氏點撥，得其真傳。唐人韋續《墨藪》所載顏真卿述張旭《十二意筆法》中有一部分談到「體勢」：

（張旭）曰：「損為有餘，子知之乎？」（顏真卿）曰：「豈不謂趣長筆短，常使意勢有餘，謂畫若不足之謂乎？」曰：「巧為布置，子知之乎？」曰：「豈不謂欲書先預想字形，佈置令其平靜；或意外字體，令有異勢，是謂之巧乎？」

《王氏書畫苑》〈書法鉤玄〉所載《述張長史筆法十二意》文字略有出入，《鉤玄》此句之「意勢」作「意氣」。清人宋曹《書法約言》亦有「魯公所謂『趣長筆短，常使意勢有餘』字外之奇，言不能盡」。故從《墨藪》。

張旭的「損為有餘」所表述的是一個極其重要的藝術創造原則，對此顏真卿是心領神會的。因此，顏真卿能以「畫若不足」來理解「損」，以「趣長筆短，常使意勢有餘」準確地闡述「損」的藝術效果。張旭獨對顏耳提面命可謂識才，顏後來得為一體宗師也就不足為奇了。所謂「損」，即在行草中以有所省略的筆畫（「畫若不足」）造成字形上的殘缺，使觀照者有豐富和完善形象的餘地。

莊子在《大宗師》《德充符》中讚揚了許多畸形、殘疾人精神上的完美和超越，肯定了「形殘而神全」之美；魏晉以來，藝術家又推崇「離方遁圓」、「不盡意」的表現。這些都是張旭、顏真卿書法「損為有餘」論的先導。近代的格式塔心理學認為，人的知覺有一種對「形」的能動建構的能力，不完美的「形」能促使人們的心理上產生一種「完形壓強」，從而推動藝術的再創造。看來，古代藝術大師提出「損為不足」的原則，是與這種審美心理相吻合的。

顏真卿又以「欲書預想字形」來理解張旭提出的「巧為佈置」，指出佈置有「令其平穩」或者「意外字體，令有異勢」兩種方式。「欲書預想字形」與「意在筆先」意思相近，要求在作書之前對「字形」——「體」有匠心獨運（「巧」）的構想。在某種場合需要佈局平穩，恪守規範，有時候又要求隨「意」生「體」，突破規範，打破「平穩」格局，創造出「異體」。這兩種「佈置」方式似乎是南轅北轍，實際上是相反相成，相濟為用的。在一幅書法作品中兩種方式恰到好處地組合起來，才有變化、有張弛、有起伏、有韻味。

(二)張懷瓘論「體勢」

張懷瓘在品評書藝的時候是很重視「勢」的，他指出王羲之「研精體勢，無所不工」，又說「衛恆兼精體勢」。比較集中的議論還有：

（評張芝）……至於蛟龍駭獸奔騰拏攫之勢，心手隨變，窈冥而不知其所。如是謂達節也已。精熟神妙，冠絕古今，則百世不易之法式，不可以智識，不可以勤求。

（評嵇康）觀其體勢，得之自然，意不在乎筆墨；若高逸之士，雖在布衣，有傲然之色。故知臨不測之水，使人神清，登萬仞之岩，自然意遠。

（評歐陽詢）飛白冠絕，峻於古人，有龍蛇戰鬥之象，雲霧輕濃之勢，風旋電擊，掀舉若神。真行之書，雖於大令，亦別成一體，森森焉若武庫矛戟。（以上引文見《書斷》）

> 子敬之法，非草非行，流便於草，開張於行又處其中間。無藉因循，寧拘制則，挺然秀出，務於簡易。情弛神縱，超逸優游，臨事制宜，從意適便。有若風行雨散，潤色開花，筆法體勢之中，最為風流者也。(《書議》)

「體勢」事關藝術表現的成敗，故書法家必得「精研」之。「體」與「勢」有時候雖然連成一個詞，它們其實還是保持著各自意蘊的。說張芝「精熟神妙，冠絕古今，則百世不易之法式」；說王獻之書「非草非行」、「又處其中間。無藉因循，寧拘制則，挺然秀出，務於簡易」皆可以認為是側重論「體」的。除了「蛟龍駭獸奔騰拿攫之勢」和「雲霧輕濃之勢」等指明為「勢」的以外，像「風旋電擊」、「風行雨散」、「情馳神縱、超越優游，從意適便」和「心手隨意」之類的描述，又顯然是側重於「勢」的。

「體」對於書法的藝術形式和風格具有體制和基本傾向方面的指導意義，在書藝創作過程，它體現於「佈置」和「預想字形」中，是作書者對整個創作的安排和構想，近乎藝術造型的藍圖。在欣賞者來說，它是從總體藝術形象中體察出來風格和形式規範。

「體」的指導意義可以分為三個層次：它可能來自各種書體的傳統規範，也可以來自書法家固有風格的規定性，抑或出於臨池作書時有關佈局和字形的某種特殊構想。

「勢」在書法中可以看作是筆墨運行過程展示出來的藝術效果。正如虞世南指出的那樣，書法之勢與用兵的陣勢一樣無常，與水火的形態一樣無定。仔細體會張懷瓘等人所論的靈活無定、富於變化的「勢」，其產生過程也有不同情況：有在預想中安排佈置的，即出於「意在筆先」的；也有「心手隨變」出來的。所謂「隨」，指作書運筆過程中的隨意性。「心手隨變」包含兩個層次：或許是隨「心」的靈機一動，或許是「手」的隨便生發。

預想之「勢」與「體」的關係最為直接。不過，就一個成熟的書法家而言，「心手隨變」雖然是靈活無定的，卻總與他的工力、風格和藝術追求等與「體」相關的因素有潛在的連繫。

張懷瓘的「體勢」論推崇靈感，推崇創造性，推崇「從心所欲不逾矩」的爐火純青的藝術表現。所以他強調「不可以智識，不可以勤求」，盛讚「得之自然，意不在於筆墨」，肯定「亦別成一體」的成就。《玉堂禁經》曾指出：

夫書之為體，不可專執；用筆之勢，不可一概。雖心法古，而制在當時，遲速之態，資於合宜。

在書法藝術創造中，遵循「體」的規範不可刻板，運筆取「勢」不宜雷同。前人樹立的典範誠然應該有所倣法，但是對書藝最重要的卻是因時制宜。此處「制在當時」可以理解為「體勢」的創造合乎書法家所處時代的要求，也可以理解為作書的「當時」對一幅作品「體勢」的抉擇。張懷瓘要求作書者「法古」又逾古，寫出時代的新變和臨池揮毫的靈感，是「法在有無之間」和趨時尚變的「體勢」之論。

張懷瓘認為「體」與「勢」也可能是對立統一互為補充的。他在《書斷》說過：「或體殊而勢接，若雙樹之交葉。」不同「體」的字可以出現在一幅行草書法作品中，而由貫通其間的「勢」連接成一個整體。

對嵇康和王獻之書法「體勢」的評價還給人以啟示：高層次的書藝創造其「體勢」已經擺脫了規範的制約而進入抒寫心靈志趣的境界。

「得之自然」和「高逸之士」、「傲然之色」的描述無異乎介紹嵇康的個性和風采。欣賞其書法「體勢」竟能同欣賞其人格一樣，令人生出高深莫測、「自然意遠」的仰慕之情。通過「挺然秀出，務於簡易。情馳神縱，超逸優游，從意適便」的描述也可想見王獻之的風流神韻。這種境界的「體勢」與風格和書法家的人格是完全吻合的。

四、唐以後書評中的「勢」

(一) 宋人的「筆勢」論

如果說唐人常以「體勢」品評書法家和具體作品的成就風格，那麼，其後人們則常以「筆勢」評書，其尤以宋人為最。北宋大家蔡襄在唐人草書中唯尊張旭，他說：「張長史筆勢，其妙入神，豈俗物可近？懷素處其側，直有奴僕之態，況他人所可擬議。」(《蔡忠惠公集〉) 米芾在當時以取「勢」擅名，黃庭堅卻認為「余嘗評米元章（芾）書，如快劍斫陣，強弩射千里，所當穿徹。書家筆勢亦窮於此，然似仲由未見孔子時風氣耳」(《豫章黃先生文集》卷二十九《跋米元章書〉)。在蔡襄眼中，「筆勢」在張旭草行書中已達於「其妙入神」的最高境界；而在黃山谷論中，米芾成功地表現出遒健剛勁之力，儘管在「筆勢」上已淋漓盡致，卻有待陶冶，方能在書藝上登峰造極。看來評論者的審美趣味和藝術追求不盡相同，品評的角度和標準也難能一致，兩家皆稱「筆勢」之最，評價卻是頗有距離的。

北宋黃伯思的《東觀余論》是頗受歷代書家青睞的書法品評著作，其中很能體現重視「筆勢」的時代風尚。黃伯思評李建中書法說：「……然觀筆勢，尚有先賢風氣，固自佳」；評杜衍云：「正獻公（杜衍）暮年乃學草書，筆勢翩翩，遂通魏晉，孰謂秉燭不迨晝游哉？」又說「碧虛子（陳景元）小楷得丁道護筆勢，所書《相鶴經》既精善，又筆勢婉雅，有昔賢者風概」。另外，《宣和書譜》也曾記載：「（蔡）卞自少喜學書，初為顏行，筆勢飄逸，圭角稍露，自成一家。」宋高宗趙構在《翰墨志》中也說：「蘇、黃、米、薛（紹彭），筆勢瀾翻，各有趣向。」

宋人品評各家的「筆勢」，顯然不再像討論筆畫書寫規範那麼嚴謹精細，只是或多或少與運腕用筆的功底和傳統規範有些連繫。黃庭堅對米芾的批評可以見出其「筆勢」侷限於「勁利」這個側面；稍後范成大《石湖集》的書論則側重於功力法度，他說：「漢人作隸，雖不為工拙，皆有筆勢腕力，其法嚴於後世真行之書，精采意度，粲然可以想見筆墨畦逕也。」其所以如此，也許是針對時代風尚和書體流變而論的關係。

黃庭堅以為「窮」書家筆勢的米芾書法其「風氣」尚嫌雅嫩；黃伯思卻從李建中、陳景元的「筆勢」中見到了「先賢風氣」、「昔賢風概」。足見諸家論中的「筆勢」未可一概而論。

不過總的說來，宋人品評書藝所用的「筆勢」，其意義超出書寫規範甚遠是明白無疑的。「筆勢」能夠表現出書法大家「各有趣向」的藝術追求和風格，能夠傳達出書法造型的「飄逸」氣韻和「翩翩」風采，能夠創造「其妙入神」的藝術境界。品評所用的「筆勢」，常常綜合了「體勢」、「筆勢」和「字勢」的內涵，成為書法（特別是行、草二體）藝術表現基本方式的同義語。

(二) 明、清書評中的「勢」

經過唐代書法理論家的全面探討和宋人的充實和闡揚，「勢」作為書法的理論概念，其內涵業已得到充分的開掘。明、清兩代的書評雖然不再對「勢」的意義作更多的拓展（這裡是指書法藝術造型的「勢」說的，至於執筆、運腕和手指用力方面的「勢」不屬此類），在以「勢」品鑑書藝時還是有自己的特點的。這就是兼取前論之所長，兼用「字勢」、「筆勢」、「體勢」入論，在「勢」的意義上也有綜合的趨勢。

明代初年的陶宗儀是很有影響的學者和書法理論家，他的《書史會要》是重要的書法史評論著。陶宗儀常從「勢」的角度來考察古今書藝，我們以他的一些論述為主，對兩代書評中「勢」論的特點作簡要的介紹。《書史會要》中說：

梁末帝善弄翰墨，多作行書批敕，大者盈尺，筆勢結密，有王氏羲、獻法。

（宋）徽宗行草書，筆勢勁逸，初學薛稷，變其法度，自號瘦金書；意度天成，非可以形跡求也。

（查）道[6]始習篆，患其體勢弱。有教以「撥鐙法」，仍雙鈎用筆，經半年習熟，而篆體勁直。

君謨（蔡襄的字）工字學……（諸體）靡不精妙，而尤長於行，在前輩中自有一種風味。筆甚勁而姿媚有餘，自珍其書，以謂有翔龍舞鳳之勢，識者不以為過，而復推為宋朝第一也。

（李）開方[7]好以篆隸八分作署書，自謂得斯，邈遺意。體勢雖涉奇怪，袤丈之字，略無怯澀，亦人所難。

陶宗儀還指出，元代班維治「早歲宗二王，筆勢翩翩，不失書家法度；晚年學黃、華，應酧塞責，俗惡可畏」。又說張體的隸書「時作顫掣勢」。評時人馬元震則以為他「隸書與朱、完爭名，用筆雖古，體勢多怪」。《書史會要》兼用「勢」、「筆勢」和「體勢」品評書藝。三

6 宋書法家，工篆。

7 明代書法家。

者在造型、勢態、力度方面大抵意蘊相近，有時也難作嚴格的區別。然而細審其旨，仍可以發現：「體勢」依然對結字的間架有所側重；「勢」與「筆勢」則多與筆畫書寫過程展示的形態和風采有關，其中「筆勢」又常與運筆的「法度」相連繫。

明、清書評中的「筆勢」，似乎較宋人更重視法度、規範，這一點還能找到一些例證，比如明人王鏊評朱熹書法云：「晦翁書，筆勢迅疾，曾無意於求工也，而尋其點畫、波磔，無一不合書家矩矱。」（《震澤別集〉）項穆在其《書法雅言》中論唐人書法說：「或學六七而資四五，或資四五而學六七，觀其筆勢生熟，姿態端妍，概可辨矣。」項穆之論較前人有些新意，他把「筆勢」形成的因素劃分為「資」（書者的資質）和「學」（學養功力）兩大類，以為兩者的比重，一概能在其「筆勢生熟」中鑑別出來。他還說：「書有神氣，非資弗明；若資邁而學疏，筆勢雖雄，鉤揭導送提搶截拽之權度弗熟也。」看來資質高者可得「神氣」，學養功力深厚則有點畫「權度」的熟練。二者雖是相輔相成，天賦的「筆聰」對書家卻更重要，是書藝境界昇華的前提。

「筆勢生熟」之論後來清人宋曹在《書法約言》中有進一步的發揮，他說：「書必先生而後熟，既熟而後生。先生者，學力未到，心手相違；後生者，不落蹊徑，變化無端。」其「先生後熟」的過程是掌握前人的體式、經驗，熟悉法度、規範的過程，也是獲得得心應手地以筆勢抒寫情懷、意趣之功力的過程，這是書法升堂入室「必然」經歷的基礎階段。其「既熟而後生」則是創新的階段，「不落蹊徑，變化無端」是前所未有，故謂之「生」。也可以說是大家天賦自由發揮的境界。

包世臣《藝舟雙楫》中的《完白山人（鄧石如）傳》記云：

（梁巘初見之，嘆曰：）「此子未諳古法耳，其筆勢渾鷙，余所不能，充其才力，可以棱轢數百年矩公矣。」

梁為巴東知縣，年輩長於石如，以工李邕書法名噪一時。包世臣又說，後來的鄧石如「復旁搜三代鐘鼎，及秦漢瓦當碑額，以縱其勢，博其趣」，終於成為一代大家[8]。看來，劉勰在《文心雕龍》中提出的「才為盟主，學為輔佐」之論在書法藝術領域也得到了認可。

中國書法有一個長處，就是字形可大可小。在筆畫粗細的調節上，毛筆比之硬筆總是有優勢的。從蠅頭小楷到摩崖巨製，古人都有佳作傳世。

然而，字形大小的不同，在取「勢」方面對書法家提出了不同的要求，他們在這方面也有很多心得。

明代最負盛名的書法家董其昌在《容台集》中，曾經總結自己和前人寫大字的經驗說：

往余以《黃庭》、《樂毅》真書為人作榜署書，每懸看，輒不得佳。因悟小楷法欲可展為方丈者，乃盡勢也。題榜如細，亦跌宕自在，惟米襄陽近之。襄陽少時不能自立家，專事摹帖，人謂之集古字已。有規之者曰：「須得勢乃傳。」正謂此。

書法的習作者都有大字怕掛起「懸看」的經驗。作書時一般是俯視，在與紙面保持著比較固定的近距離，所以不易察覺「榜署」大字

8 《藝舟雙楫》有《國朝（清）書品》最崇鄧石如，以其隸、篆為「神品」，八分及真書為「妙品」上，兩品皆鄧獨占鰲頭。

總體意象和上下平衡穩定等方面的缺陷。在「懸看」時欣賞者平視或略仰，視角變了，距離也可以比較自由地調整，更便於總體把握書法意象。董其昌認為只要「盡勢」，「題榜如細」（寫碩大的榜署書須有視之如小楷的氣度和眼光）、「跌宕自在」就能寫好。米芾「專事摹帖」不能自成一家，接受了「須得勢乃佳」的規勸才上升到更高的層次。

董其昌拈出米芾是很有見地的。米氏確實在巨型字的書寫上有「造勢」的自覺追求，其《海岳名言》中曾說：「葛洪『天台之觀』飛白為大字之冠，古今第一。歐陽詢『道林之寺』寒儉無精神。柳公權『國清寺』大小不相稱，費盡筋骨。裴休率意寫牌，乃有真趣，不陷醜怪。真字甚易，惟有體難，謂不如畫竿勻，其勢活也。」又云：「……世人多寫大字時用力提筆，字愈無筋骨神氣。……要須如小字，鋒勢備全，都無刻意做作乃佳。」看來「用力提筆」則失自然。視大字如小字，有全在掌握之中的自信，又能「跌宕自在」地「盡勢」。關於「大小相稱」的問題，米芾還有具體詳切的評議：

> 石曼卿作佛號，都無回互轉折之勢。蓋字有大小相稱。且如寫「太一之殿」，作四窠分，豈可將「一」字肥滿一窠以對「殿」字乎？蓋自有相稱，大小不展促也。余嘗書「天慶之觀」，「天」、「之」字皆四筆，「慶」、「觀」字多畫，在下各隨其相稱寫之，掛起氣勢自帶過，皆如大小一般，真有飛動之勢。

「佛號」指佛教、道教寺院宮觀建築的題署，寫這種巨型字需要的「回互轉折之勢」當然與書家的筆力及其把握大字結體取勢之道有關。漢字一般是大小近似的方塊字，由於筆畫繁簡不一，有時差別很大，方塊字的大小也不宜強求相近，書法中尤忌將筆畫少的字「肥滿一窠」。米芾的體會是「自有相稱，大小不展促」，他所謂「在下各隨其相稱寫之，掛起氣勢自帶過，皆如大小一般」，指的是一種協調，是由相稱的「筆勢」而非占據空間位置大小相等形成的協調。由於有了大小的變化和運動的節奏，這種協調還具有「飛動之勢」。清代包世臣《歷下筆譚》在這方面的概括是：

「古人書有定勢，隨字形大小為勢。」、「大小相稱」的原則雖然在大字的書寫中十分突出，其實它的指導意義並不限於大字。

第四節　小　結

書法鑑賞和理論中以「勢」論藝的比重之大為諸藝之最。在上面三節裡我們劃歸三個系統所進行的臚列評介雖然還只是材料的一部分，卻基本上顯示出「勢」這個範疇在書法領域的邏輯發展過程和理論意義，於是有了對書法的「勢」論作簡要總結的基礎。

書法是由書寫漢字的實用技能發展而成的一個藝術門類。漢字的創造和發展演變經歷了漫長的歷史過程，不同的字體創造於不同的時期，比如甲骨文、金文和篆、隸、草、楷、行各體的出現都呈現出一定的歷史內涵。然而，不同的字體在後來的實用和藝術創造中又是長期並存的，有時一件作品中甚至兼用不同書體。各種書體的並存兼用豐富了書法藝術造型的方式和風格，促進了這個藝術門類的進步。古人在劃分文章體裁的時候，曾列出「勢」的一體，以介紹書法造型，似乎表明有「勢」是書法藝術最突出的特徵。這種最早評述書藝的「書勢」論，不僅要描繪作為一個藝術門類的書法造型特點，而且還必須介紹不同的「書勢」，探討它們各自的造型特點和風格。自漢代始，古人常以「某某勢」、「某某狀」和「某體」為題描狀某種書體的「勢」，歷代書評中提及的「體勢」也大抵指某一體的基本規範和風格而言。

「書勢」論描繪了書法造型獨具的魅力。它告訴人們，書法藝術雖然是書面語言的伴生物，可是在書法藝術領域，人們認可和推崇的主要是其造型的審美價值，作品中文字語義網絡所構成的思維和文學創造的意蘊在鑑賞中已經退居次要地位。我們之所以說它主要是一門空間藝術，是因為書法藝術的創作和欣賞過程還有時間方面的內涵：書法創作有書寫筆畫和文字排列的先後次序，全部過程都由筆跡展示在欣賞者面前；此外，欣賞書法或多或少要受人們認讀文字的影響，這兩者儘管都受作品幅面空間的限制，卻不能不承認「筆勢」運行和書面語言展開的過程中存在著時間的延續。似乎可以說，書法藝術在同時兼有時間和空間兩方面內涵方面有明顯的特點。

「筆勢」論又算是書法「勢」論裡的大宗，它研討、制訂了書法造型的規範和法度。漢字原先是由無明顯粗細之分的線條構成的，運用毛筆寫字以後，筆畫儘管有了些粗細變化，卻基本上保持著線條的形態。書法可謂線的藝術，它所創造的美是由漢字筆畫線條的造型及其組合的字體與章法佈局體現出來的。

不過，毛筆的普及畢竟從總體上大大提高了書寫的速度，隸、草、楷、行諸體的出現，顯然也應該歸功於毛筆的廣泛使用。如果說毛筆推動了字體的簡化和變革，使象形系統的漢字得以沿用至今，因而一定程度上影響了華夏文化發展的歷史進程，那是不為過分的。漢字由毛筆蘸墨書寫（在紙上效果尤為突出），用毛製成的柔軟而有彈性的筆頭所留下的墨跡瘦腴有致，鋒芒或藏或露，具有卓異的造型和表現功能，也使書法很快從實用技能上升成為一門獨特的藝術。

書法理論家在「筆勢」論中對書寫工具（毛筆、墨、紙），特別是毛筆書寫漢字的造型特點進行了最為全面系統的總結，他們對「筆勢」、「筆法」、「用筆」的探討，以及各種「筆鋒」(比如中鋒與側鋒、折搭之勢和方圓、平逆、藏露等）以及血、肉、筋、骨之論大都屬於此類。既摸索出執筆的方法，如對捉筆、虛掌、用指、運腕、運肘的種種規定；也探究和整理出漢字的基本筆畫，如側（點）、勒（橫）、努（豎）、趯（挑）、策（平挑或上挑）、掠（撇）、啄（短撇）、磔（捺）之類的書寫規範，以及相應的運筆要求（如起止取向、疾澀遲速和用力的方式、輕重等等）；還就字形的間架結構和整幅作品的佈局章法歸納出無使齊平的偃仰錯綜、勻稱安穩、陰陽向背、映帶回互，以及收放開合、射空玲瓏、氣脈貫注等一系列「筆勢」造型原則。總而言之，「筆勢」論多層次地細緻入微地考察了書法藝術造型的機制，它表明人們認定書法是毛筆書寫漢字的藝術是有道理的。

不過，應該補充說明，我們肯定毛筆（軟筆）的取「勢」造型功能對於書法藝術成長的積極意義，並不意味著對硬筆（包括改進以前筆頭較硬的筆和用於刻畫的刀、鑿以及近代的鋼筆、鉛筆之類）書法「筆勢」的否定。甲骨文、金文、古文、籀、篆諸體的書法作品有不少是用硬筆寫成的。刀、鑿也曾是廣泛使用的書寫工具，可能與漢字的創造和某些早期字體的造型有直接的連繫。古代文人書法家向來尊重傳統，他們在書法創作中只會欣賞古風猶存，卻不會數典忘祖。這是後來諸體並存於世的一個原因。何況以硬筆書寫早期諸體的作品，常常表現出古拙瘦硬、剛勁渾成的骨力氣韻，在書法以至其他藝術創造中是很受推崇的一格，為書法家在行草各體的筆法和風格創新，提供了借鑑。其實硬筆（如鋼筆）也能寫出漂亮的楷、隸、行、草字體。從「書勢」論和作品的鑑賞品評上看，無論古今，硬筆書法在重「勢」上並無例外。

順便談一下篆刻，它與雕塑運用的媒介相似，卻只受漢字造型規範的約束，也是中國特有的一門藝術。書法與繪畫的關係類似於篆刻與雕塑的關係。篆刻與書法兩者又水乳交融，也可以說是書法藝術分派中的一脈：以硬性工具（刀、鑿）在硬性材料（金、石）上刻寫的一種書法。它更多地保留了某些方面的古代信息和文字記錄的原始面貌。篆刻藝術對刀法、字體結構和章法佈局的要求也相當嚴格，如何取「勢」也是造詣高深者考慮的首要問題之一，有「勢」則能顯示出足夠的力度，能夠使篆刻作品成為一個氣韻生動的有機整體，體現理想的風格和藝境。

音樂作品必須在時間的延續中，塑造訴諸聽覺的藝術形象，書法則提供視覺的意象，在十分有限的空間展示造型。所以人們說音樂主要是時間的藝術，而書法則主要屬於空間的藝術。然而兩者有十分相近的一點，就是它們所創造的藝術形象一般不是對客觀世界存在的物像進行直接的摹寫，只限於模擬人聲、鳥語、風雷、浪濤的音樂，以及與繪畫相近的書法都很少見，且難登大雅之堂。音樂與書法可以說基本上是表現的藝術而不是再現的藝術。這是人們認定它們為抽象的藝術、高級的藝術的根本原因。

漢字已經有三千年以上的歷史，在今天仍然廣為使用的文字符號中是象形文字系統碩果僅存的一種。今天的方塊字，在結構中仍然保存著表意的成分。當然，作為書面語言，漢字在歷史發展中必須服從語言不斷豐富和提高書寫速度的要求而多次被改造，於是它的形態與客觀物像和示意圖的距離就越來越遠了。隸、楷、行、草諸體的基本形態業已看不出與圖畫的直接關係，它們實際上只服從方塊字的筆畫和間架結構規範的制約。

書法大師們經常從博大無垠的自然界和社會生活姿態萬千的現象中汲取營養，特別是那些顯示出美和生命活力的事物能觸發他們的靈感，從而在筆下創造出具有雄奇壯麗、峻峭挺拔、飛動飄逸或者劍拔弩張、神采飛揚、靜穆蕭散種種風格的形象。然而，與音樂創作一樣，大自然和社會生活只能給藝術家以陶冶和啟示，而不是向他們提供直接摹寫的對象。古代書法家曾從觀濤和觀舞劍器中獲得對萬物生命運動和本質的悟解，產生不可遏止的創作衝動，但他們依然是捉筆揮毫，按照書法的規範去表現的，也就是說，他們不得不藉助於特殊的藝術手段——書法之「勢」去抒寫靈動的情懷和意趣。

書法創造的意象與客觀物像沒有直接的連繫，這就意味著書法藝術表現對象主要是創作的主體，對書法之「勢」的鑑賞批評也自然以創作主體的造詣和風格為內容了。書法的「勢」對主體的表現至少可以分為兩個層次：

第一是功力的層次。書法是很講傳統的藝術，它嚴格的「筆勢」規範來自歷代藝術實踐的深厚積累之中，學書者必須吸取前人的經驗，瞭解古今體勢的流變和法度，熟練地掌握書寫的技能規範。所以，欲入門均須經過長期臨摹揣摩古人碑帖、賞鑑名作的階段，才能在「筆勢」中顯示出自己的書藝修養和表現能力。人們品評書法作品的一個基本方面，就是從其運筆、結字和章法中考察作書者的功力學養。在這一層次內，合乎規範，不出敗筆，尋得出其體勢淵源者為上。對功力的要求大概也有考察主體藝術素質及其學書的意志品質的意味吧。作書者獲得嫻熟的技能，書寫出的「筆勢」、「從心所欲而不踰矩」，才算跨越了「必然」過程，有了「升堂入室」的基礎。

第二是「自由」抒寫和創造的層次。也就是進入古人所謂「抒散懷抱」的境界。「勢」是靈活無定的，作書者憑藉深厚的功底，運用得心應手的「筆勢」在造型結體佈局方面充分表現自己的心境、感情、性格和藝術追求，表現出書法藝術的精神內涵。對「勢」的追求就是對健勁之力，對有節律的動態美，對超然形外意境的追求。它體現出人們對於宇宙萬物運動性和生命性或朦朧或清醒的理解；其中既有從傳承中獲得的民族文化的「勢」意識，也有來自靈感的帶有書法家主體色彩的創造和發現。

書法的藝術造型不是對思維和感情體驗的直接展示，它只能通過筆勢的靈動變化間接地滲透出來。在藝術傳達上它非但不能與可以直吐胸臆的文學相提並論，就是與音樂相比，在表現情緒、心境（如躁動、寧靜、肅穆、輕鬆、明朗、歡悦）方面也更為間接和模糊。所以，無論在書法創作，還是欣賞活動中，對主體的藝術素養，特別是書藝方面的審美能力，有相當高的要求。

由於「勢」的概念從未得到過嚴格的定義，人們在理解上存在著差別，在比闡述規範更為廣泛、自由的品評中，人們所用到的「勢」，其內涵大小和著眼點更是不盡一致的。

現代著名書法家沈尹默先生在他著的《書法論》中將「筆法」、「筆勢」、「筆意」稱為三要素。其「筆法」就是書寫的基本法度；「筆勢」指運筆作書的流走勢態；「筆意」是在「筆勢」進一步互相連繫、活動往來的基礎上顯現出來的。沈先生所謂「筆法」，在古代歸於探討規範的「筆勢」論，古人品評書藝的「勢」又往往既指運筆的流轉勢態又指其綜合的意蘊效果。看來沈先生的「三要素」論比古人更加精細些，所以其中「筆勢」的內涵比較狹窄；而古代書法之「勢」論卻似乎兼含「三要素」於其中了。

面對各有千秋的古代「勢」論，我們總是以求其大同為宗旨的。如果在本章結束的時候，無論如何也要對古代書法之「勢」的意義作出簡明概括的話，我們只好勉為其難地說：「勢」是從特殊的書寫工具（主要是毛筆，以及墨和紙）與漢字造型那裡獲得的書法藝術表現的主要手段。書法之「勢」又可以說是主體個性與書寫規範相融合的高技能藝術造型的方式，它具有運筆過程所展示的線形軌跡，及其體現的漢字造型美和全幅書法作品整體的靈動美，凝聚著書法家對宇宙萬物生命運動的理解和自己的藝術個性。在凝固的墨跡上表現出運動的勢態和勁健的力，是書法之「勢」的首要特徵，可以說運動的美和力的美是「勢」的基本美學內涵。

第三章

繪畫的「勢」

第一節 「勢」入畫論的歷史回顧

繪畫藝術用線條和色彩描摹客觀物像。無論是人物畫，還是山水畫、花鳥畫，其表現對像一般都有具體可見的形態。從「勢是動態的形」這層意義來看，繪畫藝術所創造的形象與「勢」也有十分直接的連繫。視覺形象往往比聽覺形象更明確具體，容易把握，人們對「勢」的理解上，先借助視覺的聯想是很自然的。中國繪畫很有特色，在藝術領域談「勢」，繪畫的「勢」論也占有重要地位。

一、東晉南朝：重「勢」傳統的確立

自魏晉始，思想的解放導致藝術實踐和理論的飛躍發展，中國的繪畫藝術也步入成熟時期。東晉的顧愷之很可能是使山水畫獨立門戶的大師，也是有畫論傳世的最早的著名理論家。他論畫就已經分外注

重「勢」了，可以說「勢」也是最早的畫論術語。僅錄數條於下：

轉上未半，作紫石如堅云者五六枚，夾岡乘其間而上，使其勢蜿蟺如龍，因抱峰直頓而上。

下據絕磵，畫丹崖臨磵上，當使赫巘隆崇，畫險絕之勢。

路在闕峰，似岩為根，根下空絕，並諸石重勢岩相承，以合臨東磵。

……其側壁外面，作一白虎，匍石飲水，後為降勢而絕。（以上引文見顧愷之《畫雲台山記》）

畫壯士，有奔騰大勢，恨不盡激揚之態。

畫三馬，雋骨天奇，其騰踔如躡虛空，於馬勢盡善也。

畫七佛，有情勢，皆衛協手傳。

畫清游池，不見京鎬形勢。（以上引文見顧愷之《畫評〉）

《畫雲台山記》所謂「勢」，指山脈的蜿蜒起伏與石岩的峭拔險峻，《畫評》四條則說的是人物駿馬的動作神態和池苑城郭的格局氣象。除了山水畫而外，顧愷之還擅長描繪人物，傳為他作的《女史箴圖》和《洛神賦圖》均以人物相貌風采刻畫的準確入微著稱，尤其是與人物身分和特定場合內心感情相吻合的情態，以及流暢生動的衣著線條，令後人傾服。

唐代張彥遠《歷代名畫記》說：「像人之美，張（僧繇）得其肉，陸（探微）得其骨，顧得其神。神妙無方，以顧為最。」能獲如此推崇，當然與顧有明確的藝術追求相關。

顧愷之注重畫「勢」，至少包含著三個方面的要求：

其一，力求表現出描摹對象的運動姿態，即使是畫山巒岩石之類靜物也如此。山脈岩石彷彿是本有動態卻被凝固了的龐然大物，往往具有龍蟠虎伏般的力量和威勢，能喚起人們諸多聯想。

其二，藝術表現須突出描摹對象的特徵和意趣所在，山巒、岩石、駿馬，以及不同身分不同性格的人物都各有自己的「勢」，池苑也得體現出所在地區的獨特風貌。畫家對「勢」的個性把握準確，展示充分，創造的藝術形象才能生動傳神。

其三，從「畫七佛，有情勢」體會，在畫卷出現的所謂「佛」的形象，當然實際上是人的形象，古代的人物畫很早就受到神話傳說和佛道之類宗教造像的推動。七佛各有個性，合起來又是一幅有整體性要求的繪畫作品。看來描繪人物群像貴在面中人物相互有所顧盼照應，以表現出他們在所展示的特定時空中的相互關係，其間的人物必須有個性的流露或者思想感情的交流，這也許就是「情勢」吧。

南齊的王微長於山水，是歸納「六法」的謝赫同時代人。他在《敘畫》中提出了一個具有重要意義的論斷：「夫言繪畫者，竟求容勢而已。」指出繪畫的藝術創造最終不過是追求在畫中容納「勢」罷了。眾所周知，繪畫作品彷彿一個凝固了的景物的窗口；人們作畫只能截取空間的一個有限部分，將瞬間的場景人物納入畫面。古代畫家重「勢」，說明已漸次有了突破靜止時空的自覺，「勢」有動態，可以化靜為動，使凝固的景物充滿活力；「勢」富於包孕，能夠通過它的展開趨向突破畫面有限時空的束縛。「竟求容勢」的目的，無疑在追求繪畫藝術形象的靈動化和對有限時空的超越。王微緊接其後的論述可以印證這一點：

> 且古人之作畫也，非以案城域，辨方州，標鎮阜，劃浸流。本乎形者，融靈而動變者，心也。靈亡所見，故所托不動；目有所極，故所見不周。於是乎以一管之筆，擬太虛之體；以判軀之狀，畫寸眸之明。……橫變縱化而動生焉，前矩後方而靈出焉。

王微清楚地指出，繪畫創作絕非對客觀物像的刻板模擬，山水畫卷不能如地圖那樣付諸區域山河的實用。「本乎形」是以物像的客觀形態為依據，「融靈而動變」則要求融入大自然的靈氣機趣而對客觀物態有所「動變」，兩者都由畫家的藝術匠心來把握運籌。當時的畫家已經不滿足藝術形象的「形似」，提出要按照自已對「太虛（宇宙萬物之本源）之體」的理解來處理所描繪的具體形象，當然也必須充分利用自己通過觀察獲得的感性材料。「本乎形」又不為形所拘，且要「融靈而動變」，已經道出了繪畫藝術領域求「靈動」、尚「神似」的基本原則。梁元帝蕭繹《山水松石路》也有論云：「夫天地之名，造化為靈，設奇巧之體勢，寫山水之縱橫。」足見從大處著眼，師法造化，重視「體勢」的綱領性作用，力求以縱橫的筆法追求靈動的效果，至少從齊梁起，山水名家已有這樣的自覺意識。

東晉、南朝的材料表明：從中國繪畫藝術開始有理論性的探索起，就發現「勢」在藝術表現中的特殊功能，就確立了重「勢」的傳統。

二、唐五代：廣泛探索求「勢」之道

唐代的山水畫人物畫都有很高成就，花鳥畫亦開始升堂入室。唐人對繪畫的勢也很看重，而且對如何成「勢」進行了多方面的探索。史稱孫位「畫龍水，龍拏水洶，千狀萬狀，勢欲飛動」。杜甫曾贊王宰山水「尤工遠勢古莫比」（《戲題王宰山水圖歌〉），所謂「尤工遠勢」已有善於高瞻遠矚、濃縮空間進行宏觀把握的意味。符載《觀張員外畫松石序》所論更為精微：

夫觀張公之勢，非畫也，真道也！當其有事，已知夫遺去機巧，意冥玄化，而物在靈府，不在耳目。故得於心，應於手，孤姿絕狀，觸毫而出，氣交沖漠，與神為徒。若忖短長於隘度，算妍蚩於陋目，凝觚吮墨，依違良久，乃繪物之贅疣也；寧置於齒牙間哉！

受到稱譽的「勢」，「非畫也，真道也！」頗能豁人耳目。此處「道」的所指，顯然不在政治倫常方面，而是在物態、意象的藝術表現方面。大概符載認為「張公之勢」符合併反映藝術思維的創造規律（這也可稱為「道」），乃至與宇宙萬物的自然之道相冥合。這「勢」出自匠心，出自靈感；是「氣交沖漠，與神為徒」的產物。

晚唐張彥遠《歷代名畫記》是我國第一部有系統的重要畫論，東晉、南北朝繪畫理論家有關「勢」的見解，不少是這部名著保存下來的。

畫家「勢」的認識的進步，是與整個繪畫實踐和理論的進步以及其他門類（尤其是書法）藝術的發展相互連繫，相互促進的。張彥遠《論顧陸張吳用筆》說：

昔張芝學崔瑗、杜度草書之後，因而變之，以成今草書之體勢，一筆而成，氣脈通連，隔行不斷。惟王子敬明其深旨，故行首之字往往繼其前行，世上謂之一筆書。其後陸探微亦作一筆畫，連綿不斷。故知書畫用筆同法。

一筆書的「體勢」，以「氣脈通連」見長，一筆畫亦以「連綿不斷」得「勢」，兩者都力求創造有機連繫、曲折變化而又渾然一體的意境。中國的書法、繪畫都是空間的藝術，都以毛筆在絹和紙之類材料上揮灑墨彩作為創作的基本手段，兩者在藝術創造的探索中相互啟迪、相互借鑑的東西是很多的。

五代時的荊浩曾經指出：「山水之象，氣勢相生。」又將筆勢分解為四：「凡筆有四勢，謂筋、肉、骨、氣：筆絕而（不）斷謂之筋；起伏成實謂之肉；生死剛正謂之骨；跡畫不敗謂之氣。」（《筆法記》）雖未必貶抑筋、肉，卻似以「骨」、「氣」二勢為上。後來清代石濤在這方面又有發揮，改稱「筋、骨、皮、肉」四勢，以「全此四勢」為極致。他說：「筋、骨、皮、肉者，氣之謂也。……有此四者，謂之有氣。有氣謂之活筆。筆活，畫成時亦成活畫（《畫學心法問答》）。又將所有四種筆勢囊括於「氣」的統屬之下。

在哲學以及其他一些領域裡，「氣」與「勢」原本就是經常密切聯繫的兩個概念。「勢」入畫論雖早，謝赫的「六法」卻沒有言及「勢」，不過「六法」卻將「氣韻生動」列為第一。其後歷代闡揚「氣韻生動」之旨，幾乎成了論畫的定則之一。論者大抵以能見精神意氣和流轉生機，有含蓄的韻味為其特點。這些特點與「得勢」之作不乏相通之處。有的繪畫理論家竟然明確指出：「氣韻生動」即指勢而言（沈宗騫《芥舟學畫編》〈取勢〉）。此外，歷代畫論中「氣」與「勢」對舉或連綴成一個術語的地方是不勝枚舉的。近人金紹成《畫學講義》中說：「作畫以有氣勢為上，有氣勢則精神貫串，意境活潑；否則徒具形式，毫無精神，死畫而已，有何趣味之足言？」

總之，繪畫之「勢」的諸多方面的發微、開拓，大多是從唐、五代開始的。

三、宋元：「勢」論消沉，然亦有可取

繪畫到了宋代，幾乎全轉入文人之手。山水、花鳥一時稱盛，各家常有心得與經驗談，畫論也廣有弘揚和拓展。然而所論一般在品物技法方面頗為精細，且多推重高古、雅逸、蕭散入神之作，在對雄強恢宏之「勢」的追求方面，遜於前人。然而宋代畫藝及見識上卓越不凡者甚多，其論亦有可取，郭熙《林泉高致集》〈山水訓〉論「勢」堪稱有宋一絕：「山水，大物也，人之看者須遠而觀之，方得見一障山川之形勢氣象。」以為「近者玩習，不能錯綜起止之勢。」畫山須分清「大小宗主」，使「其象若大君赫然當陽，而百辟奔走相會，無偃蹇背卻之勢」。這些意見對整幅山水造型總體把握和畫面佈局的主次安排，勢態趨向的論述有指導意義。郭熙在《林泉高致集》〈山水訓〉中還說：

山，大物也。其形欲聳拔，欲偃蹇，欲軒豁，欲箕踞，欲盤礴，欲渾厚，欲雄豪，欲精神，欲嚴重，欲顧盼，欲朝揖；欲上有蓋，欲下有乘；欲前有據，欲後有倚；欲上瞰而若臨觀，欲下游而若指麾。此山之大體也。

水，活物也。其形欲深靜，欲柔滑，欲汪洋，欲迴環，欲肥膩，欲噴薄，欲激射，欲多泉，欲遠流；欲瀑布插天，欲濺撲入地；欲漁釣怡怡，欲草木欣欣；欲挾煙雲而秀媚，欲照溪谷而光輝。此山之活

體也。

兩段所論，不外山與水「體勢」種種。在郭熙眼裡，山水的形態充滿活力和生氣，有精神，有意願，有個性，他反覆用的「欲」字，使山水這樣的「大物」生命化了，充分表現出「勢」富於包孕和靈動的內涵，說出了畫家對山水形象的意態、運動趨勢及其內在生命力的理解。

元畫承宋人余緒，雖以寄興寫情為特點，其在理論上對「勢」的探討卻建樹平平。元僧覺隱曾云：「我嘗以喜氣寫蘭；……蓋謂蘭葉勢飄舉，花芯舒吐，得喜之神。」(轉引自明李日華《論畫〉) 湯垕《畫鑑》品評列代名蹟也用到「勢」：

六朝人畫魯義姑圖，一兵持戈作勇猛勢，義姑作安詳問答之態，……

李思訓畫著色山水，用金碧輝映，為一家法，其子昭道變父之勢，妙又過之。

徐友畫水，……筆法既老，波浪起伏，得其水勢，相對活動，愈看愈奇。

第一、三條「作勇猛勢」和「得其水勢」所指是人和物的特徵鮮明的動態形象；第二條李思訓之子「變父之勢」，顯然是針對與畫家風格相連繫的習慣表現方式而言，在畫論中有些新意。

四、明清：「勢」論復興，臻於完備

有明一代繪畫以山水為盛，畫論中對「勢」比宋、元要注重得多。茲錄數家之論於後：

筆與墨最難相遭。具境而皴之，清濁在筆；有皴而勢之，隱現在墨。（沈顥《畫塵》〈筆墨〉）

大痴（元黃公望）謂畫須留天地之位，常法也。予每畫雲煙著底，危峰突出，一人綴之，有振衣千仞勢。客訝之。予曰：「此以絕頂為主，若兒孫諸岫可以不呈，岩腳柯根可以不露，令人得之楮筆之外。」客曰：「古人寫梅剔竹，作過牆一枝，離奇具勢。若用全干繁枝，套而無味，亦此意乎？」予曰：「然。」（沈顥《畫塵》〈位置〉）

毗陵曹仁希畫水無敵，驚濤怒浪，細溜輕波，一筆自分深淺之勢，敏而不失其真。

閻邱秀才，凡作水先畫水頭，後畫水紋，頃刻而成，驚濤洶湧，勢欲掀屋。（以上楊慎《畫品》〈山水〉）

李煜好金索畫，唐希雅常效之，乘興縱騎，因其戰掣之勢，以寫竹樹。（楊慎《畫品》〈花竹〉）

董北苑、僧巨然都以墨染雲氣，有吐吞變滅之勢。

遠山一起一伏則有勢。

山之輪廓先定，然後皴之。今人從碎處積為大山，此最是病。古人運大軸只三四大分合，所以成章，雖其中細碎處甚多，要之以取勢為主。[1]

宋人多寫垂柳，又有葉柳，柳不難畫，只要分枝頭得勢耳。（以上董其昌《畫禪室隨筆》）

沈顥以為墨的濃淡枯潤能表現「勢之隱顯」，論及墨作為藝術媒介的特殊效果。又強調無論山水花木，在構圖中須突出主要景物的勢態；次要的，可為觀照者意會和想像出來的景物則應該「不呈」、「不露」。前者是中國畫特有的手段，後者是以虛代實的取「勢」原則。董其昌的「以取勢為主」，雖然是對畫山而言，卻也是「勢」的追求在繪畫藝術創造中地位上升的標誌。董氏書畫擅名一代，其畫論被奉為「藝林百世師」[2]，此論說明他在表現繪畫形象的靈動性上有理論的自覺。另外，他從「分合」這一側面來認識「勢」，以「開合」闡釋繪畫中「勢」的展開過程及其章法布局的密切關係，是有開拓意義的，對清人論「勢」頗有啟發。

明代中期以後，論畫者已由間或以「勢」入論漸至於作專門、綜合的探討。顧凝遠《畫引》即有〈取勢〉一則。山水畫成就頗高，首創蘇松一派的趙左，其畫藝被史家譽為「神韻逸發，超然意遠」，堪與董其昌相抗行[3]，他的《論畫》全以「得勢」為宗旨：

1 莫是龍《畫論》亦有此條。

2 潘天壽：《中國繪畫史》，第220頁-221頁。

3 潘天壽：《中國繪畫史》，第221頁。

畫山水大幅務以得勢為主。山得勢，雖縈紆高下，氣脈仍是貫串。林木得勢，雖參差向背不同，而各自條暢。石得勢，雖奇怪而不失理，即平常亦不為庸。山坡得勢，雖交錯而自不繁亂。何則？以其理然也。而皴擦勾斫，分披糾合之法，即在理勢之中。至於野橋、村落、樓觀、舟車、人物、屋宇，全在想其形勢之可安頓處，可隱藏處，可點綴處。先以朽筆為之，復評玩似可易者，然後落墨，方有意味。如遠樹要模糊，襯樹要體貼，蓋取其掩映聯絡也。其輕煙遠渚，碎石幽溪，疏筠蔓草之類，初不過因意添設而已，為煙嵐雲岫，必要照映山之前後左右，令其起處至結處雖有斷續仍與山勢合一而不渙散，則山不為煙雲掩矣。藏蓄水口，安置路徑，宜隱現參半，使紆迴而接山之血脈。總之，章法不用意構思，一味填塞，是補衲也，焉能出人意表哉？所貴乎取勢佈景者，合而觀之，若一氣呵成；徐玩之，又神理湊合，乃為高手。然而取勢之法又甚活潑，未可拘攣，若非用筆用墨之高韻，又非多閱古蹟，及天資高邁者，未易語也。

這一篇宏論是針對創作「山水大幅」說的。其旨有三：

首先，指出「得勢」既是整幅畫，又是每一種山、林、石、坡具體形象所必須的，能否「得勢」，是繪畫能否進入高層次藝術境界的關鍵。趙左認為，「勢」所以如此重要，是由於它包含著「理」的緣故，所有「皴擦勾斫」的筆法和「分披糾合」的佈局處理，無不在「理勢之中」。

「勢」與「理」的關係在畫論中地位比較重要，這裡可以提示一下它的哲學淵源：先秦兩漢的子書對「勢」與「理」的關係已有所論，但高度重視「勢理」則是南宋理學興起以後的事。《孟子》〈離婁上〉有云：「天下有道，小德役大德，小賢役大賢；天下無道，小役大，弱役強；斯二者，天也。順天者存，逆天者亡。」朱熹的《四書集注》解釋這段話時說：「天者，理勢之當然也。」稍後其弟子宋廣輔又闡揚道：「順其理勢則存，逆其理勢則亡，必然之理也。」所謂「天」，大抵指非人力所能左右的客觀規律。「理勢」指事理和體現著變化規律的運動勢態。朱熹在《答程允夫》中說：「蘇（東坡）氏文辭偉麗，近世無匹，若欲作文，自不妨模範。但其詞意矜豪譎詭，亦有非知道君子所欲聞。是以平時每讀之，雖未嘗不喜，然既喜未嘗不厭，往往不能終帙而罷。非故欲絕之也，理勢自然，蓋不可曉。」此處的「理勢」即針對受潛在規律左右的審美心理而言。後來在明末清初的著名學者王夫之那裡，「理勢」又分而為二，他對朱熹的解釋有自己的認識：「勢之順者，即理之當然者也」；「……迨已得理，則自然成勢，又只在勢之必然處見理」；「凡言勢者，皆順而不逆之謂也。……知理勢之不可以兩截溝分」。其「理」、「勢」各有所指：「理」是抽象的事理和規律；「勢」則是可感的運動勢態。「順而不逆」強調對「理」的順應，所以「理」與「勢」有不可分割的主從關係。這種從考察社會倫常與政治關係得來的理論認識顯然會擴散到自然關係論和藝術領域。除趙左外，清人沈宗騫論畫也作了專門探討。不過，其他領域移植來的理論都得經過改造，藝術論者的闡發有時竟然與原先哲學社會學中的觀點大相逕庭。比如沈宗騫認為「理」與「勢」可能發生矛盾，清人包世臣論文則對「順」可以得「勢」不以為然，而有「文勢之振，在於用逆」之說，這又是後話。

其次，趙左認為畫中一切個別景物和局部描繪均應該考慮整體「形勢」的需要和可能性，輪廓草創以後，經反覆琢磨玩味，達於「似不可易」的程度，才「落墨」定「形」。趙左強調景物須「取其遠近聯絡」，「必要照映山之前後左右」，「令其起處至結處雖有斷續仍與山勢合一而不渙散」，「使紆迴而接山之血脈」。「勢」對於一幅畫整體上的要求是：各個組成部分相互間必須有有機的、或隱或顯而又主次分明的「氣脈」連繫，趙左對此作了清晰而細緻的表述。「合而觀之，若一氣呵成」，就是整體之「勢」的藝術效果。「細而玩之，又神理湊合」，指在繪畫細部和具體景物的欣賞中，能夠使觀照者揣摩品味出物像勢態與天然「神理」相湊集而生的微妙意趣。

最後，趙左又強調活用「取勢之法」，「勢」本來就有靈活無定的運動的屬性，沒有「拘攣」於法的必要。他指出「得勢」的三個條件：一、須是「用筆用墨之高韻」。要求能得心應手地利用筆墨這種中國畫藝術媒介的特殊韻味來造「勢」。二、須「多閱古蹟」。要求博賞歷代名作，這不僅是提高鑑賞水平的需要，也有借鑑古人經驗維護和發展重「勢」傳統的意義。三、須是「天資高邁者」。顯然，論者認為藝術天賦對於「勢理」的理解和把握，對於靈感的豐富（出現頻繁、多樣）及其創造力的發揮有重要作用。

趙左《論畫》專議畫「勢」，持論允平翔實，且有獨到之處。董其昌的「以勢為主」在他這裡已作了詳盡的理論闡述，「得勢」居然明確地成為一派宗師的藝術追求。這些對於繪畫之「勢」都有劃時代的意義。尤其是趙左以「理」論「勢」和「用筆用墨之高韻」之說，均具有別開生面的理論價值，直接促進了清人的進一步探索。

清代是古代學術集大成的朝代，繪畫理論自然也不例外，言及畫「勢」的篇什既多，亦不乏包容前說、闡釋周詳的專論。滿族山水畫家唐岱《繪事發微》有〈得勢〉一篇，沈宗騫的《芥舟學畫編》更有〈取勢〉〈相勢〉的專論兩則。這裡簡要地介紹一下唐岱〈得勢〉的主要內容。

唐岱說：「夫山有體勢，畫山水在得體勢。」他將山比擬於人，人的「體勢」坐臥偏正各有不同，有軀幹和四肢的主從有序，山亦然。此論雖屬傳統的「近取諸身」的比擬方法，也流露出將自然景物生命化、靈動化的意識。唐岱標舉「移步換影」之說，總結出從不同距離、不同角度觀景取「勢」的要領，可謂中國古代的「透視」理論。他強調「山體更要入骱」。所謂「入骱」，是指如同骨節之間的銜接那樣，各個部分的組合、連接必須自然靈活而又有絲絲入扣的精確嚴謹，這樣才有「山體」的統一協調。在「山體」得「勢」的前提下，又要求「山之峰巒樹石俱要得勢」。唐岱分述了嶺、峰、巒、懸崖、遙岑遠岫、樹、石諸「勢」的特點，指出「諸凡一草一木，俱有勢存乎其間」。最後又論述了分清主次以定「大勢」的必要，認為「畫山水起稿定局，重在得勢，是畫家一大關節也」。

從東晉到清朝中葉，經過上千年的經驗積累和理論探索，人們對繪畫之「勢」的認識已很充分，把握運用它的要求更日趨強烈。與其他一些傳統的術語和概念不一樣的是，論「勢」者雖多，側重或有不同，但理解上卻大體無分歧。清人所論，已有總結性的意味。我們將在下一節裡，圍繞沈宗騫的〈取勢〉和〈相勢〉作系統的探討。其他各家的分散議論，這裡就從略了。

第二節　沈宗騫論「勢」

據《墨林今話》卷三所記：沈宗騫，吳興人，自號研溪老圃，「書法二王，畫兼山水人物，刻意入古，功力甚深，一時名公咸重之。著有《芥舟學畫編》四卷，痛斥俗學，詳論正法，足為畫道指南。生平傑作，有《漢宮春曉》、《萬竿煙雨》二圖，為賞鑑家所寶，有神品之目」，云云。

俞劍華在《中國繪畫史》中指出，清代的繪畫理論著作為歷代之冠，而其中最有價值的幾部「妙絕千古不朽之名作」，又以沈宗騫的《芥舟學畫編》列於首位。隨後又作了這樣的評介：

是書不但在清代畫論書中當首屈一指，即於歷代全體畫論書中，亦罕有其倫。組織井然不紊，識見純正不阿；至其思想之縝密，推闡之詳盡，文辭之雅訓，更為一般論畫之書所不及。卷一、卷二俱論山水，凡十六篇，議論詳明，新義時出，均為深造有得之言。卷三為傳神，凡十篇，寫真之秘，盡被抉發。卷四為人物、筆墨絹素、設色等瑣論三種，系通論一切畫法。綜觀全書，處處精煉，幾於無懈可擊。以如此完美之書，竟流傳甚少，原版毀後，竟無人知有此書。幸日本有刊本，且有譯本，寶籍賴以不墜。……

《芥舟學畫編》卷二〈取勢〉，洋洋二千餘言，專論山水畫「勢」；卷三探討「傳神」，又有五百餘字的〈相勢〉一則。其中採擷前人精華，發抒己見，雖未必集「勢」論之大成，亦可謂諸家所論中最剴切詳明者。

圍繞沈氏所論進行考察，並以諸家精警之處作為補充，我們能對繪畫之「勢」有一個比較全面系統的認識。

一、依自然之開合取「勢」

沈宗騫在〈取勢〉中首先說：

天地之故，一開一合盡之矣。自元會運世，以至分刻呼吸之頃，無往非開合也。能體此，則可以論作畫結局之道矣。如作立軸，下半起手處是開，上半收拾處是合。何以言之？起手處所作窠石及近處林木，此當安屋宇，彼當設橋樑，水泉道路，層層掩映，有生發不窮之意，所謂開也。下半已定，然後斟酌上半：主山如何結頂，雲氣如何空白，平沙遠諾（疑為「渚」）如何映帶，處處周到，要有收拾而無餘溢，所謂合也。譬諸歲時：下幅如春，萬物有發生之象；中幅如夏，萬物有茂盛之象；上幅如秋冬，萬物有收斂之象。時有春夏秋冬之開合以成歲，畫亦有起訖、先後、自然之開合以成局。

明人唐志契《繪事微言》記曰：「昔元章題摩詰畫云：『雲峰石跡，迥出天成，筆意縱橫，參於造化。』」沈氏論山水的「取勢」，亦先言「天地之故，一開一合盡之矣」，足見論者亦本師法造化的傳統宗旨，力圖從宏觀上把握宇宙萬物的運動規律，用客觀事物不分鉅細「無往非開合也」，作為繪畫求「勢」的依據。沈氏認為，畫面的佈局章法和景物勢態的安排處理，必須體現出宇宙萬物以有開有合、有收有放的方式運動變化的特點，這種開合收放，既是錯綜紛呈的，又是有序地展開的。

「畫亦有起訖、先後、自然之開合以成局」，其所本是「春秋代序」之類的自然開合。宋郭熙《林泉高致集》說：「真山水之雲氣，四時不同；春融洽，夏蓊鬱，秋疏薄，冬黯淡。……真山水之煙嵐，四時不同：春山澹冶而如笑，夏山蒼翠而欲滴，秋山明淨而如妝，冬山慘澹而如睡。」應該「遠而觀之」，以窮究「錯綜起止之勢」。也是要求畫家在四時變化的啟示下，以「錯綜起止之勢」把握雲氣煙嵐的整體意象。

〈取勢〉對於自然萬物運動過程這種開、合、收、放往複變化的概括，儘管有失粗糙，也有「周而復始」循環論的痕跡，然而在繪畫實踐中卻是簡明可行的，它肯定了世界現象在無窮盡的運動變化之中的本質特徵，而且指出事物的運動受其內在規律所規定的方向和起伏變化制約。

董其昌曾云：「凡畫山水，須明分合，分筆乃大綱宗也。」所謂「分合」，即沈氏之「開合」。董其昌補充說：「有一幅之分，有一段之分，於此了然，則畫道思過半矣。」（《畫旨》卷上）沈宗騫因其論進而闡述道：

若夫區分縷析，開合之中復有開合。如寒暑為一歲之開合。一月之中有晦朔，一日之中有晝夜，至於時刻分晷，以及一呼一吸之間，莫不有自然開合之道焉。則知作畫道理：自大段落，以至一樹一石，莫不各有生發收拾，而後可謂筆墨能與造化通矣。有所承接而來，有所托卸而去，顯然而不晦，秩然而有序，其於畫道庶幾矣。

這裡以時間為例，由歲月而至日時、一呼一吸，指出每個層次無不存在自己的開合。可以認為，沈氏於此業已表述了事物運動的開合交替現象，及其層次分解的不可窮儘性。因此，在繪畫的每一個局部，都有自己的開合需要「生發」、「收拾」。當然，各自的「生發」(開)「收拾」（合）完成之後，又組合出大段落的開合，大的開合又統領和協調著小的開合。清人鄒一桂《小山畫譜》論花卉畫之章法說：「章法者，以一幅之大勢而言。幅無大小，必分賓主。一虛一實，一疏一密，一參一差，即陰陽晝夜消息之理也。……大勢即定。一花一葉亦有章法。」笪重光《畫筌》「論山第一」云：「一收復一放，山漸開而勢轉；一起又一伏，山欲動而勢長」，又云：「一縱一橫，會取山形樹影；有結有散，應知境辟神開。」

王翬、惲格評曰：「起伏收放，括盡縱橫運用之法。」、「畫法不離縱橫聚散，所謂一陰一陽之謂道。」他們雖未直言「勢」之「開合」，然而，所謂「縱橫、聚散」、「陰陽、虛實」，卻仍然是與開合相通的。看來古人所運用的這種得心應手的簡約模糊的把握方式包含著對事物運動規律和節奏的理解，也流露出傳統的辯證意識。

「筆墨能與造化通」是繪畫之極致，師法造化則為全段的核心，是「取勢」之論的立足點。郭熙《林泉高致集》認為山水畫家應當「即山川而取之，則山水之意度見矣。真山水之川谷，遠望之以取其勢，近看之以取其質」。

沈宗騫指出山水的形象「有所承接而來，有所脫卸而去」。這句話可以從兩方面理解：

其一，如笪重光所云：「山外有山，雖斷而不斷；樹外有樹，似連而非連」，整個畫面上的事物都有或顯或隱的脈絡連繫，都有一定的安排和交代，所以沈氏嘲笑「今提筆者既不識起訖，復不知操縱，滿紙填塞，直是亂草堆雜」，不知「局勢之謂何」了。這是沈氏本意。此處的「局勢」，亦即鄒一桂所言之「章法」。

其二，如果說開去，一幅畫的畫面儘管只能截取自然山川很小的一部分來加以描繪，卻可以力求反映出與畫面以外的山川及至整個宇宙的生命運動相通的精神。這「承接」，這「脫卸」，還可以突破畫面空間的局限，或隱或顯地與「造化通」的。

提筆作畫的人須「識起訖」、「知操縱」，除了要求對所描繪事物自然運動的源流主次和發展勢態做到胸有成竹以外，還有強調「提筆者」能動地在畫面上安排與駕馭「局勢」的意味。

二、「取勢」的基本原則

(一) 在往來順逆間寓開合

在尺幅中作畫，須仰賴筆墨作為媒介。然而，無論畫筆的勾勒點畫塗抹如何充分，墨彩的濃淡乾濕浸染如何得宜，筆墨不可能將描寫的對象所有的特徵、屬性呈露無遺。事實上，高超的藝術家也從不將欲表現的一切和盤托出。沈氏在〈取勢〉中說：「筆墨相生之道，全在於勢。勢也者，往來順逆而已。而往來順逆之間，即開合之所寓也。」只要在取勢上得法，就能夠「筆墨相生」——毛筆的運轉線條和墨彩的鋪布點染相互生發，它們作為中國畫的藝術媒介，其特殊功能得以充分發揮，畫面便可生出許多無須實寫而可意致的情趣。從「勢也者，往來順逆而已」的論斷來看，在繪畫上「取勢」的重擔，主要是由運筆來承擔的，而且運筆的走向尤為重要，在「往來順逆」中理當包孕著從整體到局部的開合之勢。

道濟在《苦瓜和尚畫語錄》中立〈運腕〉章，足見古人對運筆的重視，他說：「腕若虛靈，則畫能折變；筆如截揭，則形不痴蒙。腕受實則沉著透徹，腕受虛則飛舞悠揚；腕受正則中直藏鋒，腕受仄則欹斜盡致；腕受疾則操縱得勢，腕受遲則拱揖有情；腕受化則渾合自然，腕受變則陸離譎怪；腕受奇則神工鬼斧，腕受神則川岳薦靈。」顯然，「腕」所受命者是藝術匠心。畫家對「起訖先後自然開合」已了然於心，「往來逆順」則當應手而發。

沈宗騫又說：「生發處是開，一面生發，即思一面收拾，則處處有結構而無散漫之弊。收拾處即是合，一面收拾，又即思一面生發，則時時留有餘意而有不盡之神。」層出不窮地交替進行「收拾」與「生發」，而且使它們符合大小開合之勢的構想，放而不流宕，收卻不板滯，形成既生動又嚴謹的整體結構。此外畫面的空間是有限的，繪畫藝術的欣賞是靜觀的，在沈氏的議論中，不難體察出畫家的良苦用心，力圖以流走的有多層次開合變化的筆勢凝固於畫面，借此打破靜止的格局，「時時留有餘意而有不盡之神」，才能在欣賞過程中層層推進觀照者的思維感情運動。

(二) 必「勢」與「理」兩無妨

明人趙左曾提出畫中的「勢理」問題，以為「得勢」不亂，「以其理然也」。是有「勢」即有「理」之論，而沈氏的理解卻不完全一致。〈取勢〉這樣論「理」與「勢」的關係：

> 朽筆一下[4]，大局已定。而中間承接之處，有勢雖好而理有礙者；有理可通而勢不得者。當停筆細商，候機神湊會，一筆開之，便增出許多地面，且深且遠。但於此不即為商所以收拾，將如何了結？如遇綿衍拖曳之處，不應一味平塌，宜另起波瀾。蓋本處不好收拾，當從他處開來，可免平塌矣。或以山石，或以林木，或以煙雲，或以屋宇，相其宜而用之。必勢與理兩無妨乃得。

趙左的「得勢」，當指「體勢」業已合乎客觀事物的特徵和運動規律而言。沈宗騫的這種可能與「理」有礙的「勢」，則似乎指的是作畫時逐步展開的「筆勢」。二人側重方面不同，所以「勢理」在前者自然統一，在後者則力求統一了。〈取勢〉所謂「理」，大概與趙左所指相近，是描繪對象（山水畫中的峰巒瀑泉林石之類）的客觀屬性和「自然開合之道」。

山水畫家從來就以師法造化為極則，通常都能程度不同地依循「自然之道」以取「勢」，甚至像明、清兩代畫家那樣明確地以「自然之開合」作為取「勢」的依據。然而，筆畢竟「操縱」在畫家手中，「眼前之竹」、「胸中之竹」和「手中之竹」三者原本不盡一致，何況有得之

4 清人以柳炭為筆起稿，稱之為「朽筆」。

偶然的筆墨意趣呢！簡言之，描繪山水的「往來順逆」之筆勢還受畫家了然於胸的「自然開合之道」以外的一些因素影響：運用筆、墨的功能與效果——藝術媒介在表現上的特長和侷限，創作主體的個性和才能，以及臨場作畫時可變性極大的諸多主客觀因素。凡此種種，「有勢雖好而理有礙者，有理可通而勢不得者」的現象就不足為怪了。沈氏以為，「勢」與「理」兩相牴牾之時，則應在斟酌醞釀中求助於靈感，即「停筆細商，候機神湊會」，一旦妙悟，有了「勢與理兩無妨」的「一筆開之」，便能別開生面，拓出「且深且遠」的新境界來。道濟《苦瓜和尚畫語錄》的《山川章第八》也認為：「得乾坤之理者，山川之質也。得筆墨之法者，山川之飾也。知其飾而非理，其理危矣。知其質而非法，其法微矣。是故古人知其微危，必獲於一。一有不明，則萬物障；一無不明，則萬物齊。」強調「得乾坤之理」，與「得筆墨之法」相對統一，才能完成將萬物付諸藝術表現的任務。

(三) 欲俯先仰，欲重先輕，欲放先收

〈取勢〉進而討論「開合之道」具體筆法和佈局要領：

作書發筆，有欲直先橫，欲橫先直之法。作畫開合之道亦然，如筆將仰，必先作俯勢；筆將俯，必先作仰勢。以及欲輕先重，欲重先輕；欲收先放，欲放先收之屬，皆開合之機。至於佈局，將欲作結密鬱塞，必先之以疏落點綴，將欲作平衍紆徐，必先之以峭拔陡絕。將欲虛滅，必先之以充實；將欲幽邃，必先之以顯爽。凡此皆開合之為用也。

因為漢字是以象形示意的圖畫符號演變而來的，所以向有「書畫同源」的說法。不僅如此，書法與繪畫所採用的工具和材料是相同或相近的，比如毛筆、墨、絹和宣紙之類，甚至人們寫字與繪畫握筆、運筆的基本方式也完全一樣。兩者在藝術創造上從來是相互借鑑、相互吸收的，因而在造勢上亦有相同。書法下筆「欲直先橫，欲橫先直」，作畫的「開合之道」則「欲俯先仰」、「欲重先輕」、「欲放先收」，佈局也得「欲密先疏」、「欲平紆先陡峭」、「欲虛先實」、「欲幽先顯」了。連繫前面的「開合」之論來看，可知〈取勢〉廣泛地接受了傳統哲學中事物矛盾對立並相互轉化的辯證思想的積極影響。《老子》〈三十六章〉即云：「將欲弱之，必固強之；將欲廢之，必固興之；將欲奪之，必固與之。」雖是對付敵人的權謀而言，卻顯然與沈氏之論有淵源關係。前人論畫亦有與此相近之說，明人顧凝遠《畫引》云：「凡勢欲左行者，必先用意於右；勢欲右行者，必先用意於左。或上者勢欲下垂，或下者勢欲上聳，俱不可從本位徑情一往。苟無根柢，安可生發？蓋凡物皆有然者，多見精思則自得。」

問題在於，古代的繪畫理論為什麼要強調運用「開合之道」來指導運筆和佈局？囿於時代的侷限，沈氏未能道明其所以然，只能要求學畫者揣摩玩味古人留下來的作品，「細以此意推之，由一點一拂，以至通局」，於是「知其無一處不合此論，則作者之苦心已得，然後動筆摹仿，頭頭是道矣」。顧凝遠以為，在相反處「用意」，事關行筆生發的「根柢」，也是繪畫實踐的心得。他所強調的是對大量的客觀物態進行直接的觀察思考，從中獲得悟解，「多見精思則自得」較沈氏之說為高。

今天看來，以「筆勢」的往來逆順所顯示的運動方向和整個佈局開合的發展趨勢，能夠揭示山川景角的構成及其勢態的自然之「理」——所謂「氣脈」的內在連繫，能夠傳達出畫家對自然萬物生命運動的理解並抒發自己獨得的情懷和意趣。就審美效果而言，無論局部抑或整個畫面有了開合之勢，就能產生反差強烈的對比，從而強化人們的感受，有利於突出意欲表現的景物特徵和屬性。開合之勢所具有的方向性將引導和推動觀照者的感情和思維的定向運動。「欲擒故縱」、「虛實相生」的展開方式富於層次和彈性，使觀照者感情思維流動有總的趨勢，也有小的曲折和波瀾。布局和筆勢有這樣的效能，自然為造藝者所企求。

(四)「先須相勢」和「先欲一氣團煉」

沈宗騫〈取勢〉論道：「佈局先須相勢。盈尺之幅，憑幾可見。若數尺之幅，須掛之壁間，遠立而觀之。朽定大勢，或就壁，或鋪幾上，落墨各隨其便。當於未落朽時，先欲一氣團煉。胸中卓然已有成見，自得血脈貫通、首尾照應之妙。上幅難於主山，下幅難於主樹。水要有源，路要有藏，幽處要有地面，下半少見平陽，脈絡務須一串，……」此處所謂「相勢」，指佈局之前須通過觀察位置的調整，使作畫者從適當的遠距離對整個畫面局勢進行梗概的，也是模糊的把握。看來，「遠而觀之」乃把握大局的通則，「距離美學」的一些原則確乎在藝術實踐的土壤中產生。「大勢」——整個畫面的「開合」和佈局脈絡一經確定，便獲得了「各隨其便」的揮灑自由了。笪重光在《畫筌》中曾如是說：「得勢則隨意經營，一隅皆是；失勢則盡心收拾，滿幅皆非。勢之推挽，在於幾微；勢之凝聚，由乎相度。」笪氏的「相度」，除了「相」的觀察意義以外，又有「度」所有的比量的內涵，對總體之「勢」如何把握，提出了更為細緻的意見。他們在「大勢」的確立（即「得勢」）是佈局關鍵這一點上，認識是一致的。

沈宗騫認為，畫家在動筆之前，必須「先欲一氣團煉」，體味其旨，大概要求畫家經過反覆醞釀陶冶，使藝術構思臻於成熟和完美，對整個局勢安排了然於心；似乎也有這樣的意思：融煉出主客體相統

一、畫面局部與整體相協和的精神氣勢。就是笪重光所謂「勢之凝聚」。近人金紹成在《畫學講義》卷下中論道：「所謂有氣勢者，指全畫成一整個團結。精神之團聚，使見之者無懈可擊。此固非死描成稿者所能夢見，即用筆欠活潑者亦不能得其端倪也。」足見這「氣勢」駕凌於物像之上，統帥全畫、連繫全畫、凝聚全畫。

三、「氣以成勢，勢以御氣」

上一段「先欲一氣團煉」之論業已透露了「氣」與「勢」的密切關係。〈取勢〉對此作了頗為深入的專門討論，這一段的前一部分追述根本說：

> 天下之物，本氣之所積而成。即如山水，自重崗復嶺，以至一木一石，無不有生氣貫乎其間。是以繁而不亂，少而不枯，合之則統相聯屬，分之又各自成形。萬物不一狀，萬變不一相，總之統乎氣以呈其活動之趣者，是即所謂「勢」也。論六法者，首曰「氣韻生動」蓋即指此。

這裡有四層意思：其一，重申宇宙萬物原本都是由「氣」聚集而成的傳統論斷，指出山水木石不分鉅細「無不有生氣貫乎其間」。強調是所謂「生氣」，顯然在於突出其生命性和運動性。「生氣」是萬物「自然開合」的動力，它潛蘊於萬象之內又以其形狀勢態顯現於外。其二，畫家所描繪的景物或「繁」或「少」，然而只要有了「生氣」，它們就有了條理，有了活力，因「生氣」，景物間相互連繫貫通；因「生氣」，全畫成為有序運動的整體；因「生氣」，使各個景物保持自己的特徵「各自成形」。其三，萬物皆以「氣」為本，在這一點上萬物是相通的，可以說有共同的靈性。「統於氣」中，千姿百態的物像就能夠呈現出萬物生命運動的意趣。達到了這樣的境界，有了這樣的效果，就可以說有「勢」。其四，它明確指出：謝赫畫論「六法」歷來被中國畫家奉為圭臬，其中居於首位的「氣韻生動」即指「勢」而言。大概「氣韻生動」與「勢」所創造的都是一種動態的、有流轉生氣的、超越形質的、富有包孕的美。倘若說兩者的著眼點還不盡一致的話，可以說內蘊的高於形質的生動「氣韻」是外現於見諸筆墨的、具體形象的「勢」中的。

〈取勢〉「氣」與「勢」關係論的中間部分說：

所謂筆勢者，言以筆之氣勢，貌物之體勢，方得謂畫。故當伸紙灑墨，吾腕中若具有天地生物光景，洋洋灑灑，其出也無滯，其成也無心。隨手點拂，而物態畢呈；滿眼機關，而取攜自便。心手筆墨之間，靈機妙緒，湊而發之。文湖州所謂急以取之，少縱即逝者，是蓋速以取勢之謂也。或以老杜十日五日之論，似與速取之旨相左，不知老杜但為能事不受迫促而發，若時至興來，滔滔汩汩，誰可遏抑？吳道子應詔圖嘉陵山水，他人累月不能就者，乃能一日而成，此又速以取勢之明驗也。

「以筆之氣勢，貌物之體勢」，這是從新角度來闡釋「筆勢」，簡明中肯，且有啟發性。筆下「氣勢」的構成，有來自藝術媒介（筆、墨、紙之類工具和材料）方面的因素，更要受創作主體的精神意志、藝術情趣和才能方面因素的決定性影響。「物之體勢」就是描繪對象的體態特徵及其「自然開合之道」。理想的「筆勢」既能表現主體的精神意趣又與客體的特徵、勢態相吻合；既是主客觀因素的完美結合，又有藝術媒介功能特長充分施展的效果。「故當伸紙灑墨，吾腕中若具有天地生物光景」一句，亦頗耐玩味；似乎畫家有可能達於與天地精神往來的境界，「天地」之氣能夠化生萬物，畫家也能憑藉與天地精神相融通的氣勢，得心應手地揮灑筆墨，創造出一個個生機勃發的藝術形象。流轉的「生氣」所至，自然「其出也無滯，其成也無心；隨手點拂，而物態畢呈；滿眼機關，而取攜自便」了。沈宗騫強調，各種機緣湊集，「心手筆墨之間」融通無滯的高效創作狀態並非經常出現的，所以要求畫家把握住最佳時機，果斷地馳騁筆勢，進行藝術創造。他舉出宋代名畫家文與可「急以取之，少縱即逝」的主張，說明「速以取勢」的必要。所謂「老杜十日五日之論」，是指杜甫《戲題王宰山水圖歌》中所云「十日畫一水，五日畫一石，能事不受相促迫，王宰始肯留真跡」而言。剖明老杜之論，並非「與速取之旨相左」，卻正是讚賞王宰作畫「不受促迫」，專待「時至興來」而後發的嚴肅態度。鄒一桂也曾說：「意在筆先，胸有成竹，然後下筆，則疾有氣勢。」（《小山畫譜〉）以為疾速的筆法可以得勢，然而強調的側重點卻在下筆之前要成竹在胸。

沈氏「氣」與「勢」關係論的第三部分說：

山形樹態，受天地之生氣而成。墨滓筆痕，托心腕之靈氣以出。則氣之在是，亦即勢之在是也。氣以成勢，勢以御氣；勢可見而氣不可見。故欲得勢，必先培養其氣。氣能流暢，則勢自合拍，氣與勢原是一孔所出。灑然出之，有自在流行之致，迴旋往復之宜。不屑屑以求工，能落落而自合。氣耶？勢耶？並而發之，片時妙意，可垂後世而無忝，質諸古人而無悖。此中妙緒，難為添湊而成者道也。

這一部分既是有總結意味的概括，也在理論上作了新的拓展。前兩句說，稟受天地生氣的山形樹態，依託於畫家的「心」（藝術思維）和「腕」（駕馭藝術媒介的才能）的「靈氣」（蘊含豐富靈感的藝術創造精神）描繪出來。其中值得注意的是「腕」之「靈氣」的提出，這是理論趨於精緻的表現。以腕運筆勾勒點染，是繪畫創作的最後環節。事實上，在付諸表現的最後環節中仍然或多或少有突破原先構想的即興發揮。鄭燮《板橋題畫蘭竹》中說：「江館清秋，晨起看竹，煙光、日影、露氣皆浮動於疏枝密葉之間，胸中勃勃遂有畫意。其實胸中之竹並不是眼中之竹也。因而磨墨展紙，落筆倏作變相，手中之竹又不是胸中之竹也。」又云：「文與可畫竹，胸中有成竹，鄭板橋胸無成竹，濃淡疏密，短長肥瘦，隨手寫去，自爾成局，其神理俱足也。」其實「有成竹」與「無成竹」只是藝術構思方式明晰抑或模糊，以及表現上隨意性大小的差別。「手中之竹」不同於「胸中之竹」，即是沈氏所謂「腕之靈氣」使然。「腕之靈氣」表現為繪畫過程中筆底的機智，畫家之所以「隨手寫去，自爾成局」，大抵因為他對「天地生氣」和物態特徵已經完全把握。既有純熟的技巧，又有在藝術創造和追求上的高度自信，於是在付諸表現的最後環節進入了自由王國。

物態之「生氣」，心腕之「靈氣」，全部呈現於「筆勢」之中。「勢」具有可以感知的動態的形，是「氣」的外現。有了「氣」（勃發的精神、意趣，流轉的活力）的驅動，藝術形象才能生出「勢」來，而「勢」又以動態的形表現寓於形象之內的「氣」的生命運動，所以說：「氣之在是，亦即勢之在是也。」對「氣」與「勢」之間關係最為簡明的表述就是：「氣以成勢，勢以御氣。」、「氣以成勢」之所以然毋庸贅言，「勢以御氣」的概括卻很新穎。看來由於「氣」只能寓於「勢」中，而「勢」儘管富有包孕，具有超越形態的、開放的意蘊，它那以筆墨展開的形終究對其含蘊的「氣」有所規定，是「勢可見而氣不可見」使然。此外，客觀物態的「體勢」原有自然之「理」。「必勢與理兩無妨焉乃得」的原則，必然使「勢」對「氣」有所制約。

畫有「勢」，可以突破靜止時空，活化和深化意蘊，高明的藝術家當然力求得而用之了。沈氏所謂「欲得勢，必先培養其氣」，指出「得勢」的必由之路，也判明了「氣」、「勢」的先後主次。不過，〈取勢〉既把理想的主體之「氣」指為「心腕之靈氣」，畫家對「氣」的培養大概也應該包括兩個方面：一是陶冶情性和藝術意趣，力求使畫家的主觀精神狀態、精神視野合乎更高層次藝術創造的要求，而達於心胸「靈氣」充溢；二是鍛鍊繪畫的技能技巧，力求使之與主體精神、藝術追求和靈感相融通而至爐火純青的境界，由此獲得自然天成的腕上「靈氣」。

畫家如果既有把握山形樹態所稟受的「天地之氣」，又培養就暢達的「心腕之靈氣」，那麼，他的「墨滓筆痕」也能夠自然成「勢」。故云：「氣能流暢，則勢自合拍，氣與勢原是一孔所出。」所謂「灑然出之，有自在流行之致，迴旋往復之宜。不屑屑以求工，能落落而自合」，正是畫家得心應手運筆墨以「氣勢」（也即是「氣以成勢，勢以御氣」、「氣」內而「勢」外）的藝術效果，「氣」、「勢」兩者雖各有側重，卻是密不可分的。沈氏強調指出，抓住「靈氣」迸發的「片時妙意」，從速取「勢」至為要緊，「此中妙緒」是那些「添湊而成者」無法理解的。關於這一點，明代李式玉曾云：

今之畫者，觀其初作數樹焉，意止矣；及徐見其勢有餘也，復綴之以樹。繼作數峰焉，意止矣；及徐見其勢之有餘也，復綴之以峰。再作亭榭橋道諸物，意亦止矣；及徐見其勢之有餘也，複雜以他物。如是，畫安得佳？即佳，亦安得傳乎？（《赤牘》）

此如小兒作畫，事先缺乏總體佈局，臨時作瑣屑補綴，使筆下的藝術形象「包孕」全無，「生氣」散亂，「勢」不可得，必是品外劣作無疑。

四、憑藉靈感「造勢」

唐人符載對「張公之勢」來自「靈府」、「得心應手」、「氣交沖漠，與神為徒」的認識已作過充分的發揮。沈宗騫〈取勢〉的最後一段對「靈感」與「取勢」的關係也進行了有意義的探討，他描述道：

機神所到，無事遲回顧慮，以其出於天也。其不可遏也，如弩箭之離弦；其不可測也，如震雷之出地。前乎此者，杳不知其所自起；後乎此者，杳不知其所由終。不前不後，恰值其時。興與機會，則可遇而不可求之，傑作成焉；復欲為之，雖倍力追尋，愈求愈遠。夫豈知後此之追尋，已屬人為而非天也。惟天懷浩落者，值此妙候恆多：又能絕去人為，解衣磅礴，曠然千古。天人合發，應手而得，固無待於籌畫，而亦非籌畫之所能及也。

沈氏前此已有「候機神湊會，一筆開之」，「靈機妙緒，湊而發之」，以及「時至興來」、「片時妙意」之類議論，前一句是提供的解決「勢」、「理」相矛盾的辦法，其餘是他強調「速以取勢」的理論依據。這裡所謂「機神所到」、「興與機會」、「妙候」，皆指靈感到來而言。沈氏對靈感無法預期、來去無定的表述，以及靈感不可力求卻經常光顧從容優游的「天懷浩落者」之論，與先秦諸子特別是六朝文論家的認識一脈相承。如：

若夫應感之會，通塞之紀，來不可遏，去不可止。藏若景滅，行猶響起。方天機之駿利，夫何紛而不理。思風發於胸臆，言泉流於唇齒。……及其六情底滯，志往神留，兀若枯木，豁若涸流。（陸機《文賦》）

樞機方通，則物無隱貌；關鍵將塞，則神有遁心。

按部整伍，以待情會，因時順機，動不失正。數逢其極，機入其巧，則義味騰躍而生，辭氣叢雜而至。視之則錦繪，聽之則絲簧，味之則甘腴，佩之則芬芳：斷章之功，於斯盛矣。

故宜從容率情，優柔適合。（以上引文見劉勰《文心雕龍》）

沈宗騫在認識靈感現象方面也有自己的拓展，他強調「機神所到」乃是「出於天」的，「天人合發，應手而得」的靈感，具有遠勝於苦心運籌、慘澹經營的創造功能。隨後他解釋道：「所謂天者，人之天也。人能不去乎天，則天亦豈長去乎人？」此處的「天」，無非是天然、本然的意思。

「天」即是「人之天」，表明人類精神活動中有靈感出現符合自身的規律，只要人能夠保持從容優游的自然精神狀態，也即「不去乎天」，那麼「天」必將賜靈感於人。看來「絕去人為」（杜絕那些對靈感的勉強「追尋」）正是為了保持精神的自然狀態。沈氏是有成就的畫家，對「為畫之用心」當有入微的體驗，在〈取勢〉中他這樣描述「機神」來臨的情形：

當夫運思落筆，時覺心手間有勃勃欲發之勢，便是機神初到之候。更能迎機而導，愈引而愈長：心花怒放，筆態橫生；出我腕下，恍若天工；觸我毫端，無非妙緒。前者之所未有，後此之所難期。一旦得之，筆以發意，意以發筆。筆意相發之機，即作者亦不自知所以然。

造藝者的靈感，常常表現為對表現對象某些本質方面或者微妙的主客關係的頓悟，以及駕馭媒介進行抒寫的障礙豁然化解，在瞬時出現創作上得心應手的高效狀態。所以，畫家命筆之際「時覺心手間有勃勃欲發之勢」，這「勢」中包含著來自對主觀精神和審美判斷自我肯定的創作沖動，包含著對描繪對象生命運動趨勢的悟解，以及對能夠隨心所欲把握筆勢開合的自信。沈氏所謂「更能迎機而導，愈引而愈長」是要求畫家順應靈感思維活動的自然趨勢，引導之，發展之，力求最充分開掘藝術靈感神妙奇偉的創造力。這種靈感驅動的「勃勃欲發之勢」展開來，自然「心花怒放，筆態橫生；出我腕下，恍若天工；觸我毫端，無非妙緒」，能達到「筆意」互相生發的境界。

雖然沈宗騫與當年陸機一樣，明言不知靈感的所以然，卻仍然說出了自己的判斷：「非其人天資高朗，陶汰功深者，斷斷不能也。」既充分肯定先天稟賦對藝術創造的重要性，又未忘記以「陶汰功深」的後天努力作必要的補充。顯然，那些不具備天資與功力的作畫者與靈感無緣，他們「不能不遲回顧慮，於是畢其生無天機偶觸之時。始因不能速，以至不得勢。繼且因不得勢，而愈不能速。囿於法中，動輒為規矩所縛；拘於象內，觸物為形似所牽，釋家所謂具鈍根者也。其於茲事，何啻千里！」至於「畢其生無天機偶觸之時」，無靈氣的作畫者太可悲了。撇開這一點不談，這一段話還有兩層意思值得注意：第一，「天機偶觸」的靈感來臨，才能「速以成勢」，「能速」與「得勢」是相輔相成的，而「不能速」與「不得勢」又形成惡性循環。第二，繪畫雖有法度、規矩可循，但不必拘泥，「得勢」可以不為法所囿，不為規矩所束縛。描繪物像總是求似的，但「得勢」則得物像的精神氣韻，得其神似，不為浮淺的形似所牽制。

五、《相勢》的啟示

中國古代繪畫中「勢」的理論，大多是針對山水畫而言的。山水在傳統繪畫藝術中的地位確實為大多數其他題材所望塵莫及。儘管如此，「勢」的生命運動內涵有普泛的意義，繪畫藝術表現的其他對象仍然各具其「勢」，對此分外留意的畫家亦不乏其人。前文已引元代覺隱畫蘭「葉勢飄舉」，明人楊慎論及竹樹之勢，沈顥《畫麈》借「客」之嘴云：「古人寫梅剔竹，作過牆一枝，離奇具勢」，皆可佐證。人物是源遠流長的一大繪畫題材，畫家追求人物的生動傳神，就不能不對形象的「勢」有充分的把握。

《芥舟學畫編》卷三論「傳神」，即針對人物描繪而言，沈宗騫認為「天下之人，形同者有之，貌類者有之，至於神則有不能相同者矣」。「傳神」論中〈相勢〉一則的全文於下：

傳寫之道，原不必拘於一格。不解道理者，但知當面描摹，豈知畫雖一面，而兩旁側疊之處，實有地面，何可略去？則是動筆便有三面，方得神理俱足。若五嶽皆高起者，但竭力以圖正面，不過略得其意，而高起之處，斷斷難取，須帶幾分側相，乃能醒露。蓋寫人正面，最難下筆。若帶側，則山根一筆，已易著手，而上下諸相照應處，俱有一氣聯絡之勢。用筆既得聯絡，而墨以輔之，安慮神情之不活現哉！欲作側相，須用心細相部位：全見之半面，覺寬而空，卻要處處緊湊，使空處都有著落；偏見之半面，覺緊而窄，卻要處處安舒，使窄處俱有地面。初下筆時，要定作幾分側意，直到匡廓完全，不得少有猶豫。匡廓已定，漸漸添起，總要依傍初定數筆墨痕，無使差失，便稱得訣。寫側面者，以鼻樑一筆為主，此筆能寫鼻之高下，及側之分數，最為要緊。次則就側面寫顴骨一筆，此筆若在正面，即百什筆所不能取者，乃可以一筆取之。次則天庭一筆，取額之圓正凸削。又次則地閣一筆，取頦之方圓出入。又將耳根一筆，細細對定落准其頤領相接之處。此皆寫正面者不知其幾費經營而得者，此則俱可成於一筆也。部位匡廓已定，余不過折紋深淺，顏色蒼嫩，無難事矣。又有凸額凹面，及鼻樑分外高起，下頦分外超出者，若不帶側，必難相肖。或數人合置一圖，當必各相照應，尤須以側為勢。先相其數人中，若者宜正，若者宜側，既易於取神，復各有顧盼，是借其勢，以貫串通幅神氣，何便如之。故欲能相勢，必先工於側面，而後隨其勢而用之，亦安往而不得哉！

通觀〈相勢〉，依然是著重論「取」而不是論「相」，無論是「相」是「取」，都須圍繞「以側為勢」的宗旨。

中國畫雖然也能以墨彩的濃淡點染刷潑，獲得別緻的藝術效果，可是它在表現上最為突出的特點，應該是以勾勒輪廓的毛筆線條作為造型的基本手段。〈相勢〉論述的核心，其實就是用線條如何表現立體形象的問題。一幅畫只能反映一個視角所及的物像和景觀，畫面不過是「平面的景象窗口」。然而，這些物像和景觀大都是立體的，有多側面的空間屬性。像山巒、岩石和人物肢體肖像之類，基本形狀是錐體、柱體、橢圓體或者它們的組合。畫像的空間屬性大多在側面與正面的對比、映襯中顯現出來。因此，沈宗騫認為，「畫雖一面，兩旁側疊之處，實有地面，何可略也？」、「動筆便有三面，方得神理俱足。」有了「三面」，立體的生動的物像才不至於變得平面、板滯，才合乎自在之物的空間屬性和客觀勢態，才可能神韻飛揚。

西方的素描、油畫注重反映物像各個側面受光的角度和強弱的差別，往往以光的明暗變化或者相應的色彩層次來表現物像的立體感。中國畫以線條造型，如果要求從正面的物像描繪中表現出山巒的「高起之處」和人物的「鼻樑顴骨」、「凸額凹面」是極其困難的，所以《相勢》強調畫山「須帶幾分側相，乃能醒露」，畫人亦然。又進而說：「欲作側相，須用心細相部位：全見之半面，覺寬而空，卻要處處緊湊，使空處都有著落；偏見之半面，覺緊而窄，卻要處處安舒，使窄處俱有地面。」看來，畫家觀察和描畫物像的正面，視角開展，一定畫面的容量（所表現物像的實際空間範圍）較小，層次單一，所以有「寬而空」之感，線條常偏於疏朗；畫家觀察和描繪物像的側面，則視角往往因斜向而狹窄，一定畫面的容量較大，層次較多，所以「覺緊而窄」，線條常偏於密緻。

在人物畫中，從側面勾勒鼻樑、顴骨、天庭、地閣、耳根，無疑比從正面表現它們的形態特徵要方便得多。古埃及壁畫的人物頭像無一不是選取側面勾畫輪廓（只有眼睛是正面描繪的）。近代西方素描、油畫在進行正面人像描繪方面手段稍多一些，而古代中國畫家所倚重的毛筆線條，卻只長於輪廓的勾勒，便自然在「帶側」上下功夫了：「此筆若在正面，即百什筆所不能取者，乃可以一筆取之。」、「寫正面者不知其幾費經營而得者，此則俱可成於一筆。」標舉側面勾勒的效果，透露出正面描繪手段的匱乏。

〈相勢〉總結了前人（如唐吳道子、宋李公麟）在人物畫中運用線條的經驗，諸如「動筆便有三面」，「須帶側相」和「必先工於側面」之類，便是古代畫家表現物像立體感的心得。現代西方的繪畫大師畢加索盛讚中國繪畫傳統，聲稱從中國人以線條造型中獲得啟示。他在作品中廣泛運用勾勒輪廓的線條進行簡潔明快的藝術創造，其筆下的人物形象有許多都作了誇張的變形處理，雖然是突破傳統束縛的產物，卻仍能經常見到「帶側」的影子。畢氏也許還沒有機會接觸中國古代的繪畫理論，但以線條造型特有的藝術表現規律同樣會反映在他的同類作品中。

顧愷之曾經推崇衛協「畫七佛，有情勢」。這「情勢」為何，虎頭卻語焉不詳。我們在〈相勢〉的一段議論中或者可以得其大概：「數人合置一圖，當必各相照應，尤須以側為勢。先相數人中，若者宜正，著者宜側，既易於取神，復是借其勢，以貫串通幅神氣。」人是社會的人，相互間必然有思想與感情的交流，何況經過藝術匠心的安排、遴選共處於入畫的特定場景之中，「各相照應」、互「借其勢」、相輔相成是理所當然的。西方一些頗負盛名的宗教畫、歷史畫和風俗畫，比如達・芬奇的《最後的晚餐》，列賓的《伏爾加河縴夫》《給蘇丹寫信的查波洛什人》等等，無不注重通過人物的相互照應和顧盼，傳達出他們各不相同的身分、個性、思想情緒及其在畫面場合的地位，形成能「貫串通幅」的「神氣」。

第三節 小 結

無論對於哪一個民族來說，繪畫恐怕無一例外地是其文化遺產中最為重要的視覺藝術門類。

繪畫一般是在大小十分有限的平面上進行的藝術創造，人們只能用色彩線條的鋪布去描摹出凝固的物像和場景。只在相當有限的空間裡表現瞬時的畫面，給畫家，特別是最早的造藝者提供了方便，也從一開始就在時空上限制了藝術造型內涵的拓展。因此，隨著繪畫藝術趨於成熟和畫家審美意識的覺醒，必然會產生力圖使意象突破畫面時空侷限的藝術追求。繪畫的實踐和理論探索往往是形形色色藝術新思潮的先導，在各個藝術門類中，它常常扮演最為激進的角色，這大概是繪畫藝術形象的內涵受時間和空間制約最大的緣故吧。

高層次的繪畫藝術創造，自然會謀求突破侷限的畫面時空，只是中國古代畫家自覺地藉助於「勢」而已，他們在藝術實踐中認識到有「勢」則可得「咫尺千里」、「餘味無窮」的效果。古代畫論提出「取勢為主」的口號，與西方的萊辛在《拉奧孔》中強調繪畫要選取「富於包孕的片刻」加以表現的理論實有相通之處。

儘管在我國早期的人物畫評中，古人已經用到了「勢」，然而繪畫之「勢」的崛起卻與山水畫的勃興和長盛不衰密切相關。山水畫論特別重「勢」，已經被其豐富而集中的材料所證明。上面我們選作本章探討重點的沈宗騫〈取勢〉一篇，也是就山水寫意而發的。

大自然能給人以美感，自然景物是藝術表現的重要對象。魏晉南北朝時期，中國古代美學思想發生飛躍性變革的一個成果，就是藝術領域出現反映自然美的時代潮流。山水，大物也。它們超然於社會關係之外，能以其博大自在和清新寧靜陶冶人們的情懷。南朝的宋齊不僅有風靡文壇的山水詩，許多山水畫大師也在畫壇獨樹一幟。比之西方文藝復興以後才有的風景畫，中國的山水畫不僅時代早得多，內涵的豐富性也勝過一籌。

古代藝術大師大都主張「以靜為動，以動寫靜」。因為動與靜相反相成是不爭的藝術原則。描繪無生命的山巒河流和靜謐的林壑原野的時候，倘若能夠獲得靈動的「勢」，自然有利於藝術境界的昇華。就文學而言，南朝的吳均在《與朱元思書》中形容富春江兩岸的高山，就有「負勢競上，互相軒邈，爭高直指」之句。唐代的柳宗元在《鈷鉧潭記》以「顛委勢峻，蕩擊益暴，嚙其涯」來描繪冉水；在《西小丘記》寫奇石又云「突怒偃蹇，負土而出」，「若牛馬之飲於溪」，「若熊羆之登於山」。皆著眼於峰石泉流的「勢」，力求賦予自然風物以生命和感情、意志。山水畫亦然，畫家力圖在人們的眼前和腦際展示出充滿活力的自然物態，它們的靜止也只是相對的靜止，是其宏偉運動過程中的一個定格鏡頭。繪畫作品原本只能表現出凝固的、瞬時的場景，這山川靜中寓動的自然勢態往往是畫家實現突破畫面時空的藝術追求的理想題材。

山水畫論重「勢」，而論山者又尤為熱衷。與繪畫表現的其他對象相比，山是靜止的、凝固的、冷漠的、沉默的，因而反過來在藝術上塑造它的形象就會最強烈地追求對靜態的突破，追求對其潛在生命力的表現。

繪畫與書法都是訴諸視覺的藝術。然而繪畫藝術不同於書法的是，它所描繪的形象一般都能在客觀世界中找到具體的原型。由於能找到客觀的參照物，繪畫藝術的造型要受其屬性與外部特徵的約束。在繪畫藝術中，山水與其他描繪對象（如人物、犬馬魚鳥蟲豸乃至樓閣亭榭和花卉）相比，其自然形態只呈現大致的規律而無可定型，也就是說形象的塑造沒有嚴格的結構比例和對細部特徵的規定。這樣便大大提高了藝術創造的自由度。畫家有了更多「隨意賦形」的自由，在以「勢」抒懷創造意境方面便有了更大的便利，也隨即有了更高的要求。客觀世界中的山川的起伏蜿蜒，懸瀑湍流的激盪，峭崖亂石的奇崛崢嶙，澗谷的錯綜幽深……大自然鬼斧神工造就的自然美的淵藪能喚起人們無窮盡的聯想，透露出冥冥宇宙的豐富信息。成功的山水之作在其「勢」中，能看出畫家超逸綿邈的情懷和豐富的聯想，看出對大自然生命運動的理解。如果無「勢」，則成了板滯或者散亂的死物了。因此山水畫歷來深得欲抒散襟懷的畫士青睞。

山水畫之「勢」與書法之「勢」有一個共同點，就是要求有開有合，有收有放。繪畫的「勢」論中明確指出，「勢」的開合本於「自然之開合」，並作出「天地之故，一開一合盡之矣」的論斷，顯然這「一開一合」是涵蓋宇宙萬物運動的規律性總結。看來，古人心目中已有自然萬物在不間斷地周而復始地有節奏地運動的意識，而且由此在繪畫藝術中形成了造「勢」所須遵循的基本原則。

所謂開合，還分大小不同層次，自然界裡大至天地與日月星辰、四時朝暮的運作輪迴，小至一呼一吸無不如此。繪畫中大的開合也統領著小的開合。開之「勢」是筆勢和造型的展開，有縱恣飛舉的動態，能「生發不窮之意」。合之「勢」是收拾、集束，是前面「勢」開的歸宿，又可能是後面「勢」開的準備。收放盡在藝匠的運籌帷幄之中。沈宗騫嘲笑「不知操縱，滿紙填塞，直是亂草堆雜」的畫者，可見「勢」之動態是有序的。

畫家須能動地運用開合之「勢」將自然物態的節律有序地展示於畫面。趙左認為，「畫山水大幅以得勢為主」，的確有強調整個畫面動態意象的有序性的內涵。不斷往復的、有系統層次的開合之「勢」能使觀照者的心靈發生共鳴，形成一種既有趨向性而又模糊的思維感情運動勢態，從而獲得超越筆墨與畫面時空的藝術效果。

開合收放是「勢」的節奏，也可以視為繪畫作品的節奏。從「勢與理兩無妨」和「筆墨能與造化通」的重要論斷可知，繪畫之「勢」必須與人們意識中的物態運動變化規律（即「理」）相吻合，並使之通於畫外，通於宇宙。「勢」的開合看來就是宇宙生命運動節律的體現。

中國繪畫還有一個極其重要的特點，就是與我們民族特有的書法藝術有水乳交融的密切連繫。

首先是兩者藝術媒介的類同。一般說，毛筆、墨、紙（或絹之類）、硯這「文房四寶」不僅是書法，也是畫國畫所必備的。水墨畫自不須說，即使某些畫（如設色山水）用到了黑以外的色彩，仍離不開筆墨的勾描。媒介的類同，說明可供造藝者利用的手段及其功能、效果近似，也可以說媒介的類同決定了表現方式的類同。所以張彥遠得出「書畫用筆同法」的結論。

書法之「勢」展示的是毛筆線條運行的特色和過程。繪畫雖然有時採用墨彩的片狀塗布，比如潑墨那樣的手法（當然其中也應該見出「勢」的），但一般仍以毛筆線條的勾勒作為主要的造型手段。繪畫與書法在執筆、運筆上也大致相同，古代的畫家也大多是書藝造詣很高的人。有的大家徑直用書法的「筆勢」作畫。古代畫論中明確地指出王獻之的「一筆書」對陸探微的「一筆畫」的直接影響，現代人也不難發現鄭板橋畫竹時運用了寫字的筆法。

繪畫藝術的「勢」主要依賴毛筆運行的線條墨跡來展示。黑色的筆畫線條展開在畫面上是對藝術形象輪廓的區界和特徵的強化，能給觀照者分明和深刻的視覺印象，以這樣的媒介來表現藝術形象的運動勢態及其內蘊的靈性、活力，自然可以獲得理想的效果。

與書法藝術一樣，繪畫之「勢」也很講究用墨。墨的乾濕、燥潤、濃淡伴隨著毛筆的運行，也體現著「勢」的節奏和層次。濃重與輕淡、鮮明與模糊的處理，虛與實的相反相成，也是古代畫師造「勢」的常用手段。

黑，在諸多的色彩中是最素樸深沉的；線條，在形象的描繪上往往是最簡潔明快的。中國的古代繪畫正是經常以這種最為素樸簡明的筆墨線條抒發自己的情懷，表述自己的思維，創造出富於包孕的意象，這怎麼能不引起畢加索之類的西方繪畫大師的驚嘆和效仿呢？

第四章

文學的「勢」

第一節　《文心雕龍》論「勢」

一、劉勰是系統討論文學之「勢」的第一人

「勢」作為理論術語廣泛運用於文學領域的時代要晚於書法與繪畫。儘管漢魏已經有人論文言及「勢」，然而只是齊梁之交問世的文論巨著《文心雕龍》才將「勢」視為極其重要的概念，納入自己的理論系統。劉勰在《文心雕龍》中許多專題的論證都用到了「勢」，比如：

王、揚騁其勢。

序以建言，首引情本；亂以理篇，寫送文勢。[1]

延壽《靈光》，含飛動之勢。(以上〈詮賦〉)

……然勸百諷一，勢不自反。(〈雜文〉)

兩漢以後，(子書) 體勢漫弱。(〈諸子〉)

……並順風以托勢，莫能逆波而溯洄矣。(〈論說〉)

術在糾惡，勢必深峭。(〈奏啟〉)

凡切韻之動，勢若轉圜；訛音之作，甚於枘方。(〈聲律〉)

至如氣貌山海，體勢宮殿，嵯峨揭業，熠耀焜煌之狀，光彩煒煒而欲然，聲貌岌岌其將動矣。(〈誇飾〉)

若首唱榮華，而媵句憔悴，則遺勢鬱湮，餘風不暢。(〈附會〉)

及長卿之徒，詭勢瑰聲，模山范水，字必魚貫。

且《詩》、《騷》所標，並據要害，故後進銳筆，怯於爭鋒。莫不

1 此處從唐寫本。元至正本以來諸本皆作「迭致文契」，近人一致認為應從唐本「寫送文勢」。

因方以借巧，即勢以會奇，善於適要，則雖舊彌新矣。（以上〈物色〉）

有同乎舊談者，非雷同也，勢自不可異也。（〈序志〉）

上面各條引文中的「勢」所指不盡一致，雖未背離其基本意義，卻是各有側重的。這似乎也是「勢」內涵豐富的表現。

「勢」往往體現著事物運動的自然趨勢和規律，即與古人所謂「道」、「理」相吻合，就是劉勰針砭某種文學潮流或者宣示自己的立論原則用到的「勢」也是如此。「王、揚騁其勢」是謂王褒、揚雄繼陸賈、賈誼、枚乘和司馬相如而起，順應並擴大了辭賦的發展勢頭；「勢不自反」是批評「七」體「勸百諷一」的流弊不還。除此而外，無論是指出西漢說客「順風托勢，莫能逆波而泝洄矣」；還是要求人們把握時代趨向，在物色描繪上「即勢以會奇」；抑或聲明自己因襲前人之說是「勢自不可異也」；這一類「勢」無不含著一種教人不得不附從的自然而然之理。人們扭轉「勢」趨向的努力往往是徒勞的，大抵只能在順應大「勢」的前提下有所發揮和創造。

「勢」有力的內蘊，因而「體勢漫弱」是為文病，〈封禪〉篇亦有「循勢易為力」之語。即上一段介紹的「勢」，順之得其推動。逆之受其阻遏，也體現著力。周振甫先生解釋「寫送文勢」說：「加強文章的力量。寫送，六朝人常語，指充足，在結尾加強使力量充足。」

「含飛動之勢」指王延壽《魯靈光殿賦》的描寫極盡飛禽走獸之比況和嵯峨崔嵬之形容，在化靜為動上頗為成功。〈誇飾〉篇「至如氣貌山海，體勢宮殿，嵯峨揭業，熠耀焜煌之狀，光彩煒煒而欲然，聲貌岌岌其將動矣」正就此而言。足見「勢」有時又是形體的態勢，往往由某種不平衡的格局造成觀照者一定的心理壓力，顯示運動的趨向。

就寫作而談「勢」，則又可能是藝術個性鮮明的展開方式。劉勰貶斥司馬相如之流「詭勢瑰聲，模山范水，字必魚貫」，實有搜奇炫博、堆砌浮詞之嫌。「若首唱榮華，而媵句憔悴，則遺勢鬱湮，餘風不暢」表明「勢」的展開理當與整個作品相始終，它本身也具有審美的價值和效果，能加強「風」的感動力量。

「凡切韻之動，勢若轉圜；訛音之作，甚於枘方。」此處表述的是切合聲韻的文學語言，其流動之「勢」能迴環相應，圓轉自如；不切韻的文字則如圓鑿方枘一樣，與和諧相應的要求格格不入。〈聲律〉篇的論述給我們這樣的啟示：文學畢竟是語言的藝術，文學之「勢」的構結乃是以語言為材料的，它必須遵循語言形式美固有的規律。

不過，更為難得的是劉勰在《文心雕龍》「下篇」列〈定勢〉為第五個專題，對於文學之「勢」擇定的原則及其功能、意義作了系統的論述。毋庸強調，全面討論的價值與散見各篇的隻言片語不可同日而語。〈定勢〉篇全文共七百二十八個字，如此集中和詳切的「勢」論，不僅在文學領域，就是在所有藝術門類中也是破天荒的第一次。

二、《文心雕龍》的「定勢」論

《文心雕龍》〈定勢〉篇的層次非常清楚：第一部分闡明「定勢」所依據的規律和基本原則，第二部是創作中「定勢」規律和原則的具體運動，第三部分簡要評述前人的「勢」論，第四部分批判違反「定勢」規律和原則的惡劣傾向，最後以「贊」總括全文。

〈定勢〉的第一部分如是說：

夫情致異區，文變殊術，莫不因情立體，即體成勢也。勢者，乘利而為制也。如機發矢直，澗曲湍回，自然之趣也。圓者規體，其勢也自轉；方者矩形，其勢也自安。文章體勢，如斯而已。是以模《經》

為式者，自入典雅之懿；效《騷》命篇者，必歸豔逸之華；綜意淺切者，類乏醞藉；斷辭辨約者，率乖繁縟。譬激水不漪，槁木無陰，自然之勢也。

如何理解「因情立體，即體成勢」，對於探討「定勢」論來說是至為重要的。劉勰在這裡既稱「莫不」，就是說「因情立體，即體成勢」具有普遍意義，可以認為這是他對文學之「勢」以及藝術形式形成過程所作的規律性概括。

「體」是根據「情」的特點和表現上的需要確立的，「勢」又必須與「體」的特徵和要求相適應。「情」是文學內容的核心。「體」與「勢」則屬於形式範疇。劉勰認為對「情」的藝術處理過程是這樣的：首先由「情」到「體」，這是化無形為有形的階段，因為內容畢竟只是貫注了作家「情志」的、經過提煉的材料，創作體制才是基本的形式結構，整個作品的藝術形式是由體制發展而來的。所以「體」的確立也意味著作品藝術風格的定型。第二步從「體」到「勢」，則是從梗概的創作體制到選擇決定具體表現方式的階段。「體」與「勢」兩者都有形象性，「體」可謂大體定型的架構而「勢」是動態的，有發展變化的，因此這一階段不僅要擇定適應創作體制要求的表現方式，而且要為它在作品中的展開過程作出安排，就這個意義講，從「體」到「勢」也是化靜為動的過程。

陸機《文賦》說：「體有萬殊，物無一量」；「其為物也多姿，其為體也屢遷」。李善注云：「萬物萬形，故曰多姿。文非一則，故曰屢遷。」比較起來，劉勰的「因情立體，即體成勢」在理論上又有很大的進步。「物」只是作品中描繪的客觀事物，「情」則意味著主體的因素已在內容中居於主導地位。劉勰在「體」的基礎上又提出「勢」，這就更接近藝術形式形成的客觀規律了。

劉勰關於文學藝術形式形成規律的認識貫串於《文心雕龍》的各個有關章節，〈原道〉篇說：「形立則章成」；〈體性〉篇說：「情動而言形，理髮而文見，蓋沿隱以至顯，因內而符外者也」；〈風骨〉篇云：「……洞曉情變，曲昭文體，然後能孚甲新意，雕畫奇辭。」儘管文字各異，卻都恪守內容決定形式的基本立場，與從「情」到「體」再到「勢」的方向相吻合。

兵法說：「兵無常勢，水無常形。」可見「勢」從來就是靈活無定的。劉勰以「因情立體，即體成勢」的規律，將「勢」納入文學創作的範疇，也可謂道出了文「勢」多變的原委：「情」的變化不可窮盡，因「情」而定的「體」與「勢」自然也是變化萬端的。所以，黃季剛先生說：「篇中所言，皆言勢之無定也。」[2]

如何創造和掌握靈活無定的「勢」呢？

「勢者，乘利而為制也。」這是劉勰對於「勢」的特點所作的說明，也是他提出的第一個「定勢」的原則。近代學者對這句話的一種解釋是：

根據行文的便利實行機動。這種解釋強調不能勉強成「勢」，要自然生發是對的，但「利」作便利解，似未道出究裡。詹鍈先生認為這句話淵源在《孫子》〈始計〉篇「勢者，因利而制權也」。以〈定勢〉篇之「贊」最後又標舉「因利騁節」來看，劉勰此說頗受《孫子》啟發是可信的。《孫子》該句下杜牧注云：「……或因敵之害見我之利，或因敵之利見我之害，然後可制機權而取勝也。」梅堯臣曰：「因利行權以制之。」總之，這「利」是利害之利，也是自己一方便利之利，充

2　黃侃：《文心雕龍札記》〈定勢〉。

分發揮自己一方有利因素的作用，揚長避短，造成優勢，就是《孫子》取「勢」的原則。劉勰未明言寫文章如何揚長避短，然而從後文強調「各以本采為地」，嘲笑「邯鄲學步」來看，「乘利而為制」只能引出突出固有特徵的結論。作品的內容和體制是多種多樣的，也是各有所長的。獨具之長充分表現出來，作品才有自己的特色和存在的價值。歌德曾經説過：「我們應從顯示出特徵的東西開始，以便達到美。」[3]作家必須善於發現和把握作品內容和體制的特點，甚至還包括自己藝術素養、創作個性方面的有利因素和不利因素，才能選擇揚長避短的表現方式，創作出有鮮明藝術個性和審美價值的作品來。

一幀「氣韻生動」的繪畫能夠突破靜止的畫面產生出動態的美感；一幅「甚得筆勢」[4]的書法條屏可能使人獲得俊秀飄逸或者蒼勁有力的感受。繪畫和書法皆可以「傳神」。繪畫和文學描寫的物像倘若十分成功，便可稱「惟妙惟肖」，「妙」處就是特徵所在，只有描繪出妙處，才「肖」得真切，「肖」得活，才能傳神。善於描寫的作者總是以極精練的文學語言恰到好處地突出事物的特徵，達到以少總多，出神入化的境界，使人一見心領神會，觸發豐富的美感聯想。這就是所謂傳神之筆。劉勰盡管未必有如此明確的認識，可是他的「乘利而為制」的取「勢」之説卻為移用繪畫的「傳神」之論奠下了一塊基石。

「乘利而為制」的原則表明，文學創作不是對客觀事物消極模擬，文學是一種創造。本來作品對於客觀事物的反映絕不可能面面俱到，作家不能對各方面的材料一視同仁。「乘利而為制」強調了作家的能動作用，這種能動作用表現在突出「情」與「體」的固有特徵上，顯然

3 《搜藏家和他的夥伴們》，轉引自朱光濳：《西方美學史》，第421頁。

4 衛恆《四體書勢》云：「崔氏甚得筆勢。」

是「因情立體，即體成勢」的延伸。

揚長避短的創作經驗早就為人們所認識，王充在《論衡》〈自紀〉篇曾說過：「各以所稟，自為佳好。」曹植《與楊德祖書》中也批評陳琳：「以孔璋之才，不閑於辭賦，而多自謂能與司馬長卿同風，譬畫虎不成反為狗也。」一是正面論述，一是提出反面教訓，兩者宗旨相同。

綜此以觀，揚長避短以為「勢」，不僅是軍事上運籌帷幄的制勝之道，也是文學創作成功的訣竅。

緊接著「勢者，乘利而為制也」，劉勰闡明「勢」應是「自然之趣」、「自然之勢」。案：「趣」，趨也；此處亦與「勢」同。「自然」者，本然也，即本來如此，自然而然的意思。客觀事物均有按照自身固有規律運動變化的自然趨勢，文學創作也理當如此。根據「情」的特點立「體」成「勢」是符合規律的，自然而然的。藝術風格本來就是作家創作個性和藝術修養的自然流露。「自然」就是法度，這是「定勢」的第二個原則。

「圓者規體，其勢也自轉；方者矩形，其勢也自安。」這個譬喻也源出《孫子》〈勢〉篇：「方則止，圓則行。」不過劉勰依其「情」、「體」、「勢」的層次作了分解：規、矩是描繪、製作圓或方形物的工具和規範，「規體」與「矩形」（此「形」義同與「體」）的確立，是因為它們分別要表現圓與方的實質內容。「圓者規體」、「方者矩形」決定它們有自然而然的或穩定或轉動之「勢」。客觀世界本來就是姿態萬千的。任何一部作品的題材內容總有它與眾不同之處，這原是「乘利而為制」的前提條件。不抓住「矢直」、「湍回」的特點，就不能表現「機發」突發的力量和「澗曲」激盪迴旋的流勢。「自然」的原則要求作品表現事物的本質特徵。因此一方面要突出特徵，一方面又必須忠實於客觀事物的本來面貌，順應其運動變化的自然趨勢。「激水」只能「不漪」，「槁木」必然「無陰」。「自然」就是真，強調「自然之勢」就是反對矯揉造作，追求表現方式的本色。

「定勢」過程中「自然」是基礎、是法度；「乘利而為制」是主導思想。「自然之勢」的妙處，非「乘利」不足以表現；反之，「乘利」又須受「自然」約束，揚長避短不可矯揉造作、牽強比附，更不可誇張失實。有了這兩個互為補充的方面，劉勰的「定勢」原則才近於完備了。亞里士多德《詩學》第十五章說：「應該倣傚好的畫像家的榜樣，把人物的原形的特點再現出來，一方面既逼真，一方面又比他原來更美。」其主張與劉勰的「定勢」原則頗有契合之處。

崇尚「自然」是劉勰文學思想的重要組成部分。〈原道〉篇闡述了他對文學現象的認識：「心生而言立，言立而文明，自然之道也。」是謂天地靈秀之所鍾、具有思想感情的人有抒發性靈表達自己思想感情的語言和文學出現，這是合乎客觀規律的，也是自然而然的。此乃〈原道〉篇的宗旨所在。所以〈明詩〉篇有「感物吟志，莫非自然」。〈隱秀〉篇的殘文中，在指斥「晦塞為深」、「雕削取巧」之後，亦稱道「自然會妙」之美「譬卉木之耀英華」。

崇尚「自然」的文學觀和美學原則，在哲學上顯然受老莊思想和魏晉玄學的啟迪和影響。可知《文心雕龍》一書雖欲以儒家思想為宗，卻也吸收了其他方面的思想材料，反映出時代的學術風貌。崇尚「自然」的美學原則為許多藝術家、批評家所接受，有的還加以充實和發揮。鍾嶸《詩品序》中標舉「自然英旨」，反對「文多拘忌，傷其真美」。李白的審美理想是「清水出芙蓉，天然去雕飾」，主張不離清新自然；他的《古風》三十五云：「醜女來效顰，還家驚四鄰；壽陵失本步，笑殺邯鄲人。一曲斐然子，彫蟲喪天真。……」與劉勰之論若出一轍。蘇軾亦力主「自然」，其《文說》曰：「吾文如萬斛泉源，不擇地而出」，「與山石曲折，隨物賦形」。《答謝民師書》中亦云：「……大略如行雲流水，初無定質，但常行於所當行，常止於所不可不止，文理自然，姿態橫生。」東坡之言可以作為「自然之勢」的最好說明。謝榛《四溟詩話》卷四也說：「自然妙者為上。」曹雪芹在《紅樓夢》十七回借寶玉之口闡明了同樣的美學觀點：「……此處置一田莊，分明是人力造作成的……那及前處有自然之理、自然之趣呢？雖種竹引泉，亦不傷穿鑿。古人云『天然圖畫』四字，正恐非其地而強為其地，非其山而強為其山，即百般精巧，終不相宜……」由此可以看出，崇尚「自然」的影響是極其深遠的。

「定勢」的規律和原則如何指導文學創作的實踐呢？〈定勢〉篇的第二部分說：

是以繪事圖色，文辭盡情；色糅而犬馬殊形，情交而雅俗異勢。鎔範所擬，各有司匠，雖無嚴郛，難得踰越。然淵乎文者，並總群勢。奇正雖反，必兼解以俱通；剛柔雖殊，必隨時而適用。若愛典而惡華，則兼通之理偏；似夏人爭弓矢，執一不可以獨射也。若雅鄭而共篇，則總一之勢離；是楚人鬻矛譽盾，兩難得而俱售也。是以括囊雜體，功在銓別；宮商朱紫，隨勢各配。章表奏議，則准的乎典雅；賦頌歌詩，則羽儀乎清麗；符檄書移，則楷式於明斷；史論序注，則師範於核要；箴銘碑誄，則體制於弘深；連珠七辭，則從事於巧豔：此循體而成勢，隨變而立功者也。雖復契會相參，節文互雜，譬五色之錦，各以本采為地矣。

「文辭」以「盡情」為職責，一旦「情交」成文，又見得到雅俗的區別。作為作品內容的「情」與主客觀多種因素相關，「因情」而立的

「體」也應是一個複合體，「勢」也有如何安排組成的問題。在一部作品中，作家往往採用好幾種表現方法和藝術手段，這也是常識。一個成熟的作家是能夠「並總群勢」的。從「乘利而為制」的原則出發，劉勰肯定了「奇正」、「剛柔」各有所長，認為應該「兼解俱通」、「隨時適用」。「奇正」是兩種相反傾向的表現方式。「正」是常規的、本色的、雅正的一類。「奇」是出人意表的瑰麗奇特的一類。「奇」若運用得當，有文采奮飛「披瞽駭聾」的藝術效果；假若一味求「奇」而本末倒置，又將流於訛詭妄誕。劉勰既主張乘「奇」之「利」，又以「自然」為法度，強調「循體而成勢，隨變而立功」。他在這裡否定「愛典而惡華」是值得注意的：對照上文可知，「典」當指「模《經》為式者，自入典雅之懿」之典；「華」則為「效《騷》命篇者，必歸豔逸之華」的「華」。說明他對以《詩經》和屈《騷》為代表的兩種迥然有別的創作方法和藝術風格已有明確的認識；在倡言「乘利」之際，對以《離騷》為楷模的表現方式，再次給予了充分的肯定。這在主張「宗經」、「征聖」的劉勰來說尤為難得。

劉勰又從另一側面指出：「若雅鄭而共篇，則總一之勢離。」一部作品不可能對各種風格的表現方式都不加選擇地兼而用之。不僅如此，既然「定勢」論的基點是將作品視為一個有活力的有機統一的整體，那麼它的「勢」就必須在整體上協調一致，這同樣是「自然」的要求。劉勰以為，風格上像「雅」與「鄭」那樣格格不入的表現方式勉強糅合在一篇文章裡，將破壞藝術形式的協調統一。「總一之勢」不可「離」，又是對「兼通」的補充，可以說是一個問題的兩個側面。作家按文章內容和體制的需要構結成「總一之勢」。只有「兼通」，才能有效地鑑別和掌握「群勢」的特點，並擇而用之做到「總一」。故曰：「括囊雜體，功在銓別，宮商朱紫，隨勢各配。」在「定勢」過程中，

「兼通」是「總一」的必要條件，「總一」則是「兼通」的目的。

「章表奏議，則准的乎典雅」至「此循體而成勢，隨變而立功者也」一段話，概括了六類文體風格的基本特點。這也合乎「循體而成勢」的規律，因為體裁是創作體制的構成部分，它對表現方式的風格傾向有具體要求是極其自然的。《文心雕龍》「上篇」的文體論中，劉勰已經討論各種文體對於表現方法和風格的要求，比如〈明詩〉篇云：「四言正體，則雅潤為本；五言流調，則清麗居宗。」〈頌讚〉篇說：「原夫頌惟典雅，辭必清鑠。敷寫似賦，而不入華侈之區；敬慎如銘，而異乎規戒之域。揄揚以發藻，汪洋以樹義。惟纖曲巧致，與情而變，其大體所底，如斯而已。」甚至有涉及「勢」者，〈奏啟〉篇即云：「術在糾惡，勢必深峭。」它與「章表奏議，則准的乎典雅」並不矛盾，因為「典雅」是這四種文體在風格上的共同點。看來劉勰認為他所列舉的每類四種文體的風格傾向基本一致，可以據此為作品的「總一之勢」定下基調。

隨後，劉勰對文章的「總一之勢」加上了這樣的說明：「雖復契合相參，節文互雜；譬五色之錦，各以本采為地矣。」一篇文章須以符合內容和體制特點的，也即本色的表現方式為主體、定基調；以此為前提，再吸收可以兼容的其他一些表現方式的長處，形成一個協調一致的總的表現方式。本色之「勢」在「總一之勢」中的主體地位不能被取代，更不能被淹沒。「以本采為地」的「總一之勢」既是突出作品固有特徵的表現，又是遵循「因情立體，即體成勢」規律自然而然的結果。

〈定勢〉篇後面兩段話說：

桓譚稱：「文家各有所慕，或好浮華而不知實核，或美眾多而不見要約。」陳思亦云：「世之作者，或好煩文博采，深沉其旨者；或好離言辨白，分毫析釐者：所習不同，所務各異。」言勢殊也。劉楨云：「文之體勢，實有強弱[5]，使其辭已盡而勢有餘，天下一人耳，不可得也。」公幹所談，頗亦兼氣。然文之任勢，勢有剛柔；不必壯言慷慨，乃稱勢也。又陸雲自稱：「往日論文，先辭而後情，尚勢而不取悅澤；及張公論文，則欲宗其言。」夫情固先辭，勢實須澤，可謂先迷後能從善矣。

自近代辭人，率好詭巧，原其為體，訛勢所變，厭黷舊式，故穿鑿取新；察其訛意，似難而實無他術也，反正而已。故文反「正」為「乏」，辭反正為奇。效奇之法，必顛倒文句，上字而抑下，中辭而出外，回互不常，則新色耳。夫通衢夷坦，而多行捷徑者，趨近故也；正文明白，而常務反言者，適俗故也。然密會者以意新得巧，苟異者以失體成怪。舊練之才，則執正以馭奇；新學之銳，則逐奇而失正。勢流不反，則文體遂弊。秉茲情術，可無思耶！

〈定勢〉篇徵引的前人論述，除陸雲所云出自其《與兄平原書》外，其餘者無可考。然而這些材料似可證明，自漢魏以降，「勢」在文章寫作中已逐漸受到重視。桓譚和曹植兩人的批評所涉及的都是文學語言運用方面的問題：桓譚指斥「浮華」繁縟、稱許凝練剴切的用意是明白不過的。他所說的「文家各有所慕」與曹植所謂「或好煩文博采，深沉其旨者，或好離言辨白，分毫析釐者：所習不同，所務必各異」，表明作家語言風格上的差異歸根結底是審美追求以及寫作習尚的不同造成的。桓譚與曹植的引文中並未提及「勢」字，然而劉勰卻以

5　原作「文之體指實強弱」，從楊明照說校改。

為是「言勢殊也」，看來至少劉勰執著地認為，在文學的領域「勢」與作家駕馭語言的能力及其風格的關系至為密切。

隨後劉楨、陸雲之說以及劉勰的議論尤為《文心雕龍》的研究者看重。清人紀昀評曰：「此以下，又爬梳勢字，以補滲漏。」此評確實十分中肯。

書法、繪畫一類直觀的藝術，只便於作空間上的展開。即使選擇「富於包孕的片刻」付諸表現，終究在時間上受很大的限制。文學的表現在時空上有充分的自由，文學的「勢」不僅可以在空間上展開，而且有在延續的時間中逐步展開的過程，因此它往往有發展、有曲折、有高潮；既能戛然而止，也能遷延不絕。劉勰視「遺勢鬱湮，餘風不暢」為文病，劉楨推崇「使其辭已盡而勢有餘」者為天下無雙的成功之作。看來「勢」不但應當貫串於行文的始終，理想的文「勢」甚至有超越文辭之外的審美效果。

劉楨是「建安七子」之一，後來的文學評論對其詩歌創作有長於「氣勢」的一致認識。劉勰在〈體性〉篇曾經說：「公幹氣褊，故言壯而情駭。」鍾嶸在《詩品》中評劉楨云：「其源出於《古詩》，仗氣愛奇，動多振絕，真骨凌霜，高風跨俗。但氣過其文，雕潤恨少。」唐釋皎然《詩式》說：「劉楨辭氣偏正得其中」，「勢逐情起，不由作意，氣格至高……」從〈定勢〉篇引述他的意見看，其詩歌重「氣勢」原有理論的依據。

一般「勢」常常與「氣」發生連繫，但〈定勢〉篇徵引劉楨之論以後立即指出：「公幹所談，頗亦兼氣。然文之任勢，勢有剛柔，不必壯言慷慨，乃稱勢也。」顯然是不獨取劉楨那種「兼氣」之「勢」的意思，否定了「勢」與「氣」的必然連繫。我們仔細研讀〈定勢〉篇，能發現劉勰論「勢」言不及「氣」。因而在討論《文心雕龍》「勢」論的時候，有必要修正這樣的習慣看法：談到「勢」，便只能是高屋建瓴、金剛怒目、劍拔弩張之勢，或者席捲之勢、奔騰之勢……劉勰深知容易產生這樣的誤解，才聲明：「不必壯言慷慨，乃稱勢也。」因為「勢」原可訓力，劉楨所言「文之體勢，實有強弱」，也只強調了力方面的內涵；「勢」有時也指由於地位和力量的懸殊而形成的格局。人們熟悉的「氣勢」，多為強壯盛大，甚至帶有某種威壓的勢態。劉勰並不否認這種「勢」的存在，只不過以「勢有剛柔」一語，將其劃入陽剛一類。正如黃季剛先生《文心雕龍》〈札記〉所說：「專標慷慨以為勢……不能盡文而有之。」〈定勢〉篇所謂「任勢」也源出於《孫子兵法》〈兵勢〉篇。兵法上的「任勢」是讓作戰者如同從千仞之山上往下滾動圓石那樣擁有不可阻遏的衝殺格鬥之勢。在文學創作中倡言「任勢」，大抵也要求以強勁貫一之力運載和推動文學語言的展開。如此看來，後來的韓愈「氣盛言宜」之說，李德裕「氣不可不貫」的見解又是「任勢」的進一步發揮了。不過經過劉勰的改造，「任勢」又與剛柔之別結合起來，帶有重申「自然」和「乘利為制」的意味：要求依循作品「情」、「體」之剛而成其剛，或者依其「情」與「體」之柔而成其柔，文學的藝術個性和審美價值都在「任勢」中充分顯現出來。

陸雲說自己認同了張華的看法，反省「往日論文，先辭後情，尚勢不取悅澤」的失誤。「先辭後情」違背了「因情立體，即體成勢」的規律；「尚勢不取悅澤」則有粗獷之嫌，與劉楨「氣過其文」、「雕潤恨少」的缺點有共同之處。劉勰作出「情固先辭，勢實須澤」的論斷，「澤」者，潤飾也。看來文學語言的藻飾、音韻、節奏等藝術處理能使文「勢」獲得必不可少的美的感動力量。劉勰在反對「淫麗氾濫」和片面追求「新奇」的同時，仍然講求文學語言的潤飾，注重文學的形式美。他要求以形式美加強「勢」的藝術效果，觸發人們的美感聯想。

〈定勢〉篇一一標舉的，只是「准的乎典雅」、「羽儀乎清麗」以及「明斷」、「核要」、「弘深」、「巧豔」這樣一些「勢」。可見文學之「勢」含有的力，絕不限於恣肆叫咷、雄強浩蕩之力，更多的則是優雅豔麗、細膩輕靈之力；或者凝練深沉、含而不露之力……

劉勰的「定勢」論推演出「情」→「體」→「勢」的公式，這個公式所規定的方向是不容逆轉的。〈定勢〉篇第四部分指出：「自近代辭人，率好詭巧，原其為體，訛勢所變……」這些人由於「率好詭巧」、「穿鑿取新」而顛倒「即體成勢」的正常程序，因而「失體成怪」，導致創作的失敗。此類「訛勢」、「怪體」實在談不上為「情」所用，也是「先辭後情」的產物，無怪乎劉勰慨嘆「勢流不反，文體遂弊」了。他指出，那些希圖在創作上走成功之「捷徑」的人，為了迎合世俗口味而片面追求「新奇」，竟然棄明白暢達的文學語言不用，以顛倒的語序和錯迕的文辭去嘩眾取寵，的確是「離本彌甚，將遂訛濫」了。其實此種以艱深文淺陋的文風不僅古已有之，今天亦不乏見。無論是前面提及的「失體成怪」，抑或此處所說的「效奇之法」，諸如「詭」、「訛」、「穿鑿」、「失正」、「反正」……種種乖謬，皆違背了「自然」的法度而理當受到抨擊。劉勰認為，「奇」倘有可取，也須置於本色的雅正的文勢的統率之下，如「舊練之才」那樣「執正以馭奇」。

《文心雕龍》各篇之「贊」有總結或者補充說明全篇宗旨的重要作用。〈定勢〉篇的「贊」概括了文學創作藝術形式形成的規律，以及由此引申得來的「定勢」原則，試分述如下：

「形生勢成，始末相承。」乃是「因情立體，即體成勢」的扼要說明，「因情立體」為化無形為有形的過程，也就是「形生」的過程。整個作品的表現形式始於「情」，形於「體」，成於「勢」。「始末相承」意在強調規律的方向性和完整性。

「湍回似規，矢激如繩。」、「湍回」其勢必圓，「矢激」其勢必直，這是「自然」的法度。即要求「勢」忠實於事物的本來面貌，順應其運動和變化的自然趨勢和客觀規律。

「因利騁節，情采自凝。」、「因利騁節」與「乘利而為制」通，都是發揮創作中主客觀的有利因素的作用之意。「情采自凝」是「因利騁節」的藝術效果：內容與形式相得益彰，兩方面的獨到之處都自然而然地顯現出來。

「枉轡學步，力止壽陵。」最後劉勰嘲笑了那些放棄自己特點而一味模仿的人，如同莊子所説的壽陵餘子「邯鄲學步」那樣愚蠢。闡明造勢「各以本采為地」——突出本色的重要。

三十二字之「贊」可謂精義薈萃，全篇要旨收攬無餘。

三、釋〈定勢〉的「體」與「勢」

讀者已經知道，在上文介紹〈定勢〉篇內容的時候，我們是按一種傳統的藝術表現方式來理解「勢」的。這種理解同書法、繪畫理論的「勢」比較協調，卻與《文心雕龍》研究領域一些我們敬重的前輩學者的意見相左。〈定勢〉之「勢」以及與其密切相關的「體」的解釋對認識「勢」範疇在古代文論中意義至為重要，但人們看法卻大相逕庭，分別釋「勢」為修辭方法、標準、姿態、體勢等等，較有代表性的有三家：周振甫先生説：「不同體裁形成不同風格是勢。……定勢就是文章要寫得體裁和風格相適應，順著某種體裁所需要的某種風格來寫。」[6]「定勢就是按照自然形成的趨勢來確定體勢。」[7]詹鍈先生指出：「〈定勢〉的用語和觀點都來源於《孫子兵法》」，「〈定勢〉篇的「勢」

6 周振甫：《文心雕龍》〈定勢〉，《新聞業務》1962年第4期。

7 周振甫：《文心雕龍譯註》。

原意是靈活機動而自然的趨勢。所謂『即體成勢』就是『變通以趨時』，就是隨機應變。在〈定勢〉篇裡，『勢』和『體』連繫起來，指的是作品的風格傾向，這種趨勢本來是變化無定的。……這種趨勢是順乎自然的，但又有一定的規律性，勢雖無定而有定，所以叫『定勢』。」[8]王元化先生在《劉勰風格論補述》中道：「我認為更重要的卻是怎樣去理解〈定勢〉篇的基本命意所在。〈定勢〉篇把『體』和『勢』連綴成詞，稱為『文章體勢』，這是值得我們注意的。劉勰提出『體勢』這一概念，正是與『體性』相對。『體性』指的是風格的主觀因素，『體勢』則指的是風格的客觀因素。」雖然這些見解均很有啟發性，但終覺尚欠確切和嚴密。譬如：釋「勢」為風格，則有與其他類似風格的概念相纏夾的毛病。與「形」密切連繫的「勢」，常常有動態的具象，倘若釋為自然趨勢，似乎「勢」在文學藝術表現中只具有抽象意義，這種認識很難為人們接受。「體勢」連綴成詞非自劉勰始，言其與「體性」相對亦缺少確證。〈定勢〉篇「綜意淺切者，類乏蘊藉；斷辭辨約者，率乖繁縟」顯然是論風格的主觀因素，何況有「因情立體」、「情交而雅俗異勢」、「情固先辭」之類論斷，又如何能簡單地將「體勢」歸諸風格的客觀因素一方？此外，儘管〈定勢〉篇之「勢」論源出兵法者甚多，然而不可拘泥於此而忽略劉勰基於文學立場對它的改造。我們所作的解釋應該在〈定勢〉篇的各個具體部分都能講通。

《文心雕龍》成書以前，書法、繪畫論中已經很講究「勢」了。其實兵法也未必與藝術絕不相干，運籌帷幄可謂軍事指揮的藝術。各類藝術的創作及其理論的發展總是相互影響互相滲透的。〈定勢〉篇就以繪畫的「色」、「形」來說明文學的「情」、「勢」。書法、繪畫和文學

---

8 詹鍈：《文心雕龍的風格學》，第62、68頁。

三者的「勢」不僅在「形生勢成」上相通，而且本身都有豐富的美感。書法之「勢」、「粲粲彬彬其可觀」(蔡邕《篆勢〉)，繪畫稱「竟求容勢」(王微《敘畫〉)，文學也強調「勢實須澤」；書法繪畫之「勢」能引發超然「形」外的聯想，「辭已盡而勢有餘」表明它也有雋永的餘味。這些又是兵法之「勢」不可比擬之處。然而各個藝術門類的理論都只與各自的藝術相適應，書法、繪畫和文學的「勢」還是有區別的；就文論而言，作家、理論家們也往往有自己的觀點和理論系統，他們筆下的「勢」也未必可以一概而論。當然像劉勰〈定勢〉篇這樣全面的理論探討在古代文論中是絕無僅有的，值得深入研究。

文學是以語言文字作為媒介描寫形象的，從書面語言到一個富有生氣的藝術形象之間，必須通過想像的橋樑。從這個意義上講，文學的形象是間接的形象。何況〈定勢〉篇的「形生勢成」不是說的文學描寫的客觀物像，比如人物花鳥山水之類，乃是整個作品的「形生勢成」，這種作品的整體「形」、「勢」更需要充分的想像。劉勰將他的「勢」分別與典雅、清麗、明斷、核要、弘深、巧豔連繫起來，同書法、繪畫之「勢」是有很大差別的，倘若離開了文學語言的組合方式及其風格特徵去討論〈定勢〉，則將流於膚廓，失去對文學創作的指導意義。

劉勰論「勢」，謹慎地迴避著「氣」的影響，卻將「勢」與「情」和「體」密切連繫起來。〈定勢〉篇論「體」、「勢」關係之處甚多，乃至「體勢」連用。「體」，亦可訓形。《詩經》〈大雅〉〈行葦〉曰：「方苞方體，維葉泥泥。」《箋》云：「體，成形也。」、「氣」無形而「體」有形，「體」實而「氣」虛。「勢」是形的動態，又蘊含著發展演變的趨勢以及可以觸發欣賞者美感聯想的韻味，它較之「形」還有虛的一面。從文章的虛實之理看，「體」實而「勢」虛，故須「即體成勢」，如果離「體」造「勢」，則「勢」必無所依憑、無所歸附，即便是劍拔弩張、金剛怒目也是虛有其表。劉楨的「氣勢」之所以不足取，是因為「氣」與「勢」皆虛，未明「勢」所從來。文學的「氣勢」常常表現於眼界博大、語意豪勁和行文馳騁暢達之上；「體」乃因「情」而立，本身無偏於豪壯一面之嫌。由「情」到「勢」之間有了「體」這樣一個有形的環節，才比較實際地表述了文學作品藝術形式的形成過程。文「情」總是變化萬端的，因「情」而立之「體」和即「體」而成的「勢」方能突破「氣勢」的侷限，概括文學領域豐富多彩的表現方法和藝術風格。如果說詹鍈先生「雖無定而有定」的總結還算不夠明確的話，我們可以進一步說：「無定」是指「勢」的組合方式靈活多變，可供選擇者不勝枚舉；而「有定」則指具體作品的「勢」依據其「情」其「體」的特徵和文學表現的自然趨勢而定。可以認為，劉勰出於理論上的周密考慮，才對「體勢」與「氣勢」作出了取捨。

學術界對於「體」的理解分歧雖然不大，但仍有必要辨析清楚。有釋為體裁（文體）者，亦有釋為體統或體制者，還有隨時變換的。漢魏以降，文體愈分愈細，從曹丕《典論》〈論文〉的四科八體，陸機《文賦》的十類，到摯虞「類聚區分為三十卷，名曰《流別》，各為之論」（《晉書》〈摯虞傳〉），文體區劃大略已定。《四庫提要總集類序》說：「……故體例所成，以摯虞《流別》為始。」《文章流別論》今已不全，但從《文心雕龍》《文選》的文體分類可知一般。由於劃分細，某些文體的表現方法和風格大抵相同，如哀弔詔策移檄章表奏議之類皆然。就這些文體而言，「因情立體，即體成勢」之「體」釋為體裁也無不可。以曹丕的「奏議宜雅，書論宜理，銘誄尚實，詩賦欲麗」和陸機的「詩緣情而綺靡，賦體物而瀏亮……」觀之，魏晉文論家業已認識到不同文體對表現方法和語言風格有不同的要求。〈定勢〉篇的

「章表奏議，則准的乎典雅……」一段，證明劉勰也承襲了這樣的觀點。可以此為據就釋「體」為文體亦有未安。

「情」雖然指作品包含的思想感情內容，但終究來自作家，所以「體」的成立也有作家（主體）藝術個性的因素。「情」的變化無論如何也是多於文體類別的，尤其是像詩賦之類典型的文學體裁，其「情」更不能劃一，以文體釋「體」，「因情立體」之說便難以圓通。劉勰要概括「體」與「勢」形成的一般規律，事實上也踰越了以文體定「勢」的界限，他說：「模《經》為式者，自入典雅之懿；效《騷》命篇者，必歸豔逸之華；綜意淺切者，類乏蘊藉；斷辭辨約者，率乖繁縟。」這與「章表奏議，則准的乎典雅……」立場的角度明顯有別。以《經》作為楷模者並不受「章表奏議」四種文體的限制，卻一概「自入典雅之懿」。此外「綜意淺切」、「斷辭辨約」也只能是作家藝術素養和創作個性方面的因素。說明劉勰也將「勢」的形成與作家選擇的創作典範（反映作家藝術表現的傾向）以及作家的素養、個性直接連繫起來，這樣才彌補了單純以文體「定勢」的不足。

「體」在〈定勢〉篇中出現頻繁，揣摩其意，可徑直作文體解的很少。像「文之體勢，實有強弱」，「括囊雜體，功在詮別」，「原其為體，訛勢所變」，「勢流不反，文體遂弊」，等等，以文體（體裁）來解釋確實是窒塞難通的。

《文心雕龍》中「體」通常有兩重意義：一是作類型、體式的區分，如〈宗經〉篇「體有六義」和〈體性〉篇「數窮八體」之類；一是造型或者形體的結構框架，如〈風骨〉篇的「體之樹骸」和〈通變〉篇「設文之體有常」、〈熔裁〉篇「立本有體」之類。〈定勢〉篇之「體」包括體裁又不限於體裁，以創作體制釋之有較大的靈活性。體制的變化既含體裁的變化，也含因「情」之千差萬別而產生的作品體制其他方面的相應變化。體制是藝術形式的雛形，是「勢」的依據和綱領。因此，「體」對於「勢」既有規範（即「定」）的意義，又不能替代其存在。這樣的解釋或許可以成立，〈定勢〉篇有「箴銘碑誄，則體制於弘深」一句，至少證明「體制」與〈定勢〉之「體」是類同的。

無論主張將「體」釋為體裁還是釋為體制，一般都認為「勢」的不同就是風格的不同，有的學者以〈定勢〉篇「集中地討論了文體與風格的關係」而將其歸於劉勰的風格論。因為大凡典雅、豔逸、清麗、明斷、核要、弘深、巧豔之類詞總是用來說明創作的風格的。其實這種結論是有失全面的，前面已經講清楚：劉勰並非只從文體的角度論「勢」；此外，「勢」是否就是風格也還需要斟酌。

每一個因情而立之「體」均有自己的特點，作為創作體制，它必然對「勢」有風格方面的要求，具有藝術傾向和個性的「勢」在某些場合的確與風格的意義相近，這是可以理解的。可是，以風格釋「勢」在〈定勢〉篇就有難通之處，比如「辭已盡而勢有餘」或者「勢實須澤」就無法將其中的「勢」作風格解。又如「……然淵乎文者，並總群勢：奇正雖反，必兼解以俱通」一句，明言「奇正」是兩種不同的「勢」，「奇正」雖然有鮮明的風格屬性，然而在理解下文「執正以馭奇」和「文反正為乏，辭反正為奇。效奇之法，必顛倒文句……」的時候，若簡單地將「奇正」視為兩種對立的風格也是鑿枘難入的。〈詮賦〉篇「寫送文勢」，〈附會〉篇「若首唱榮華，而媵句憔悴，則遺勢鬱湮，餘風不暢」，表明「勢」具力的內蘊，在作品中有展開的過程，而且本身也是一種藝術效果。這些也不是風格可以概括的，釋「勢」時不能不予考慮。中國古代文論自成體系，古今術語絕少等同者，倘將含有風格因素的術語，像《文心雕龍》中「風」、「體」、「體性」、「體勢」、「勢」統統不加區別地釋為風格，那麼就忽略了風格不能涵蓋的那些意義和它們各自不能取代的特點，會造成概念上的混亂。

「勢」普遍存在於事物的動態格局之中，這種傳統意識反映到文學藝術領域有理性與感性統一、虛實兼備的特點。寫作的「定勢」，目的不只在瞭解作品表現的「自然趨勢」，而在於擇定理想語言風格和作品的展開方式。〈定勢〉篇關於「術」的論述是不宜忽略的。它開始便道：「情致異區，文變殊術。」是說作品的內容不一，作品的表現方法和藝術手段——「術」也就隨之變化。以此發端，展開「定勢」之論。文中譏嘲「近代辭人」、「穿鑿取新」的「訛意」是「似難而實無他術」。篇末也大聲疾呼：「秉茲情術，可無思耶！」這大概不是一種無足輕重的偶合吧！

這種來自傳統審美意識的「術」以其自然協調的運動勢態和鮮明的風格特徵將作品展示出來，「勢」既是這「術」的本身，又是這「術」的藝術效果。以這種「術」理解「執正馭奇」之「奇正」，要比將它們視為兩種風格妥帖；「勢實須澤」的「勢」倘是這種「術」，就完全說得過去。〈奏啟〉篇說：「術在糾惡，勢必深峭。」也是將「深峭」之「勢」作為「糾惡」的藝術手段，這句話正可與〈定勢〉篇相互印證。看來「定勢」是寫作過程中擇「術」的一部分，「勢」與現代詞彙中的表現方式在概念上有某些相近之處。

一般說來，表現方式（包括表現方法、藝術手段等）是風格的一個組成部分。還可以從另一角度給風格定義：各個藝術種類、各個題材內容都有一種適應自己需要的最完美的表現方式，這種表現方式就是這種藝術或題材內容的標準風格。黑格爾從這個角度論到：「……風格就是服從所用材料的各種條件的一種表現方式，而且它還要適應一定藝術種類的要求和從主題概念生出的規律。如果在這個廣義的風格上有缺陷，那就是由於沒有能力掌握這種本身必要的表現方式，或是由於主觀任意，不肯符合規律，只聽個人的癖好，用一種壞的作風來代替了真正的風格。」[9]

「勢」只能說是適應我國文學藝術表現和欣賞傳統習慣的一種特殊表現方式。它不是這個「廣義的風格」。首先因為「勢」不是一部作品採用的「術」的全部；「勢實須澤」的「澤」指語言形式的潤飾，它也是「術」，但這句話表明「勢」不完全包括「澤」；《文心雕龍》的「熔裁」、「比興」、「誇飾」、「附會」……都是「術」，「勢」也不能全部概括。其實，「勢」還兼有難以用風格來說明的特點：比如它是動態的、有發展變化的，有時候「勢」本身就指一種藝術效果，等等。

綜上所述，解釋〈定勢〉篇之「勢」須考慮下面三方面的因素：其一，劉勰受傳統「勢」的直接啟發，「勢」與「形」（或「體」）相須，靈活多變可以相機制宜，它蘊含著運動發展的趨勢，在藝術活動中能以其動態的美感和展開的勢態形成一種影響和引導欣賞者情思及審美心理定向發展的驅動力。其二，作為文學之「勢」，它有由於運用語言文字作媒介帶來的特點：它有時間的延續性，在作品中展開時可放可收，可以有曲折、有高潮，甚至「辭已盡而勢有餘」。也就是說「勢」的形象性是就整篇作品而言的，在劉勰的心目中有「勢」的詩文作品已近乎有生命、有靈氣的活物了，劉勰提出「勢」的美學追求，是為了取代相對靜止、淺浮冗雜而缺乏表現力的對詞采的盲目追求。其三，「勢」因「情」即「體」而成，每篇作品的內容和體制都有自己的特徵，它們自然對「勢」有風格方面的規定；「勢」還受作家藝術傾向的影響（比如是「模《經》為式」還是「效《騷》命篇」）。受作家藝術素養和創作個性的制約（比如是「綜意淺切者」抑或「斷辭辨約

9　黑格爾：《美學》第一卷，朱光潛譯，商務印書館1979年版，第373頁。

者」)。因此,「勢」還有鮮明的風格屬性。此外,劉勰是將「勢」視作一種適應「情」與「體」需要的「術」來論述的。

據此,可以作出這樣的解釋:《文心雕龍》〈定勢〉篇的「勢」,是受藝術表現自然趨勢制約,接受作品內容和創作體制的規定,包含著有鮮明風格特徵的文學語言所形成的動態美感並在作品中有展開過程的表現方式。它以整體性、運動性和感性與理性統一的特點反映出我們民族審美追求的一個側面。

第二節　唐宋詩論中的「勢」

詩歌在中國古代文學的發展史上一直是唯我獨尊的。中國也曾被稱作詩的國度。經歷了漢魏六朝數百年間在藝術形式和題材內容上的廣泛探索之後,詩歌創作終於在唐代步入鼎盛時期。臻於完美的格律規定了古代五言、七言詩藝術傳統的主要模式,格律詩確實較為集中地體現出漢民族文學語言的聲調美、節奏美和對稱美,而且反映出華夏民族審美心理的另一些特點:推崇審美對象的展開方式精巧、簡約而又首尾完整。

唐人探討詩歌之「勢」的著述遠較其他朝代為多。宋人承其餘緒,也不乏可取之處。唐宋的「詩勢」之論有一個總的特點,那就是大多分解到了格律詩「句」與「聯」的層次去討論意象展開方式的系列。這當然是詩歌格律化的時代使然。唐代的王昌齡、皎然、齊己和宋代的惠洪等人都論過「詩勢」,在這個時期是有代表性的。

一、王昌齡論「十七勢」與「得勢」、「用勢」

王昌齡是頗負盛名的唐代詩人,擅長五古和五、七言絕句,有「詩家天子」、「七絕聖手」之美譽。明人王世貞在其《藝苑卮言》卷四中將其七絕列為「神品」。《新唐書》〈藝文志〉記載有「王昌齡《詩格》二卷」，人或疑為偽書。不過，從入唐留學的日本僧人遍照金剛（即死後被追封為弘法大師的空海法師）曾經自述得藏王昌齡《詩格》的事實[10]，以及他編撰的《文鏡秘府論》所保存的材料看，《詩格》可以確斷為王昌齡所著。只是今傳本《詩格》已非本來面目，偽托處甚多，反不如《文鏡秘府論》中引述的材料更切近王氏《詩格》的原貌。《文鏡秘府論》的一個古抄本在其《地卷》〈體例〉（即「十七勢」）的篇首直截了當地寫明：「王氏論文云：……」評議中亦主要援引「昌齡詩云」如何以印證其論；間或徵引他人詩句，則一概冠以姓氏，明白無疑地告訴讀者是為王昌齡的自述之辭。今本《詩格》曾經論及詩歌的「起首入興體十四」、「常用體十四」，其立論角度和內容與「十七勢」有近似之處，足見今本《詩格》亦不完全是憑空臆造，其中仍有一些王昌齡及其同時代《詩格》論的真實材料。凡此種種，促使我們的討論以《文鏡秘府論》保存的「十七勢」為主要對象，復參之以今本《詩格》和另一種傳為王氏所作的《詩中密旨》，力求比較全面地瞭解王昌齡「詩勢」論的宗旨。

《文鏡秘府論》「十七勢」云：

或曰（日本東方文化學院影印《古抄本》作「王氏論文云」）：詩有學古今勢一十七種，具例如後：

第一，直把入作勢；第二，都商量入作勢；第三，直樹一句，第二句入作勢；第四，直樹兩句，第三句入作勢；第五，直樹三句，第

10 弘法大師《性靈集》四《書劉希夷獻納表》云：「此王昌齡《詩格》一卷。此是在唐之日，於作者偶得此書。古代《詩格》等，雖有數家，近代才子切愛此《格》。」

四句入作勢；第六，比興入作勢；第七，謎（原作「讉」據抄本改）比勢；第八，下句拂上句勢；第九，感興勢；第十，含思落句勢；第十一，相分明勢；第十二，一句中分勢；第十三，一句直比勢；第十四，生殺回薄勢；第十五，理入景勢；第十六，景入理勢；第十七，心期落句勢。

緊隨其後，則是對每一種「勢」的詳細介紹和例證。第一到第六都是所謂「入作勢」，即寫格律詩入題的方式，或言「破題法」。

王昌齡說：「直把入作勢者，若賦得一物，或自登山臨水，有閒情作，或送別，但以題目為定；依所題目，入頭便直把是也。皆有此例。昌齡《寄驩州》詩入頭便云：『與君遠相知，不道雲海深。』又《見遣至伊水》詩云：『得罪由己招，本性易然諾。』又《題上人房》詩云：『通經彼上人，無跡任勤苦。』又《送別》詩云：『春江愁送君，蕙草生氛氳。』又《送別》詩云：『河口餞南客，進帆清江水。』又如高適云：『鄭侯應棲遑，五十頭盡白。』又如陸士衡云：『顧侯體明德，清風肅已邁。』」他又介紹說：「都商量入作勢者，每詠一物，或賦贈答寄人，皆以入頭兩句平商量其道理，第三、第四、第五句入作是也。皆有其例。昌齡《上同州使君伯》詩言：『大賢奈孤立，有時起絲綸，伯父自天稟，無功載生人。』又《上侍御七兄》詩云：『天人俟明略，益稷分堯心，利器必先舉，非賢安可任？吾兄執嚴憲，時佐能鉤深。』」

第一勢和第二勢指的是作詩的兩種起句形式。「直把入作勢」即直截了當、開門見山的寫法，起首一句就緊貼題目。「都商量入作勢」則是先說一番道理，或者徵引前賢古例，而後再把本詩議論或歌頌的具體對象提出來，可以說是一種出意委婉、由博而約、由遠及近的開頭法。

第三、第四、第五三勢都是先描繪景物，然後入題的例子：「直樹一句者，題目外直樹一句景物當時者，第二句始言題目意是也。昌齡《登城懷古》詩入頭便云：『林藪寒蒼茫，登城遂懷古。』又《客舍秋霖呈席姨夫》詩云：『黃葉亂秋雨，空齋愁暮心。』又：『孤煙曳長林，春水聊一望。』又《送鄢賁覲省江東》詩云：『楓橘延海岸，客帆歸富春。』又《宴南亭》詩云：『寒江映村林，亭上納高潔。』」、「直樹兩句，第三句入作勢者，亦題目外直樹兩句景物，第三句始入作題目意是也。昌齡《留別》詩云：『桑林映陂水，雨過宛城西。留醉楚山別，陰雲暮淒淒。』」、「直樹三句，第四句入作勢者，亦有題目外直樹景物三句，然後即入其意。亦有第四、第五句直樹景物，後入其意，然恐爛不佳也。昌齡《代扶風主人答》云：『殺氣凝不流，風悲日彩寒，浮埃起四遠，遊子彌不歡。』又《旅次周至過韓七別業》詩云：『春煙桑柘林，落日隱荒墅，泱漭平原夕，清吟久延佇。故人家於茲，招我漁樵所。』」

詩中寫景分量的多少原由臨文的具體情況而定，「樹」景或一兩句或三四句，各有機趣，得失優劣不可一概而論。然而，一切景語皆情語，若不能融情於景，則寫景未必是多多益善的，所以王昌齡提醒詩家「恐爛（意同『濫』）不佳也」，這大概是「十七勢」不敢「第四、第五句直樹景物」者的原因吧！

王氏云：「比興入作勢者，遇物如本立文之意，便直樹兩三句物，然後以本意入作比興是也。昌齡《贈李侍御》詩云：『青冥孤雲去，終當暮歸山，志士杖苦節，何時見龍顏。』又云：『眇默客子魂，倏鑠川上暉，還云慘知暮，九月仍未歸。』又：『遷客又相送，風悲蟬更號。』又崔曙詩云：『夜台一閉無時盡，逝水東流何處還？』又鮑照詩曰：『鹿鳴思深草，蟬鳴隱高枝，心自有所疑，傍人那得知？』」這「比興入作勢」自然屬詩學之正源。「比興」雖然也是寫物，但其目的卻不在表現物態本身的美，而在表現王氏所說的「立文之意」。「以本意入作興」一句指出了用作「比興」之物態與作者賦詩「本意」的密切連繫，清晰地劃分了「比興」與一般的狀物寫景的界限。看來王昌齡所謂「比興」和其後白居易的「風雅比興」著眼點是不相同的。

第七「謎比勢」和第九「感興勢」各有側重：

> 謎比勢者，言今詞人不悟有作者意，依古勢有例。昌齡《送李邕之秦》詩云：「別怨秦楚深，江中秋雲起。天長夢無隔，月映在寒水。」

> 感興勢者，人心至感，必有應說，物色萬象，爽然有如感會。亦有其例。如常建詩云：「泠泠七弦遍，萬木澄幽音，能使江月白，又令江水深。」又王維《哭殷四》詩云：「泱漭寒郊外，蕭條聞哭聲，愁雲為蒼茫，飛鳥不能鳴。」

「謎比勢」指詩人藉助自己在學識（文化修養和資料占有）上的優勢，寫出的詩意蘊深邃隱微，如謎語一樣需要反覆揣摩，乃至須從「古勢」中發掘。「人不悟」當指人們初讀時而言，在學識見聞增長或者苦苦探求之後得到的悟解也許更珍貴更深刻吧。

「感興勢」所描述的「人心至感，必有應說，物色萬象，爽然有如感會」類似於現代所說的靈感現象，大抵是指詩人思維和感情活動在外部世界信息的觸發誘導下進入明敏活躍的高效工作狀態。王昌齡舉出的例子表明，藝術的靈感來臨不僅僅表現為主客體信息連繫的暢通，而且表現為主體客體之間、客體與客體之間物態和自然屬性方面鴻溝的填平。「泠泠七弦遍，萬木澄幽音，能使江月白，又令江水深」的描述說明，琴絃奏出的音響、旋律和情調浸染了全部視覺意象：森林更為幽靜安謐，月色更加清朗，江水也更顯深沉。「泱漭寒郊外，蕭條聞哭聲，愁雲為蒼茫，飛鳥不能鳴」亦可謂無一字不悲涼，無一字不淒傷。此處描繪的豈止是人感官的通感？無論是有感覺的禽獸，還是無感覺的草木，以致於沒有生命的萬物，都在此刻與人同化，在感情上發生強烈的共鳴。王氏在「感興勢」裡表述的是一種天人交感、物我融通的境界。

第八、第十一、十二、十三、十四是詩的句法：

下句拂上句勢者，上句說意不快，以下句勢拂之，令意通。《古詩》云：「夜間木葉落，疑是洞庭秋。」昌齡云：「微雨隨雲收，蒙蒙傍山去。」又云：「海鶴時獨飛，永然滄州意。」

相分明勢者，凡作語皆須令意出，一覽其文，至於景象，恍然有如目擊；若上句說事未出，以下一句助之，令分明出其意也。如李湛詩云：「雲歸石壁盡，月照霜林清。」崔曙詩云：「回家收已盡，蒼蒼唯白茅。」

一句中分勢者，「海淨月色真」。

一句直比勢者，「相思河水流」。

生殺回薄勢者，前說意悲涼，後以推命破之；前說世路矜騁榮寵，後以至空之理破之入道是也。

上述五勢裡，「一句中分勢」是一句詩分別描繪兩個物像的方式，「一句直比勢」是一句詩完成比喻的方式，兩者都是一句出意的句法；其餘三勢則要求上句與下句相互照應補充，是以聯出意的句法。「相分明勢」透露了唐人在創造詩歌意象方面的自覺意識。「凡作語須令意出」以及「一覽其文」景象「怳然如目擊」，簡明地表述了他們對「意」和「象」兩者藝術表現上的要求。謂之「分明」似乎就是強調意蘊和形象的鮮明性。「生殺回薄勢」所指是一聯兩句或更大範圍內意蘊前後尖銳對立、相反相成的一種表現方式，前後如同「生」與「殺」般背道而馳。後出的詩句一反前面的旨趣情調，一則衝撞和對比強烈，更為奇崛警人；二則可能產生柳暗花明、別開生面或者迷途指津的藝術效果。其實又何止作詩是這樣，王昌齡的「前說世路矜騁榮寵，後以至空之理破之入道是也」不也會令人聯想到《紅樓夢》的藝術構思嗎？

第十和第十七兩勢講的是格律詩的收煞，即所謂「落句」：

含思落句勢者，每至落句，常須含思；不得令語盡思窮，或深意堪愁，不可具說。即上句為意語，下句以一景物堪愁，與深意相愜便道。仍須意出成感人始好。昌齡《送別》詩云：「醉後不能語，鄉山雨雰雰。」又落句云：「日夕辨靈藥，空山松桂香。」又：「墟落有懷縣，長煙溪樹邊。」又李湛詩云：「此心復何已，新月清江長。」

心期落句勢者，心有所期是也。昌齡詩云：「青桂花未吐，江中獨鳴琴。」又詩云：「還舟望炎海，楚葉下秋水。」

所謂「含思」就是思想感情的豐富含蘊。王氏說得明確：「每至落句，常須含思，不得令語盡思窮，或深意堪愁，不可具說。」此「勢」要求「文有盡而意無窮」，或者對「不可具說」的情景作恰到好處的點染，促使讀者去品味、開掘意象不盡的內蘊。此處強調在「落句」時尤需遵循這個原則，是其心得。王氏還認為在一聯中，上句的「意語」與下句的景物描繪之間應該有一種特殊的關係——「相愜」。從後面舉出的例子看，「醉後不能語，鄉山雨雰雰」寫酒醉之後不能說話與鄉山方向迷濛的雨，「此心復何已，新月清江長」寫遷延的情思與新月映照的清江，兩組都各有「意」和「累」，表面上「意」、「景」似無直接連繫，細細玩味卻是「相愜」的：濛濛細雨是綿密、充塞、陰沉、壓抑而且無聲的，也可能還是歸途阻塞的象徵，這與遊子以沉醉來消解、忘卻鄉愁，乃至於欲語不能的心境和情緒都是完全吻合的；新月與清江的意象給人淒清明晰的感受，更有周而復始輾轉長存的意蘊，自然也同不能終了的悠悠我心相契合。

「心期落句勢」實際上也是語盡意無窮的一種，只不過將「落句」的含蘊規定在表述詩人的某種期待之上。「清桂花未吐，江中獨鳴琴」暗示孤獨的撫琴人期待著青桂花開時節到來的人和事；「還舟望炎海，楚葉下秋水」又是對遊子歸期的盼望。要求詩歌的「落句」表現出「心有所期」的意蘊，藉以造成欣賞者一種特定的心理勢態，這是一個值得注意的動向。中國古代詩歌一向以抒情的作品為大宗，一般不像西方古典史詩和戲劇那樣注重表述事件的過程，安排情節和矛盾衝突的發展線索，展示人物的形象。然而，中國古代抒情詩在創作上也力求突破靜止的格局，表現出主體情感思維的躁動及其運作的方向。在那個時代，人們對於至愛親朋的關切，以及離別後對重新聚首的嚮往，尤其是那種亟待滿足卻一時不能如願以償所造成的情緒和心境，正是詩家表現感情躁動難收的最好題材，送別、懷遠的題目在歷代詩歌中的比重是相當大的。詩篇的末尾以「心期」落句，則吟誦者與詩人一樣會在胸臆生出急切想望而又綿長無盡的情韻和思緒。此處的「心期落句」和前面的「含思落句」都是要求在詩歌收煞處，也即藝術展現完成的時候特別講究包孕，不過「心期」之勢的著眼點深入到了審美心理的層次，在強調審美活動中主體感情思維的能動性和開放性上更為突出。它雖則不能與現代小說、影視、戲劇中的「懸念」等量齊觀，卻已經昭示出唐人對文學審美活動中心理因素巨大作用的清醒認識。詩歌的理論和批評在鼓動詩人運用藝術的方式為詩歌鑑賞者形成一種特定的心理動勢，這種心理動勢往往有一定的方向和目標，又是未完成的開放的。深入到審美心理的層次來討論「勢」是很有啟發性的。如果文學語言的造「勢」功能分為語音和語義兩個方面的話，「心期」無疑是語義造「勢」的方面。

第十五「理入景勢」和第十六「景入理勢」的解說是這樣的：

理入景勢者，詩不可一向把理，皆須入景語始清味；理欲入景勢，皆須引理語入一地及居處。所在便論之，其景與理不相愜，理通無味。昌齡詩云：「時與醉林壑，因之墮農桑，槐煙漸含夜，樓月深蒼茫。」

景入理勢者，詩一向言意，則不清及無味；一向言景，亦無味。事須景與意相兼始好。凡景語入理語，皆須相愜，當收意緊，不可正言。景語勢收之便論理語，無相管攝。方今人皆不作意，慎之。昌齡詩云：「桑葉下墟落，鵾雞鳴諸田，物情每衰極，吾道方淵然。」

王昌齡在這兩勢中介紹的是處理「理」與「景」關係的正確方式。它們分為兩勢的本身就說明，詩篇（或者其中一部分）既有以寫景為主的，也有以表現「理」為主的。然而，王氏在介紹兩勢時指出：詩中「一向把理」或「一向言景」皆無味。不僅如此，即使兼顧了兩方面，「其景與理不相愜，理通無味」。王昌齡認為：「凡景語入理語，皆須相愜，當收意緊，不可正言。」這裡的「當收意緊，不可正言」大概是意蘊表達的訣竅：袒露無餘或者正面揭示往往不如點到輒止或者旁敲側擊的暗示。「景語勢收之便論理語，無相管攝」也是王昌齡創作的經驗之談：「景語」和「理語」儘管有「相愜」的要求，可是它們畢竟分別屬於形象和抽象表述類型。「景語」具有形象的鮮明可感和意蘊的可塑性，「理語」則具有思辨性和邏輯性，在表述時涇渭分明。它們相互間很難建立一方「管攝」另一方的關係。詩中的「理」受詩句容量的制約很大，其思辨性和邏輯關係一般只能侷限在一個單一的層面上，無法對藝術形象作多方位的規定；反之，一個或者一組具體物像的展示一般也很難取代「理」對事物現象某一層面的概括。所以在文學家手裡，「景語」與「理語」、「無相管攝」是一種高明的、落落大方的處理方式，它符合兩者有內在連繫又相互區別的實際。

讀第十五、第十六兩勢的評介不難發現，王昌齡論詩中「景」與「理」的關係緊緊扣住是否有「味」這一環，不禁使人聯想到鍾嶸在《詩品》中倡導的「滋味」說。鍾嶸論述「滋味」也涉及過「理」的問題，他批評晉代的玄言詩「理過其辭，淡乎寡味」，「皆平典似《道德論》」，晉人在詩歌中談玄說「理」的嘗試顯然是失敗了。唐詩在表現哲理方面則已非昔日可比，王氏此處的「物情每衰極，吾道方淵然」較為自然地表述了達道者超然物外的自得之情。除此而外，今人熟知的例證還有從「欲窮千里目，更上一層樓」之類名句到《春江花月夜》

這樣的鴻篇巨制。「十七勢」中論及「理入景」和「景入理」表明，當時的詩家對處理「景」與「理」的關係已有相當的自信，已經提出了有把握使表現哲理有「清味」的原則方法。說「理」之詩一變「淡乎寡味」而為「有清味」，似乎是天淵之別，其實它們是一個方面的題材內容付諸藝術表現的探索過程中由失敗到成功的里程碑，兩者的內在連繫和因果關係不應被忽略的。如此看來，玄言詩的失敗從藝術上說只是探索者的失敗，其對詩歌說「理」的開拓功不可沒。

今存另一部題為王昌齡著的唐代詩歌寫作指南是《詩中密旨》，其中「詩有三格」一條云：

一曰得趣，二曰得理，三曰得勢。得趣一，謂理得其趣，詠物如合砌，為之上也。詩曰：「五里徘徊鶴，三聲斷續猿。如何俱失路，相對泣離樽」是也。得理二，謂詩首末確語不失其理，此謂之中也。詩曰：「世胄躡高位，英俊沉下僚」是也。得勢三，詩曰：「孟春物色好，攜手共登臨。放曠丘園裡，逍遙江海心。」

細究此處所標「三格」，雖則未必皆有「景」在其中，卻一概事關「理」的藝術傳達方式與效果。其「得勢」之「勢」與「十七勢」有所不同，不是入題出意收煞的方式，而是立意佈局中顯示的恢宏恣肆、縱橫捭闔之態勢。根據例詩看，「得勢」者「理」雖存卻較平熟，遠不如「得趣」和「得理」那樣充分與耐人玩味，故不能出其上。

唐代的「詩勢」論表明，時人對「景」與「理」在藝術表現上應當相輔相成，以及追求「理」與「趣」的審美價值方面是頗有心得的。不過正逢詩歌步入空前昌盛的時代，詩人們初登琳瑯絢麗的詩歌殿堂，眾多有價值的領域都在召喚著他們。在時代精神的驅動下，有唐一代的詩才大多潛心於弘博渾成的氣象和意境方面的追求之中。其後宋人求變，才將「理趣」作為另闢蹊徑的一個主要方面進行開掘，詩歌於是進入了新的發展階段。從玄言詩的「淡乎寡味」到唐人「有清味」的「趣」與「理」，再到宋人的「理趣」，已經勾勒出古代哲理詩發展的大致輪廓。

綜上所述，「十七勢」涉及格律詩的起句、落句，以及一聯上下句之間和整個詩篇前後意蘊的遞進、轉折、映帶、對比、呼應、互補等出意方式。它表明在唐人那裡，詩歌思想感情內容和景物形象的展示往往是一個精心安排的過程，內容與形象展開方式本身就是詩人藝術表現的重要手段。

今本王昌齡《詩格》有「詩有五用例」一則，其中說：

> 詩有五用例：一曰用字，二曰用形，三曰用氣，四曰用勢，五曰用神。用字一：用事不如用字也。《古詩》「秋草萋已綠」，郭景純詩「潛波渙鱗起」，「萋」、「渙」二字，用字也。用形二：用字不如用形也。《古詩》：「東城高且長，逶迤自相屬。」謝靈運詩：「石淺水潺湲，日落山照耀。」用氣三：用形不如用氣也。劉公幹詩：「誰謂相去遙？隔彼兩掖垣。」用勢四：用氣不如用勢也。王仲宣詩：「南登灞陵岸，回首望長安。」用神五：用勢不如用神也。《古詩》：「盈盈一水間，脈脈不得語。」

這一段論述一定程度上體現了盛唐諸賢在詩歌藝術傳達上的審美價值標準。此處的「五用」就是藝術傳達上價值遞增的五個層次：「用字」高於「用事」，是由於活用了富有表現力的「字眼」，能夠簡練地完成藝術傳達的任務。「用形」勝於「用字」，則因為藝術形象有鮮明的具體可感的美，而且能引發欣賞者自由度較大的聯想。第三層次是「用氣」，從所舉劉楨的例詩看，似指以驅邁的豪壯之氣入詩，出語即見詩人吞吐大荒的胸襟和揮灑縱恣的意氣，如此寫來，則創作主體的精神意志彌滿紙上，又勝於「用形」。王昌齡將「用勢」置於「用氣」之上是耐人尋味的，他舉出了王粲《七哀》詩的名句「南登灞陵岸，回首望長安」，以為這就是「用勢」的範例。建安時代的王粲面對白骨蔽野的慘酷景象抒發身處亂世的痛楚憂傷，利用身邊灞陵、長安這樣具有豐富歷史和現實內涵的地名及其典故的模糊意象，表述自己不盡的感慨和哀思，不盡的懷想和期待。兩句看似平淡的描述中潛藏著強烈的不可抑止的感情思維活動。這裡的「勢」既有別於「十七勢」中的「勢」，也不同於劉勰〈定勢〉篇所言之「勢」，這「用勢」之「勢」是一種「內義脈注」的藝術手段，它傳達出既隱微而又能體察得到的感情意志開放性的流動勢態。「用勢」較之「用氣」含蘊更深，表達更委婉，所以王氏才斷言：「用氣不如用勢也。」、「用神」大抵指在感官感知以外實現的一種精神上的契合。《古詩》「盈盈一水間，脈脈不得語」描寫的是天上牛郎織女隔河相思之苦，銀河兩岸的種種情景原屬虛無縹緲，須藉助想像神遇方能達其境界，是為「用神」。

儘管「五用」皆有可取，然而《詩格》卻劃分出它們的等次，其順序反映出古代造藝者心目中由實而虛，由形而神，由直露而含蓄，由集約而沖淡的審美境界逐級提升的程序。「用勢」僅次於「五用」之最——「用神」，足見唐人給予很高的估價。

二、皎然、齊己論詩「勢」

(一)《詩式》的「明勢」及其他

釋皎然是活躍於中唐前期的著名詩論家，《新唐書》〈藝文志〉有他撰結《詩式》五卷和《詩評》三卷的記錄。《唐才子傳》對其詩論有

「皆議論精當，取捨從公，整頓狂瀾，出色《騷》《雅》」的評語。現代治文學批評史的學者們也都公認，《詩式》是這個時期有代表性的文學理論著述之一。

《詩式》有「明勢」一則：

> 高手述作，如登荊巫，覿三湘、鄢、郢山川之盛，縈迴盤礴，千變萬態（文體開闔作用之勢）。或極天高峙，崒焉不群，氣勝勢飛，合沓相屬（奇勢在工）；或修江耿耿，萬里無波，欻出高深重複之狀（奇勢雅發）。古今逸格，皆造其極矣。

這裡的「明勢」似乎可以理解為明了體勢的造藝功能。皎然以為，造詣高深的大家搦筆命篇之際，對於詩的結構和展開方式如同居高臨遠那樣了然於心。一切「縈迴盤礴，千變萬態」皆出自大手筆的匠心獨運，他們懂得如何把握「文體開闔作用之勢」，充分利用它的藝術傳達功能。

「極天高峙，崒焉不群」指的是那種赫然在目、不墮凡庸的勢態格局；而「氣勝勢飛，合沓相屬」則是藉助主體飛揚超邁的精神氣概和藝術表現的飛動勢態來統領全篇紛紜的意象。其下「奇勢在工」的註解點明，如此「奇勢」需要藝匠的精心構結。

「修江耿耿，萬里無波」原本是幽遠明靜的意象，這裡卻以「欻（意為忽然）出高深重複之狀」為指歸，顯然是要求創造一種奇崛生於平淡，深厚發於清雅的藝術境界。所以其下注云：「奇勢雅發。」

《詩式》提出有名的「辨體有一十九字」，其中乃以「高」、「逸」二字居於前列。反觀「明勢」所論，皎然所大力推崇的「極高天峙，崒焉不群」和「修江耿耿，萬里無波」也許帶有「高」和「逸」兩種體勢的意味吧。

在「明勢」之後，《詩式》的「詩有四深」一則中又將「氣象氤氳，由深於體勢」列為第一條。唐人作詩評詩最重「氣象」，由於國勢隆盛，人們意氣恢宏，對人生、社會和自然多充滿自信，詩作中往往真力彌滿、視野博大，能夠創造出雄奇渾成、蓄蘊萬千的意象。所謂「氤氳」，指如同迷漫的煙雲一樣朦朧而不可窮盡。皎然於此表述的是：「氣象」的意蘊深厚、層次豐富是因為詩人對於體勢的構結和功能有透徹的瞭解，能得心應手地用之於造藝。這是典型的「體精用宏」之論。

皎然還以其特有的幽默語言闡述了「三不同語、意、勢」一則：

不同可知矣。此則有三同，三同之中，偷語最為鈍賊。如漢定律令，厥罪必書，不應為。酇侯務在匡佐，不暇采詩。致使弱手蕪才，公行劫掠。若評質以道，片言可折，此輩無處逃刑。其次偷意，事雖可罔，情不可原。若欲一例平反，詩教何設？其次偷勢，才巧意精，若無朕跡，蓋詩人偷狐白裘於閫域中之手。吾示賞俊，從其漏網。

這一段「判詞」表明：「勢」儘管以不同於前人者為好，但是皎然對那種「才巧意精」不露痕跡的「偷勢」是寬容的，乃至於示以「賞俊」。

因為說到底「勢」畢竟屬於表現方式，借鑑成功的範例未可厚非。對於「偷語」、「偷意」（尤其是笨拙的「偷語」）皎然卻大加鄙薄，「嚴懲不貸」。後來，《詩式》分別舉出了「偷語詩例」、「偷意詩例」和「偷勢詩例」，現錄後者如下：

如王昌齡《獨遊》詩：「手攜雙鯉魚，目送千里雁。悟彼飛有適，嗟此罹憂患。」取嵇康《送秀才入軍》詩：「目送歸鴻，手揮五弦。俯仰自得，游心泰玄。」

王詩對於嵇詩確乎是有所倣傚的，兩者在意象的選擇、組合，以及表現手法上的類同顯而易見：都是先敘寫「手」與「目」各有投向的主動作為，表述出詩人的心靈對同時接觸到的兩種事物內在矛盾和連繫的感悟，並隨之宣洩由此生發出來的情思。當然，從理趣上看，嵇詩隱微而王詩淺切；從意態上看，嵇氏超然而王氏執著。相形之下，王詩雖在意蘊上有所開拓，卻不及嵇詩之創格。「偷勢」者畢竟稍遜一籌。

「偷語」是「公行劫掠」；「偷意」在藝術內容上也只有因襲而無創造；「偷勢」則只是意象組合和表現方式的模仿，誠然為「偷」就不能與全盤的創新相提並論，但仍有別於抄襲和模擬。從三者的比較可以看出，此處所說的「勢」，依然指「體勢」而言，討論的主要是結構和「出意」的方式。

《詩式》復論云：

夫詩人作用，勢有通塞，意有盤礴。勢有通塞者，謂一篇之中，後勢特起，前勢似斷，如驚鴻背飛，卻顧儔侶。即曹植詩云：「浮沉各異勢，會合何時諧？願因（一作「為」）西南風，長逝入君懷」是也。意有盤礴者，謂一篇之中，詞歸一旨，而興乃多端，用識與才，蹂踐理窟，如卞子采玉，徘徊荊岑。恐有遺璞。

「作用」一詞似可理解為藝術性的鎔匠，前面的「明勢」之注中有「文體開闔作用之勢」之語。《詩式》原也論過「明作用」一則。此處將「詩人作用」分為「勢有通塞，意有盤礴」兩個方面，足見通塞其「勢」是詩人重要的藝術手段。這裡的例詩摘自曹植的《七哀》，詩人在之前用思婦的口吻寫來，以「路塵」比喻「君」(久客他鄉的夫君)，以「水泥」自況。例詩的第一、二句是謂「塵」與「泥」本是一體，卻因「勢」的一浮一沉沒有會合的可能；後兩句由於情不可遏而急轉直下，寫出欲借助（或化作）西南風（其夫君可知在東北方向）奔赴夫君懷抱的臆想。前後看似意蘊流向相背，其實若兩情相依，是前斷後續，互為照應，相反相成。這便是典型的「後勢特起，前勢似斷，如驚鴻背飛，卻顧儔侶。」此自然是「勢有通塞」的一種。「勢」有斷續起落和正向、反向可以印證前面的有關論述，説明它常常就是詩歌意象的展開方式。

《詩式》品評《鄴中集》時也論及詩「勢」：

鄴中七子，陳、王最高。劉楨辭氣，偏正得其中，不拘對屬，偶或有之，語與興驅，勢逐情起，不由作意，氣格自高，與《十九首》其流一也。

劉楨的詩作向以氣盛知名於世，曹丕以為「有逸氣」，鍾嶸説他「仗氣愛奇」、「氣過其文」。「有逸氣」就是主觀精神高邁縱恣。「語與興驅，勢逐情起，不由作意，氣格自高」説明，在靈感（「興」）的驅動下，詩人「風發胸臆，泉流唇齒」，「勢」既追隨著又推動著「情」的傾瀉而自然展開，在這樣的情況下無須「深於體勢」的藝匠造作而「氣格自高」。此處「驅」與「逐」充滿動感，彷彿透露出文學形象有其特有的動態和展開過程。「勢逐情起」一句也於不經意中道破了「勢」與「情」相生相融的密切關係及其勢態流向的一致性，它們的同步運動能夠激活藝術形象的內涵，對審美主體的心靈構成強有力的感發和衝擊，推動其思維感情的定向運動。

不難看出，皎然《詩式》中所說的「勢」有別於王昌齡論列的各各不一的「十七勢」，卻與其後所謂「得勢」、「用勢」之「勢」基本相同；也猶如《文心雕龍》〈定勢〉篇討論的一樣，乃是與「體」相連繫的，一般意義上的文學（或特指詩歌）之「勢」。

(二) 齊己論「詩有十勢」

《五燈會元》卷一記載，當年佛祖在靈山説法時，曾經拈花遍示眾人，見者皆不知其所以然，只有迦葉微微一笑，釋迦知其領悟其旨，説道：「吾有正法眼藏付囑摩訶迦葉。」這就是「世尊拈花，迦葉微笑」的傳説。由是迦葉被稱為禪宗的西天第一祖。禪宗主張「不立文字，教外別傳」，認為無所不在、永恆不滅、靈妙不昧的真如佛性是不可言傳的。有時人的舉手投足，動物的活潑姿態反而能夠傳達出不可以文字表述的意旨。「以心傳心」的傳授方式藉助的媒介是某個舉動、姿態的片段，其生動的意象中包孕著禪機，當然這要求接受者具備頓悟的智慧。禪重象喻，與傳統《易》學「盡意莫若像」的認識有某些相通之處。在晚唐和宋人的詩格類著述中，各種「勢」的提出可以視為象喻在詩論中的運用。

唐末，釋齊己在其《風騷旨格》中提出「詩有十勢」之説：

詩有十勢：獅子返擲勢，「離情遍芳草，無處不萋萋」。猛虎踞林勢，「窗前閒詠鴛鴦句，壁上時觀獬豸圖」。丹鳳銜珠勢，「正思浮世事，又到古城邊」。毒龍顧尾勢，「可能有事關心後，得似無人識面時」。孤雁失群勢，（詩缺）。洪河側掌勢，「遊人微動水，高岸更生風」。龍鳳交吟勢，「崑玉已成廊廟器，澗松猶是薜蘿身」。猛虎投澗勢，「仙掌月明孤影過，長門燈暗數聲來」。龜潛巨浸勢，「養猿寒嶂疊，擎鶴密林疏」。鯨吞巨海勢，「袖中藏日月，掌上握乾坤」。[11]

「十勢」的名目都是形象生動的譬喻，今人即使參照例詩，也難於一一確斷其義，以下只是試揣其旨而已：

「獅子返擲勢」，可能是以淡化的處理來反襯情思的糾結凝重。「離情遍芳草，無處不萋萋」似乎傳達出兩層意蘊：一層是無處不在的不可得免的離愁別緒；另一層則是人生離別已屬尋常的自我解嘲。後者即有欲淡而未能淡，以退為進的效果。

「猛虎踞林勢」所舉的「窗前閒詠鴛鴦句，壁上時觀獬豸圖」，是說雖則兒女情長，卻猶心懷剛正，有頭角崢嶸之志。「獬豸」是傳說中專事懲罰不正直者的神獸。此勢看來是一種似柔而實剛、潛而未發的表現方式。

「丹鳳銜珠勢」之所謂「珠」，大約是指處於中心地位的含蘊深厚的意象而言。例詩「正思浮世事，又到古城邊」中的「古城」或許就屬此種意象。

「毒龍顧尾勢」較費解，佛典中有毒龍持戒失身故事：受戒毒龍入睡後狀如蛇，它忍受被人剝皮被蟲食肉的痛苦而成正果。此處疑指真像雖不為常人瞭解卻不動聲色的表現方式，故曰：「可能事有關心後，得似無人識面時。」

「洪河側掌勢」的名目不易解，其例詩「遊人微動水，高岸更生風」，表達的是以側面的點染牽動和突出主要表現對象的傳達方式，它有別於刻板的正面描寫，卻往往有事半功倍的效果。

---

11 引文據王利器《文鏡秘府論校注》「十七勢」之注。

「龍鳳交吟勢」的名目和例詩比較好懂，「崑玉已成廊廟器，澗松猶是薜蘿身」，描繪了同生於山野，後來卻飛黃騰達與清貧自守，兩下分道揚鑣的意象，以此譬喻一種同源異流、兩相對立又兩相映襯的表現方式。

「猛虎投澗勢」則彷彿要求表現出一種因英雄失勢、佳麗失寵而寂寞焦慮叢生，失落感與期待交織的心理，故例詩云：「仙掌明月孤影過，長門燈暗數聲來。」

「龜潛巨浸勢」是以「養猿寒嶂疊，擎鶴密林疏」為例的，其中有宏深錯綜的背景和仰賴於它，又有別於它的孤立意象，兩者的組合體現出一與多的對立統一。「養」、「擎」顯示出主體適應或改造環境上能動的一面，也許還有藏露自如的意味。

「鯨吞巨海勢」當是指一種以博大的胸懷魄力對全局意象進行宏觀把握和大筆勾勒的勢態。詩人倘無雄踞天外橫絕太空的襟懷意氣，又如何道得出「袖中藏日月，掌上握乾坤」的豪語？

張伯偉先生在《唐五代詩格叢考》中敘及齊己《風騷旨格》時說：

此書的「勢」論最引人注目。《蔡寬夫詩話》云：「唐末五代，僧流以詩自名者，多好妄立格法，取前人詩句為例，議論鋒出，甚有『獅子跳擲』、『毒龍顧尾』等勢，覽之使人拊掌不已」（《苕溪漁隱叢話》前集卷五十五引），就是指的《風騷旨格》。神彧《詩格》亦有「十勢」，其中五勢出於齊己；徐寅《雅道機要》列「八勢」，亦因襲齊己；佚名的《詩評》中「詩有四勢」節，也是從齊己「十勢」中稍加變化而來。可見其「勢」論在晚唐五代詩格中是頗具代表性的。齊己「勢」論的來源，與禪宗影響直接有關。他出於溈仰宗，而「仰山門風」的最大特點即於「有若干勢以示學人」（《宋高僧傳》卷十二），「分列諸勢，遊戲無礙」(楊億《汾陽無德禪師語錄序〉)。所以，齊己的以「勢」論詩，正有得於仰山的以「勢」接入。如「獅子返擲勢」，就出於禪宗話頭。禪宗有「獅子頻呻」、「獅子返擲」、「獅子踞地」三句（見《五燈會元》卷十四《大陽景玄禪師〉)。「獅子返擲」正屬於禪宗三關之第二關境界，地水火風，色聲相味，盡為本分，皆是菩提，故齊己舉「離情遍芳草，無處不萋萋」以明之。可見此類勢名頗難索解。《一瓢詩話》謂「『十勢』立名最惡，宛然少林棍譜」，似亦未能探得其源。

伯偉先生鉤玄勘謬，找出齊己「勢」論來源於禪宗一門的確證，指出了一條釋疑解惑、探察詩格之勢的切近思路。

釋齊己的「十勢」與王昌齡的「十七勢」類似，也是對詩歌意象展開方式的系列探討，只不過齊己「十勢」有的名目和例詩旨意朦朧卻未加說明而已。他對審美心理因素的關注和探尋生動多姿、各具丰采的展開方式的執著努力是十分可取的，也是頗有收穫的。

從前面的介紹已可得知，唐人的「詩勢」論並非侷限於「十七勢」、「十勢」這樣分而述之的一種類型。與齊己大致同時而稍晚的徐寅在《雅道機要》的「敘句度」一則中亦云：

凡為詩者，須分句度去著，或語，或句，或含景語，或一句一景，或句中語，或破題，或領聯，或腹中，或斷句，皆有勢向不同。……領聯，為一篇之眼目，句須寥廓古淡，勢須高舉飛動，意須通貫，字須仔細裁剪。

徐寅強調詩歌形式和內容組成的各個層面（「語」、「句」、「聯」、「含景語」、「句中語」等）「皆有勢向不同」，這對現代的研究者是很有啟發的。他認為「頷聯」是「一篇之眼目」，而要求「勢高舉飛動」也很可玩味。然而還有一點值得注意，徐寅所謂「勢」與分而論之的「勢」，有一個共同之處，即都進入了詩歌「句」與「聯」分解組合的層次。這種相同透露出詩歌（尤其是格律詩）形式和內容組成上相對獨立的基本單元是「句」，一定的意蘊以「句」的形式確定下來，才開始具有了詩歌的形式結構和意蘊結構。「聯」是律詩規定的四個遞進層次，每聯由兩句並列組合而成，可以視為一種復合的「句」。

三、宋釋惠洪論「詩有四種勢」

北宋有個曾與蘇軾、黃庭堅等人交往的和尚惠洪，他工詩能文，稱宋僧之最。其論詩專著《天廚禁臠》中拈出「寒松病枝、芙蓉出水、轉石千仞、賢鄙同嘯」四勢進行述評。首先是：

《己公茆齋》：「江蓮搖白羽，天棘蔓青絲。」《山寺》：「麝香眠石竹，鸚鵡啄金桃。」《九日》：「竹葉於人既無分，菊花從此不須開。」《關山道中》：「野店初嘗竹葉酒，江雲欲落豆秸灰。」前三對子美詩，後一對東坡詩。麝香，小鹿子也。石竹，野花之微弱叢薄薄而纖短者。其事隱而相濫，故注其詩者曰：「麝香，鹿也。天棘，柳也。青絲，比柳也。」、「竹葉，酒名也。」江蓮、白羽、黃菊，皆稱體物之名，世所共識，而對以異名，則是句法之病。雖是病，然施之於寒松，格則不害為好。「豆秸灰」，比雪也。所謂「寒松病枝」。唐晝公名之。

皎然（晝公）《詩式》「品藻」一則中曾說：「其體裁如龍行虎步，氣逸情高；脫若思來景遏，其勢中斷，亦有如『寒松病枝，風擺半折』。」是謂「寒松」居於主導地位，已定下蒼勁挺拔的基調，縱有「半折」的「病枝」，亦有槎牙盤曲的倔強與悲壯。皎然的意思是，詩篇的

「體裁」（此處可理解為總的結構體制和展開方式）有了雄強之「勢」，即使局部出現以象明意的障礙（「思來景遏」）「勢」有所不暢，也能獲得較好的效果。惠洪於此列舉了一些對仗不工的例子，説明「句法之病」對全篇「體勢」猶如「寒松」一般勁健者是不足為害的。

其後，惠洪又論了「芙蓉出水」和「轉石千仞」兩種「勢」：

《山居》：「風定花猶落，鳥鳴山更幽。」《雨過》：「涼生初過雨，靜極忽歸僧。」《游康王觀》：「棋聲深院靜，幡影石壇高。」前對舒王集句，次僧保暹作，後司空曙所作。讀之自然令人愛悅。不假人言然後為貴也。此謂「芙蓉出水」，晉謝靈運名之。

《華清宮》：「雷霆施號令，星斗煥文章。」《懷古》：「經來白馬寺，僧到赤烏年。」前杜牧之詩，後靈徹詩。言天子之事，以號令比雷霆，必當以文章比星斗，其勢不如此，不能止其詞也。東漢西國僧以白馬負經至洛陽，而吳赤烏年中康僧會始領僧二十餘員至建業。此所謂「轉石千仞」，譬如以石自千仞岡上而下，不至地不止。此歐陽公名之。

「轉石千仞」者自有不可阻遏之勢。惠洪對這種強「勢」的意象和語勢提出了前後相稱、始終貫一的要求。早期的兵法和自然關係論對這種類型的「勢」所論甚詳，人們對「轉石千仞」之文「勢」也不難理解。可是認識「芙蓉出水」之為「勢」，則需要仔細體味。「芙蓉出水」之「勢」

指一種自然清新的風格和美的境界。就藝術傳達方面的特點而言，它一般不具有咄咄逼人的強勁語勢，卻運用本色的語言，有沁人心脾而蘊藉的自然情韻。惠洪論此「勢」，強調「不假人言然後為貴」

也有新意，提倡進行匠心獨運言出諸己的藝術創造。順便説説，所謂「謝靈運名之」，實為眾所認可的謝詩之評，語出鍾嶸《詩品》中：「湯惠休曰：『謝詩如芙蓉出水，顏（延之）如錯采鏤金。』」

《天廚禁臠》論末尾的一「勢」云：

《宮怨》:「昔為芙蓉花，今作斷腸草；以色事他人，能得幾時好？」《春日曲江》:「朝回日日典春衣，每日江頭盡醉歸。酒債尋常行處有，人生七十古來稀。穿花蛺蝶深深見，點水蜻蜓款款飛。傳語春光共流轉，暫時相賞莫相違。」《與子由別和其詩》:「別期漸近不堪聞，風雨蕭蕭正斷魂。猶勝相逢不相識，形容變盡語音存。」《龍山雨中》:「山行三日雨沾衣，幕阜峰前對落暉。野水自添田水滿，晴鳩卻喚雨鳩歸。靈源大士人天眼，雙塔老師諸佛機。白髮蒼顏重到此，問君還是昔人非？」《宮怨》，李太白作；《春日》，杜子美作；《別子由》，東坡作；《龍山雨中》，山谷作。「斷腸草」，其花美好，亦名芙蓉。「尋常」，七尺為尋，八尺為常。「形容變盡」，但識其聲音存耳。見東漢《黨錮》〈夏馥傳〉，言兄弟也。鳩見雨即逐其婦，晴則呼其婦；以喻君怒其臣即逐之，怒息即詔其歸爾。此謂「賢鄙同嘯」，謂其賢愚讀之，皆意解而愛敬之也。以賢者知其用事所從出，而愚者不知，不知猶為好也。此秦少游名之。

「賢鄙同嘯」之「嘯」，當指吟哦欣賞而言，似乎也能理解為與作品內容發生的共鳴。惠洪在此「勢」中所論列的例子，都是大家名篇，卻無一不曉暢通俗。即使讀詩者文化層次較低（「鄙」者之屬），對詩中暗含的典故不甚了了亦無大妨礙。可知「賢鄙同嘯」是一種雅俗共賞而各得其趣的類型。惠洪此論表述出這樣的認識：審美的再創造有因人（審美主體）而異的不確定性，欣賞優秀作品的時候尤其如此。大手筆常有通俗的作品，末流文士才欲以艱深文其淺陋。

概言「詩有四種勢」:「寒松病枝」是唐釋皎然率先提出來的，但是在《詩式》中的地位並不顯著。惠洪將「寒松病枝」列為「四勢」之首，闡幽發微，揭示出現代所謂「殘缺美」形成的機制。其餘三種勢，「出水芙蓉」標舉自然清麗的藝術創造；「轉石千仞」突出了語勢強勁的效果；「賢愚同嘯」論及不同層次的欣賞者審美境界的同與異。如果說中晚唐詩歌領域出現了注重藝術形式功能和審美創造內在規律的明顯趨勢，那麼惠洪之論可以被認為是這種趨勢的延續。當然，惠洪的「詩勢」不像唐人的「詩勢」那樣側重「句」與「聯」的組合方式。而且也同詩歌的時代風格有變一樣，流露出從唐之氣象渾成向宋之細膩刻畫轉化的動向。宋人的「詩勢」論正如「寒松病枝」，縱有伏櫪老驥的雄風，終不免帶著一層在衰微中抗爭的蒼暮色調。

從王昌齡的「十七勢」、齊己的「詩有十勢」到惠洪的有「四種勢」是一脈相承的，它們與《文心雕龍》中所論的「勢」，顯然是有差別的。劉勰的〈定勢〉篇認為：每一篇作品都要擇定本色的、表現自然而然的、蘊含著動態效果的表現方式。王昌齡、齊己和惠洪則是分論若干種詩歌意蘊的展開方式和組合類型。如果說劉勰論「勢」側重於文學作品語言的風格特徵，強調須與其內容和創作體制相適應；那麼唐宋人的「詩勢」則強調句法的前後安排和構結意象的藝術匠心。前者抓住了文學藝術以語言為媒介這個關鍵，後者卻體現出文學是時間的藝術這一基本特點。前者泛論文學，後者專論詩歌，除了時代的因素之外，討論對象的不同自然地造成了開掘方向的不一致。

第三節　明清小説和詩文評論中的「勢」

朱明王朝和滿族建立的清王朝是中國歷史上最後兩個按固有模式締造的封建專制王朝，這是中國文化史上相對封閉發展的最後階段。明清時期，思想文化的若干領域都有人做過集大成式的總結，當然也不乏人在某些方面繼續進行不懈的永無止境的探求。

就文學而言，小說和戲曲作為充滿生機的新品種，自宋元以來業已升堂入室，明清時期又有一些在文學史上熠熠生輝影響深遠的巨著相繼問世，使過了盛年的詩詞歌賦愈加相形見絀。一些有卓識的學者突破輕視俗文學的陳腐觀念，開始投身於小說與戲曲的理論研究。然而，在大多數士大夫文人的心目中，傳統的抒情詩文仍舊是文學的正宗。儘管明清時人們在小說戲曲的研究上頗有收穫，但詩文評論憑藉其全盛時代的餘勢依然是這一時期文學批評和理論探討的主流。像「勢」這樣在詩文評論中源遠流長的概念，雖則在小說評論中已不時可以見到，也表現出與傳統詩文之「勢」不盡相同的個性，然而畢竟缺乏專門和深入的探討。

總的來說，明清時期人們對於文學藝術中「勢」的功能和意義的認識已較全面，某些問題的研究比之前人還有顯著的進步，尤其是在清人論文章之「勢」方面。

一、小說和說唱藝術裡「勢」的運用

小說戲曲作品的容量，一般遠勝於篇幅簡短的抒情散文。內容的豐富性使小說戲曲的展開過程變得更為重要，它甚至成為作家的一種藝術手段。小說戲曲作品往往有曲折起伏、引人入勝的情節，有精心安排的線索。高明的作家絕不會放棄利用「勢」去加強藝術效果的。明人毛宗崗在他的《讀三國志法》中指出：

《三國志》一書，有浪後波紋，雨後霢霂之妙。凡文之奇者，文前必有先聲，文後必有餘勢。

文學描寫須形成和強化讀者感情和思維運動的「勢」，在描敘完結或者中斷的時候，讀者心理上須有繼續運動的「餘勢」，這樣才有餘味，或者能交代、暗示出事態發展的趨勢，或者在性命攸關之際敘述中斷，使讀者分外關注人物的命運和事件的結局，構成懸念。

錢鍾書先生的《讀〈拉奧孔〉》討論萊辛藝術表現要選擇「富於包孕的片刻」的主張，其中提到明末清初金聖歎的「評點」有這方面的卓見：

……卷八：「費卻無數筆墨，只為妙處，乃既至妙處，即筆墨卻停。」他的評點使我們悟到「富於包孕的片刻」不僅適用於短篇故事的終結，而且也適用於長篇小說的過接。章回小說的公式「欲知後事如何，且聽下回分解」，是要保持讀者的好奇心，不讓他注意力松懈。填滿這公式有各種花樣，此地只講一種。《水滸》第七回林沖充軍，一路受盡折磨，進了野豬林，薛霸把他捆在路上，舉起水火棍劈將來。「畢竟林沖性命如何，且聽下回分解。」這符合「富於包孕的片刻」的道理。……清代章回小說家巧妙運用「欲知後事，且聽下回」的慣套，以博取藝術效果，自己直認不諱。例如《兒女英雄傳》第六回聲明「這是說書的一點兒鼓噪」；《野叟曝言》第五、第一〇六、第一二九、第一三九回《總評》都講「回末起勢」，比於錢起《湘靈鼓瑟》詩以「曲終人不見，江上數峰青」作結。「富於包孕的片刻」也常是「鼓噪」、

「回末起勢」的一種方式。[12]

其後，錢先生又解釋說：「這種手法彷彿『引而不發躍如也』，『或盤馬彎弓惜不發』，通俗文娛『說書』、『評彈』等長期使用它，無錫、蘇州鄉談所謂『賣關子』。《水滸》白秀英『唱到務頭』，白玉喬『按喝』道：『我兒且回一回……且走一遭，看官都待賞你』；蔣士銓《忠雅堂詩集》卷八〈京師樂府詞〉之三〈象聲〉：『語入妙時卻停止，事當急處偏迴翔；眾心未饜錢亂撒，殘局清終勢更張』寫的就是它。」[13]

說書人有把握聽眾心理、情緒的實踐經驗，小說家又從說書人的生意經中受到啟發，力圖在「回末」創造一種聽書人急而說書人偏不急的格局，既有利於章回上下之間的銜接延續不斷，更是為了利用聽眾或者讀者急於瞭解底蘊的懸念來「起勢」和「張勢」。這樣，「看官」的賞錢容易付，而且前一回的「餘味」又成了後一回的「先聲」。

錢先生在這篇論文裡，並沒有把「勢」作為中心來進行討論，然而他所徵引的古人議論和自己的評述中多次用到「勢」卻絕非偶然。錢先生曾經指出，所謂「富於包孕」，既「包孕從前的種種」，又「蘊蓄以後的種種」；此處還利用「引而不發躍如也」的古語：這些不正與「勢」的某些基本特徵相吻合嗎？

小說戲曲倚重情節和矛盾線索的展開，這兩個文學品種的興旺本來應該推動「勢」論的大發展，但是由於我們前面所申述的緣故，明清時代小說戲曲在理論上的開拓是不可與其創作實踐的偉大成就同日而語的。

---

12 錢鍾書：《舊文四篇》，第45-46頁。

13 錢鍾書：《舊文四篇》，第48頁。

二、繼續開拓中的清代「詩勢」論

(一) 王夫之的「勢為意中神理」說

王夫之是明末清初著述宏富的三大學者之一。他的詩文評論很有特色，十分注意探討文學藝術創造的內在規律。三大學者都身歷國家破亡的動亂而有強烈的民族意識，然而王夫之的文論卻不像另一位大家黃宗羲那樣以激憤充斥其中。他在《姜齋詩話》中著力討論了詩詞創作中的主客體關係，提出「神於詩者，(情與景)妙合無垠」的理想境界，也即情景交融的最高境界。他還以「因情因景，自然靈妙」來強調靈感的功能和率性的抒發，反對苦心「推敲」的慘澹經營。

《姜齋詩話》有關於「勢」的著名論斷：

> 以意為主，勢次之。勢者，意中之神理也。惟謝康樂為能取勢。宛轉屈伸，以求盡其意，意已盡則止，殆無剩語；夭矯連蜷，煙雲繚繞，乃真龍，非畫龍也。

唐杜牧在《答莊充書》中提出：「凡為文以意為主，以氣為輔，以辭采章句為兵衛。」以此修正魏文帝曹丕的「文以氣為主」之說。其後各執一端者亦不乏其人，如宋李格非《冷齋夜話》云：「文章以氣為主，氣以誠為主。」元王構《修辭鑑衡》則云：「詩以意義為主，文詞次之。」、「以意為主」是有別於「文以氣為主」的文學主張，我們這裡不去深究兩者的差別。問題在於：「勢」被王夫之認定具有僅次於「意」的重要地位，且被釋之以「意中之神理」，「勢」與「意」的關係應該如何理解呢？就主體而言，「意」是藝術創造的思維存在形式；對作品來說，「意」是包含藝術靈感和構想的內容。「(詩)以意為主」規定了詩歌創作活動必須圍繞「意」的構結和傳達這個核心，憑藉文學語言的媒介作用最終實現創作主體與審美主體的交流。「神理」帶有主宰事物運轉的潛在規律的意味。「勢」為「意中神理」表明，「勢」在「意」的組合形式和表現過程中，始終發揮著潛在的主導作用。參之以「宛轉屈伸，以求盡其意，意已盡則止，殆無剩語」的論述，「勢」與語言媒介水乳交融的共存關係和具有需精心安排的展開過程，這兩點已得到充分說明。「勢」的「宛轉屈伸」自然完全是以「盡意」為目的的，「夭矯連蜷」以下，旨在以畫龍為喻，對「勢」的藝術效果給予形象的表述，所謂「龍」，大抵即指「以意為主」的「意」而言。「夭矯連蜷」形容「龍」宛轉屈伸矯健的勢態；「煙雲繚繞」既烘托出「龍」行的氛圍和聲勢，也是一種使「龍」的形象得以隱約其間高深莫測的輔助意象。有了「勢」，「龍」就是令人浮想聯翩的活物，「意」就有了勃勃的生機和無盡的餘味。郭紹虞、王文生主編的《中國歷代文論選》指出：「由於從情景的關係來論詩，所以他把勢看作『意中之神理』，指的是一種『宛轉屈伸』的意境，而不是如一般所理解的氣勢的勢。」

從王夫之認為「惟謝康樂為能取勢」一語，可以探知他的美學傾向及其對「勢」的理解與眾不同。《姜齋詩話》緊隨上一段「勢」的議論之後，又盛讚謝靈運的寫景名句，如「池塘生春草」和「明月照積雪」等，以為「皆心中目中與相融浹，一出語時，即得珠圓玉潤；要亦各視其所懷來，而與景相迎者也」。

「池塘生春草」出自謝靈運的《登池上樓》詩，此詩是他失意建康出守永嘉時所作。在長時間的臥病之後，他「窺臨」慣常流連其中的樓外景色，往日熟悉的池塘所發生的醒目變化觸動了詩人的心靈：新鮮嫩綠生機盎然的「春草」萌生，告訴他與池苑的自然景物闊別已久，春天已使大地復甦。……「池塘生春草」是不經意寫出的一筆，謝靈運曾自謂「此語有神助，非我語也」（鍾嶸《詩品》引）。

謝康樂《歲暮》詩云：「殷憂不能寐，苦此夜難頹。明月照積雪，朔風勁且哀。運往無淹物，年逝覺易催。」在一歲將盡不能成寐的夜晚，詩人憂思縈結寫下了這首詩。「明月照積雪」，描繪出極度的清冷亮潔和寥廓空寂，它與「朔風勁且哀」組合成動靜相間、聲色相長的意象，讀之淒神寒骨的感受油然而生。此乃深感人生寂寞憂患、來日無多的詩人自我心境的流露和反映。

「池塘生春草」與「明月照積雪」兩句寫景都與當其時作者的感情心緒密不可分，正是「心中目中與相融浹」的境界。脫口而出的佳句全無雕琢卻「珠圓玉潤」，也難怪詩人嘆有神助了。如此的神來之筆，就是王夫之極力褒舉的「即景會心」式的創作。詩人有自己的情懷，景物也有獨特的意趣，倘若得兩相契合，詩篇便能產生出「勢」來。它不僅貫穿整個作品，是語流和意象展開的方式和節律，而且使讀者得以形成相應的心境和感情動勢。

《姜齋詩話》其後又說：

論畫者曰：「咫尺有萬里之勢。」一「勢」字宜著眼。若不論「勢」，則縮萬里於咫尺，直是《廣輿記》前一天下圖耳。五言絕句，以此為落想時第一義，惟盛唐人能得其妙。如：「君家在何處？妾住在橫塘。停船暫借問，或恐是同鄉。」墨氣四射，四表無窮，無字處皆其意也。李獻吉詩：「浩浩長江水，黃州若個邊？岸回山一轉，船到堞樓前。」固不失此風味。

前面已經交代了，此番是受畫論的啟發才有的議論。「咫尺萬里」講的是約而見博、由近及遠和突破客觀侷限的藝術表現力。西晉的陸機早就在他的《文賦》中提出「籠天地於形內，挫萬物於筆端」的宏論。王夫之由畫論生發，將「縮萬里於咫尺」的功能歸之於「勢」則是新的開拓。體會其論，他所著眼的「勢」是否得以形成，涉及兩方面的因素：一是作家進行藝術的構思時，須迅速而且大幅度地調整自我的時空觀念（此處是指向宏觀方向調整）獲得集約地考察和把握事物情態的能力，構結出概括力強、時空跨度大的空靈的意象，所以王氏強調「以此為落想時第一義」。另一方面是提高文學語言的表現力和涵蓋力，使之能「以少總多」。五言絕句在古代詩歌諸體中是形式最簡約的一種，自然更講究文辭的包孕，要求凝練渾成。「墨氣所射，四表無窮」，生動地形容了崔顥的《長干曲》詩所造成之「勢」所具有的無可阻遏的巨大輻射力。在「勢」的驅動下，「無字處皆其意也」。這幾乎是「意在言外」和「不著一字，盡得風流」的同義語。崔詩「君家住何處」一語的前後，省去了大量介紹人物、環境、事件的筆墨，唯以簡短的問答包容了全部意蘊，帶出了一個能夠想見和玩味的有博大空間的詩境。

「勢」作為「意中的神理」，在王夫之的論中始終與空靈的意象，與藝術構思和文學語言的流轉氣韻有密切的關聯。從古代詩歌發展脈絡上看，可以說是上承皎然、司空圖和嚴羽諸家而由王士禛「神韻」說後繼的一派。他講求造藝的客觀規律與其哲學上重視「理勢」也是相吻合的。

(二) 王士禛、沈德潛、方東樹、施補華論「詩勢」

郭紹虞先生的《中國文學批評史》中，有題名為《從王夫之到王士禛》的一節。其中說：「（王夫之）論到勢，所謂『夭矯連蜷，煙雲繚繞』，已有神韻的意思。」又認為王船山《夕堂永日緒論》中有關「咫尺有萬里之勢」一段話，「尤其與漁洋神韻之說為相類似」，「漁洋論詩最推重白石言盡而意不盡之語，實則也即是咫尺有萬里之勢的意思」。

郭先生的意見能夠幫助我們理解王夫之的「勢」論，也表明「神韻」並非只是官僚詩人為迴避民族和社會矛盾而標舉的口號，提出「神韻」說的王士禛是古代詩學發展到總結性階段必然要出現的一個重要美學流派的代表。

《師友詩傳續錄》載曰：

（劉大勤）問：「古詩以音節為頓挫，此語屢聞命矣，終未得其解。」（王士禛）答：「此須神會，難以粗跡求之。如一連二句皆用韻，則文勢排宕，即此可以類推。熟子美、子瞻二家，自了然矣。專為七言而發。」

對於「以音節為頓挫」這個歷來被詩家關注卻難得其解的問題，王氏的回答是它本來就是只須「神會」而難以言傳的（所謂「粗跡」，當指文字的表述而言）。答案可謂縹緲玄妙之至，卻畢竟令人難著邊際。不過，王士禛至少認為「文勢排宕」得自有一定音韻節奏的文字語言，它是傳達出詩歌「神韻」所必須的，肯定了「神韻」的產生與語言形式的直接關係。此處雖是論詩，似乎也使人們見到了其後劉大櫆「以字句、音節求神氣」論文的端倪。

道光年間，包世臣在《讀〈白華堂詩集敘〉》中的「體勢」之說，似可以作為王氏「文勢排宕」的註釋：

夫推極詩道所致，其卑微幽渺，可以奪造物之權，變人心之度，使寒燠不能操其舒慘，哀樂不能主其欣戚。斯固作者偶得之而不自知，讀者心領而無以言狀者也。至於念衣敝則知愛，狀車聲則知敬，刺嬖倖則盛陳笄紱，哀疏遠則備褕盼倩，是則體之不可不明者也。或無端矗起，萬類驚心；或文外旁情，一縷彌布；或群流進赴，而東以一峽；或一源下注，而散為眾脈；或崖勒奔馬；或梁繞泛聲，是又勢之不可不明者也。

詩歌的創作和欣賞能改造人的感受、情緒和心境，具有極其微妙又極其驚人的功效，而且「作者偶得不自知，讀者心領無以言狀」。此即王士禛的「此須神會，難以粗跡求之」吧！縹緲的「神韻」與那種不自覺或者不可言傳的審美境界是有連繫的。古代詩歌理論確實出現過深入審美心理和向無意識領域探索的動向。包世臣隨後說的「體勢」雖與這種微妙的「詩道」相關，卻較為具體。他認為，由於約定俗成的緣故，某些事物的形式已與一定的意蘊有了較為固定的連繫，「體」的本身就能顯示出一定的格調和意義，所以「不可不明」。而「勢」，可以出人意表地震撼人心，可以傳達出「文外旁情」，可以作綽約多姿饒有意趣的展開和收煞，是又「不可不明」。「體勢」主要是藝術形式方面的因素構成的，此論表述了高層次詩歌審美境界的創造中藝術形式的關鍵作用。

除二王而外，清代以「勢」論詩者中沈德潛、方東樹、施補華等比較突出。他們雖無大建樹，卻比較全面地體現了清人對「詩勢」的理解。

以提倡「格調」說知名的沈德潛在其《說詩晬語》中說：

文以養氣為歸，詩亦如之。七言古或雜以兩言、三言、四言、五六言，皆七言之短句也。或雜以八九言、十餘言，皆伸以長句，而故欲振盪其勢，迴旋其姿也。其間忽疾忽徐，忽翕忽張，忽停瀠，忽轉掣，乍陰乍陽，屢遷光景，莫不有浩氣鼓蕩其機，如吹萬之不窮，如江河之滔漭而奔放，斯長篇之能事極矣。

歌行起步，宜高唱而入，有「黃河落天走東海」之勢。以下隨手波折，隨步換形，蒼蒼莽莽中，自有灰線蛇蹤，蛛絲馬跡，使人眩其奇變，仍服其警嚴。至收結處，紆徐而來者，防其平衍，須作斗健語以止之；一往峭折者，防其氣促，不妨作悠揚搖曳語以送之，不可以一格論。

詩篇結局最難，七言古尤難。……作乎於兩言或四言中，層層照管，而又能作神龍掉尾之勢，神乎技矣。

沈德潛並沒有對「詩勢」的內涵作更深的發掘，然而其論卻兼收了前人賦予「詩勢」的一些意義，也代表了清代詩家的一般認識。

首先，「勢」仰賴於「氣」。詩歌疾徐張翕，氣象萬千的態勢「莫不有浩氣鼓蕩其機」。對此，黃子云《野鴻詩的》說得更直截了當：「氣不充，不能作勢。」看來，「氣」對於「勢」的主導作用是被詩家普遍接受的。在這方面有的評家還有闡揚和修正，方東樹《昭昧詹言》「總論五古」時說：「氣勢之說如所云『筆所未到氣已吞』，『高屋建瓴』，『懸河洩海』，此蘇氏（東坡）所擅場，但嫌太盡，一往無餘，故當濟以頓挫之法。頓挫之說，如所云『有往必收，無垂不縮』，『將軍欲以巧服人，盤馬彎弓惜不發』，此惟杜、韓最絕，太史公之文如此，《六經》、周、秦皆如此。」詩文有「氣勢」固然好，但一味張揚不能稱善，還須在收、縮中見出節奏，還須講求蘊藉。

其次，沈德潛認為詩歌語言的組合和展開方式所形成的「勢」，往往有極其豐富的藝術表現力。文學以語言作為媒介，在藝術表現上有時間的延續，這就給詩人安排縱橫捭闔、變幻多姿的「勢」提供了方便。「斯長篇之能事極矣」似乎表明體制宏大者更受其益。《昭昧詹言》曾說：「長篇易知其鋪陳，氣勢警妙，人人易見。惟短篇意深而隱，言約而微，節短勢長，法變筆古。……」要人們注意，不僅長篇巨製有易於體察的「警妙」氣勢，短章凝練含蓄的語言中也有雋永的長「勢」。

其三，沈德潛看重首句的「起勢」和結局的「收勢」，以為「歌行起步，宜高唱而入」，又指出「結局最難，七言古尤難」。大抵歌行、七古有別於律句，無聲韻格律和起承轉合的嚴格規定，以古樸自然為特點。「高唱而入」，則起勢不凡，由首句定下全篇昂揚渾厚的基調；以「神龍掉尾之勢」收煞，是用精練警人的結語與前勢照應，在無定則的七古中可以防止流宕散緩的弊病。結局在「七言古尤難」出自編選和評論過歷代詩歌的大家沈德潛之口，當是言之不虛的。方東樹《昭昧詹言》「總論七古」時也說：「起法以突奇先寫為上乘，汁漿起棱，橫空而來也」，「必起筆勢」也是對七古的基本要求之一。

沈氏所謂「不可以一格論」道出了「詩勢」應有不同的個性。而且認為，即使是一首詩中，「勢」也宜以對立的語勢意象復合而成，應力求打破板滯劃一的格局。他強調，在詩篇「收結處」尤當考慮這個問題。

文學之「勢」因為語言媒介的特點而突出了它時間上的延續性。「起勢」與「收勢」向為詩人和評論者重視。方東樹評王維《隴頭吟》云：「起勢翩然。『關西』句轉。收渾脱沈轉，有遠勢，有厚氣。此短篇之極則。」評陸游《秋夜思南鄭軍中》「起勢崢嶸飛動，余亦往復頓挫」；評《萬里橋上習射》「起有遠勢」，「收語亦豪」；評《感憤》「起有建瓴之勢」，「收意涵蓄無窮」。晚清的施補華在其《峴傭説詩》中對此亦有所論：

起處須有峻嶒之勢，收處須有完固之力，則中二聯愈形警策。如摩詰「風勁角弓鳴，將軍獵渭城」，倒戟而入，筆勢軒昂。……又如「萬壑樹參天，千山響杜鵑」，「天官動將星，漢地柳條青」，皆起勢之峻嶒者，舉此可以類推。

古詩有先敘事後點題法，最易得勢。如《送表侄王》詩「次問最少年」一段，不知說誰，及至「秦王時在座，真氣驚戶牖」，方知言太宗。《麗人行》「後來鞍馬」一段，亦不知說誰，及至「慎莫近前丞相嗔」，方知言楊國忠，章法甚奇。《王》詩前後分兩大段，換兩韻，同《大食寶刀歌》一例，亦用韻之奇者。《王》詩後半敘避亂時事，「自下所騎馬，右持腰間刀。左牽紫游韁，飛走使我高」，左右不作對句，筆勢參差錯綜，最宜學。

《奉先劉少府山水障子歌》起手用突兀之筆，中段用翻騰之筆，收處用逸宕之筆。突兀則氣勢壯，翻騰則波瀾闊，逸宕則神韻遠，諸法備矣。須細細揣摩。

施補華所標舉的「峻嶒之勢」，指如同山峰峻拔重疊一般的勢態。起句有了赫然在目之「勢」，則令人一讀便入詩境：或者胸襟豁然有得，或者心弦緊扣，思緒被突兀而且博大渾成的意象觸動和吸引；從而為整篇詩格和境界的不墮凡庸奠下了基礎。王維《觀獵》詩起首便是「風勁角弓鳴，將軍獵渭城」，確實立刻令人感受到大將出獵陣容盛壯、劍拔弩張的威勢。他的《送梓州李使君》《送趙都督赴代州得青字》兩首詩「萬壑樹參天，千山響杜鵑」和「天官動將星，漢地柳條青」都有意象空靈、視野博大的特點。有了這樣的起句，隨後寫下的詩句在氣勢和意境拓展上便已經據有高屋建瓴的有利地位。此亦即後面他稱讚老杜《奉先劉少府山水障子歌》「起手用突兀之筆」，「突兀則氣勢壯」的宗旨所在。

施補華又指出「先敘事後點題」之法「最易得勢」。此法似可以理解為先畫龍而後點睛的描寫方法。點睛之筆至則水落石出，既收束和總結了前面的敘事，且使讀者在頓時了然中不自覺地回味前面的種種描寫。如此的反覆，藝術形象的欣賞效果能夠強化。沈德潛所謂「神龍掉尾」之勢，雖則與此不盡相同，但講究收「勢」，注意與前面內容的呼應這方面卻是相似的。

古詩與律詩比較，章法與用韻上自由得多。施氏尤其推重古詩章法用韻之「奇」，稱讚打破習慣程式規範（比如「左右不作對句」）「筆勢參差錯綜」的寫法。「參差錯綜」可以打破平衡，變「齊」為「不齊」，是對常見格局的「破壞」，是出乎審美預期之外的變化，它形成的奇崛之勢，有豁人耳目的效果。這又比沈德潛的「不可以一格論」進了一步。

方東樹也稱讚《奉先劉少府山水障子歌》的章法與「逆跌筆勢」的《驄馬行》一樣「迷奇」。施補華則用「起乎突兀」、「中段翻騰」、「收處逸宕」總括其筆勢，以為「諸法備矣」。看來除了起句和收處受到重視之外，「中段」也以能曲盡其妙的起伏變化搖曳翻騰為上的。

三、清人論文「勢」

一代散文大師韓愈創「氣盛言宜」的宏論，又切實地貫徹於自己的創作實踐。雖未強調文「勢」，卻被後來的論文「勢」者推崇：或者將「勢」與「氣」連繫起來考察，或者徑直標舉韓文為有「勢」的典範。比如李德裕在《文章論》中說：「鼓氣以勢壯為美，勢不可以不息，不息則流宕而忘返，亦猶絲竹繁奏，必有希聲窈渺，聽者悅聞；如川流迅激，必有洄洑逶迤，觀者不厭。」宋人陳騤《文則》卷下亦云：「文有數句用一類字，所以壯文勢，廣文義也。然皆有法，韓退之為古文，霸於此，法尤加意焉。」朱熹也說：「行文要緊健，有氣勢，鋒刃快利，忌軟弱寬緩。」李德裕倡言「勢壯為美」，又認為「不可以不息」，就是強調「勢」須有開合收放的節奏。「絲竹繁奏，必有希聲窈眇」和「川流迅激，必有洄洑逶迤」兩句，分別比喻「勢」之「息」（也即精心安排的收煞）所產生的餘音繞樑的美學效果和文「勢」展開過程的跌宕迴旋。由於所論甚為精切，元代王構所著《修辭鑑衡》將其收入，列「文要紆餘有首尾」條下。此外，因襲其說者也大有人在。

當然，就論文「勢」而言，有清一代所達到的高度是前人莫比的。

清初著名的「寧都三魏」就論過文「勢」。魏際瑞（善伯）《伯子論文》曰：「文章大意大勢，正如霧中之山，雖未分明，而偏全正側，胚胎已具。作者得此意勢，經營出之，便與初情相肖。若另結構，未免刓員方竹也。」魏禧（叔子）《日錄論文》則云：「文之感慨痛快馳驟者，必須往而復還。往而不還，則勢直氣洩，語盡味止。往而復還，則生顧盼。此嗚咽頓挫所以從出也。」魏善伯所謂「大勢」，是就作者對將要下筆的文章的總體把握而言的；「大勢」是作品的雛形，是對創作有指導意義的基本結構勢態。如果在具體的創作中背離了這個綱領性的「意勢」而「另行結構」，那就不倫不類了。魏叔子則顯然是以作品的展開方式來理解「勢」的，他認為「勢直氣洩」了無餘味，文章須有往還顧盼之「勢」，才能生「嗚咽頓挫」，致使讀者生出感慨，獲得宣洩和馳騁情懷的「痛快」。

當然，論文「勢」影響最大的還是劉大櫆和包世臣。

(一) 劉大櫆注重散文音樂性的「氣勢」論

劉大櫆在清代桐城派中是個很有特色的作家，他在《論文偶記》中，提出了有關散文創作的獨到見解。劉大櫆認為「神者，文家之寶。文章最要氣盛；然無神以主之，則氣無所附，蕩乎不知其所歸也。神者氣之主，氣者神之用。神祇是氣之精處」。現代研究者指出，劉氏所謂「氣」，大抵是指語言的氣勢[14]。《論文偶記》緊隨其後所說的「論氣不論勢，文法總不備」，也可以印證這個判斷。劉大櫆說：

神氣者，文之最精處也；音節者，文之稍粗處也。字句者，文之最粗處也；然論文而至於字句，則文之能事盡矣。蓋音節者，神氣之跡也；字句者，音節之矩也。神氣不可見，於音節見之；音節無可准，以字句准之。

音節高則神氣必高，音節下則神氣必下，故音節為神氣之跡。一句之中，或多一字，或少一字；一字之中，或用平聲，或用仄聲；同一平字仄字，或用陰平、陽平、上聲、去聲、入聲，則音節迥異，故字句為音節之矩。積字成句，積句成章，積章成篇，合而讀之，音節見矣；歌而詠之，神氣出矣。

詩歌由於與音樂有生與之俱的天然連繫，其節奏和音韻所創造的美從來就為欣賞詩歌的人們所關注，詩歌的格律經過長期的探索，在南北朝時期已臻成熟。散文的音樂性則容易被忽略，它既不同於文字最初記錄的韻語謠諺，也不是有韻的賦或者講究四六對仗的駢文，甚至與自由的語體文也有相當的距離。古代散文的音響節奏屬於比較純粹的語言的音響節奏，戰國以來的兩千多年中它保持著相對穩定而與口語拉大了距離，它的音樂性可以說是簡練古雅的書面語言的音樂性。文士誦讀散文佳作，往往在其抑揚頓挫和疾徐變化中體會出語勢所特具的韻味。劉大櫆認為，「音節」可以傳達出作品的「神氣」，又

14 郭紹虞：《中國歷代文論選》第三冊，第438頁。

將「音節」置於「字句」之上，是強調作家應該而且能夠運用字句的音韻節奏組合成散文神韻所在的語勢。這種由「字句」而「音節」而「神氣」的論斷，變更了散文創作中只看重語義傳達的認識，提高了語言音響在文學審美創造中的地位。劉氏之論表明，散文的語言形式儘管比之詩詞歌賦和駢文要自由得多，卻同樣需要藝匠精心營構。

《論文偶記》又在「文貴參差」一節中說：

天生之物，無一無偶，而無一齊者。故雖排比之文，亦以隨勢曲注為佳。

劉大櫆以為自然物態既有普遍的兩兩成對的存在形式，又沒有完全雷同和劃一的形式。中國的文士和藝術家都秉承「與天為徒」的宗旨，所以劉氏認為這是為文必須錯綜變化的依據。即如排比的句式，也應以「隨勢曲注」的變化來打破「齊」的格局。此處的「勢」，顯然是以曲折起伏方式展開的文學語言所造就的。

《論文偶記》中幾乎徵引和襲用了李德裕《文章論》中有關「氣」和「勢」的論述，比如：

李翰云：「文章如千軍萬馬；風恬雨霽，寂無人聲。」此語最形容得氣好。

昔人云：「文以氣為主，氣不可以不貫，鼓氣以勢壯為美，而氣不可以不息。」此語甚好。

文章最要節奏，譬之管弦繁奏中，必有希聲窈渺處。

劉大櫆對這些見解讚歎不已，雖則個別字句有所改動，然而所本為李德裕之論以及劉大櫆對此的心悅誠服是確鑿無疑的。

劉大櫆是很有成就的散文家。《論文偶記》中所錄是他創作實踐中悟出或驗證的東西，是很值得考察的。完全著眼於散文的音樂美及其藝術傳達功能的理論主張出現，雖然可能受到在形式美和音樂性研究上先行一步的詩歌理論的推動，以及戲曲佳作「聲情並茂」的啟發，它仍然令人耳目一新。當然，作為「勢」論來說，它的不足也是明顯的。由於側重「音節」，推崇「神氣」，劉大櫆所論的「勢」對「氣」有很大的依附性，或者只是「氣」論的一種補充，因而妨礙了對散文之「勢」的全面探索。

(二) 包世臣「行文之法」中的「勢」

清人中以「勢」論文的代表人物是包世臣。他在《藝舟雙楫》〈文譜〉裡以「奇偶、疾徐、墊拽、繁複、順逆、集散」六者論「行文之法」，其中對「文勢」進行了多方面的探討。我們先看看「奇偶」：

> 是故討論體勢，奇偶為先，凝重多出於偶，流美多出於奇。體雖駢必有奇以振其氣，勢雖散必有偶以值其骨。儀厥錯綜，至為微妙。「允恭克讓」，二字為偶。偶勢變而生三，奇意行而若一。……

這裡的「奇偶」，是指散行和對偶的句式而言。偶句上下整齊對稱，散行句則自由縱恣。包世臣認為兩種句式各有所美，又各有自己的侷限。應該錯綜使用，收取相反相成的效果。正如《文心雕龍》〈麗辭〉所說：「若夫事或孤立，莫與相偶，是夔之一足，趻踔而行也。若氣無奇類，文乏異采，碌碌麗辭，則昏睡耳目」；「迭用奇偶，節以雜佩，乃其貴耳」。看來，自由的「奇」句有利於「氣」的貫注，整齊的「偶」句則有莊重方正的儀態。

包世臣又論「疾徐」和「墊拽」說：

> 次論氣格，莫如疾徐。文之盛在沉鬱，文之妙在頓宕；而沉鬱頓宕之機操於疾徐，此不可不察也。……有徐而疾不為激，有疾而徐不為行，夫是以峻緩交得而調和奏膚也。

> 墊拽者，為其說之不足聳聽也，故墊之使高；為其抒議之未能折服也，故拽之使滿。高則其落也峻，滿則其發也疾。……

在《文譜》論列的六種「行文之法」中，唯有對「疾徐」、「墊拽」兩者的闡釋沒有提到「勢」字。然而不難看出，這兩法與「勢」的關係異乎尋常的密切。

所謂「疾徐」，大約相當於語流的快慢，自然是事關語勢的重要因素。包世臣認為文章意蘊深厚盛壯、藝術上精妙曲盡者為上，這種「沉鬱頓宕」之美，可由「疾徐」有致的語勢傳達出來。他強調，「疾」與「徐」也須相濟為用。

「墊拽」之法的真諦就是「蓄勢」，其目的就是加強文辭的鼓動性和說服力。「勢」如同人為地增大水流的落差那樣，是作家的一種強「勢」的手段。包世臣將「墊之法」又分成「上墊」和「下墊」。無論是行文直轉直下之前為增大勢差而作的「上墊」，抑或說明事理以後繼續深化的「下墊」，都是以擴大前後文在情理上的懸隔來增強行文勢頭。「拽」就是開弓的意思，張開弓弩能夠為箭的射出蓄積足夠的力量，這裡比喻前文不斷張勢，為後面的論斷或行文蓄積力量的寫法。兵法上說：「勢如彍弩」，認為具有引而未發之力的「勢」是理想的「勢」。包世臣也將「拽」區分為「正拽」和「反拽」兩類，指出作家可以從正反兩個方面去加強文章打動人心、令人信服的力量。

「墊之使高」、「拽之使滿」是企求蘊蓄充分的「勢」，積累足夠的力，如此才能獲得「其落也峻」、「其發也疾」不可遏止的行文氣勢。

《文譜》緊接其後云：

> 至於繁複者，與墊拽相需而成，而為用尤廣。比之詩人，則長言詠歎之流也。文家之所以極情盡意，茂豫發越也。孫武子「聲不過五，五聲之變，不可勝聽也；色不過五，五色之變，不可勝觀也；味不過五，五味之變，不可勝嘗也。戰勢不過奇正，奇正之變，不可勝窮也」者，繁也。「奇正相生，如循環之無端，孰能窮之」者，復也。……

「勢」誠然不只是噴薄而出、一瀉千里的一種類型。「繁複」指的是多層面組合和重疊的「勢」，較之單一的「墊拽」更為常見。所以說「與墊拽相需而成，而為用尤廣」。包世臣以詩歌的「長言詠歎」作比，說明作家在散文中抒寫胸臆，也同詩人的長歌和反覆詠歎一樣，需要「觸類而長」式的生發與極盡情意的傾吐。「繁」指行文不可窮盡的組合變化；「復」指莫見端際的循環反覆。包氏在分別舉出「繁」、「復」和「繁而兼復」、「復而兼繁」的實例以後又說：

> 繁以助瀾，復以揚趣；復如鼓風之浪，繁如捲風之雲；浪厚而蕩，萬石比一葉之輕；雲深而釀，零雨有千里之遠。斯誠文陣之雄師，詞苑之家法也。

他形象地描繪了「繁複」之法的功能。「復」有「厚而蕩」的勢態，猶如得風之助力的洪波，能輕鬆地負載起裝有豐富意蘊的「巨舟」。「繁」則有「深而釀」的勢態，彷彿可行兩千里的風雲，其捲舒和層迭變幻可謂邃密莫測。散文作品的篇幅和意蘊容量一般都比詩歌大得多，所以「繁複」之法，在散文創作中受到青睞是順理成章的。

包世臣論「順逆」說：

> 文勢之振，在於用逆；文氣之厚，在於用順。順逆之於文，陰陽之於五行，奇正之於攻守也。……

行文的「順逆」之法，顯然受到書法、繪畫「勢」論的影響。書法用鋒，繪畫用筆，「順逆」皆各有專擅，相濟為用；行文的「用順」、「用逆」亦然，不過文章的「順逆」指的是情理意蘊上的「順逆」而已。行文順勢而下，如波浪重疊浩瀚推擁，是為「順」；逆勢而上，若溯流搏擊沖折跳蕩，是為「逆」。「順」法的情理層層深入不可阻遏，顯示出「文氣之厚」；「逆」法或逐層反詰，或從有悖常理入手，使矛盾突出議論警人，有利於「文勢之振」。包氏以為這合乎陰陽相反相成、五行相剋相生的道理。因此又舉出「逆而順」、「順而逆」的行文實例。包世臣《書韓文後》上篇也曾闡述其「順逆」之旨：「蓋文家關鍵，必在審勢。文以從為職，字以順為職。勢之所至，有時得逆以濟順，而字乃健。得違以犯從，而文乃峻。不此之識，徒以順為事，則文字不得其職。」文家並不以交代明白一事一理為滿足，僅僅做到文從字順而不懂得「用逆」是算不得藝術創造的。

值得一提的是《文譜》舉出一個「逆之逆」的例子：

> 《孟子》「無恆產而有恆心者，惟士為能」，本言當制民產，先言取民有制，又先言民之陷罪，由於無恆心，而恆心本於無恆產，並先言

惟士之恆心，不繫於恆產，則逆之逆也。

周振甫先生的《文章例話》對此評論說：「這樣逆敘，就是要指出齊宣王在張網害人。這對齊宣王是逆耳之言。內容是逆的，敘述也是逆的。逆之逆具有刺激性，使文勢振起。」看來對「順逆」的理解，可以具體到內容本身以及其表述過程上去。

最後是「集散」之法：

集散者，或以振綱領，或以爭關紐，或奇特形於比附，或指歸示於牽連，或錯出以表全神，或補述以完風裁。是故集則有勢有事，而散則有縱有橫。《左傳》「將修先君之怨於鄭，而求寵於諸侯，以和其民」；《韓非子》「故明主之國，無書簡之文，以法為教；無先王為語，以吏為師；無私劍之捍，以斬首為勇」；是集勢者也。《孟子》引「經始靈台」、「時日曷喪」，征古以明意；《史記》載祠石墜履，而西楚遂以遷鼎，是集事者也。……

「集」是以集中的寫法提綱挈領地揭示文章的關鍵所在；「散」則是指分散的寫法，作家圍繞一定的宗旨把原本較為集中的材料分散在不同場合敘述。《文譜》還進一步將「集」、「散」各分而為二，「集」劃為「集勢」與「集事」兩類。

包世臣舉出兩個例子來說明「集勢」：一是《左傳》〈隱公四年〉的記載，衛國公子州籲弒其兄桓公自立以後興兵伐鄭，《左傳》一針見血地指出，他的目的不過是取寵於諸侯（爭得其承認和支持），緩和國人不滿情緒。其二，韓非認為，儒以文亂法，俠以武犯禁，所以一則反對引述前代典籍和先王之語作為治國的依據，要求「以吏為師」，學習實用的法令；二則主張取締豪俠手中專報私仇的劍，而倡導公戰中斬首立功的勇敢。前一例為敘事，後一例為議論，都要言不煩，集約而剴切地闡明了問題的關鍵。

與「集勢」有別的「集事」，也有兩個例子：一個是孟子為說明民心向背決定王朝盛衰興亡，曾經徵引《詩經》描寫的人民樂於替周文王築靈台和《尚書》中所載人民對夏桀的詛咒：「這個太陽何時滅亡！」另一個例子是《史記》寫道，張良年輕時曾忍辱為老人拾履橋下而得授兵書，老人說：「讀此則為王者師矣。後十年興，十三年，孺子見我，濟北谷城山下黃石，即我矣。」他輔佐劉邦降秦滅楚，建立帝業之後，果然又見到黃石，就將它供奉起來。前者是把不同歷史時期的記錄集中起來，闡明一個道理；後者則用一條線索貫穿一個歷史人物的個性、生平和業績。

包世臣的「行文六法」雖不能與六種「文勢」等同，但是從「討論體勢，奇偶為先」，「文勢之振，在於用逆」以及「疾徐」、「墊拽」、「繁復」、「集散」諸法的論證來看，「勢」是每一種「行文之法」都須仔細斟酌的重要因素已毋庸置疑，甚至應該承認某些「法」就是一定的「取勢」要求。《文譜》提出與「勢」有如此密切連繫的「行文之法」是發人深思的：「行文」可以視為文學語言的展開過程，它不僅是作品內容的展開過程，也包括文學語言自身（有美的內蘊和效果的）結構形式的展開過程。包氏總結出來的「行文六法」，就是六種文學語言的基本展開方式，「勢」與它們幾乎是共存的。其論透露出包世臣對「文勢」的特點功能及其存在主要形式的理解。

除《文譜》而外，包世臣的許多文章評論都同樣重視對「勢」的考察，下面摘錄其有關「體勢」的一些意見：

夫《文選》所載，自周秦以及齊梁，本非一體。八家工力至厚，莫不沉酣於周秦兩漢子史百家，而得體勢於《韓公（非？）子》、《呂覽》者為尤深。徒以薄其為人，不欲形諸論說。然後世有識，飲水辨源，其可掩耶？（《再與楊季子書》）

文之奇宕至《韓非》，平實至《呂覽》，斯極天下能事矣。其源皆出於荀子。蓋韓子親受業，而呂子集論，諸儒多荀子之徒也。《荀子》外平實而內奇宕，其平實過《孟子》，而奇宕不減孫武。然甚難學，不如二子之門徑分而途轍可循也。蒯通、賈生出於韓，晁錯、趙充國出於呂，至劉子政乃合二子而變其體勢，以上追《荀子》，外奇宕而內平實，遂為文家鼻祖。（《摘抄韓、呂二子題詞》）

（賀貽孫）有激書五十七篇，可四萬餘言，學《韓非》、《呂覽》而得其深，體勢亦據二子為本……（《答陳伯遊方海書》）

其文則長於記事，論說以達意為主，而橫直自成體勢，望而知為有德者之言，足以取信來茲。（《湯賓鷺先生文集敘》）

容甫（汪中）少孤貧，無師而自力，成此盛業，不可謂非豪傑之士也！年三十而體勢成，多可觀採。（《書（述學）六卷後》）

世臣從前纂《汪容甫遺集》，曾采未成互異之稿，足為完篇，筆勢一如容甫。容甫故工文，體勢又略與予近，猶易為力。（《與楊季子論文書》）

前幾條表述了包氏對散文「體勢」淵源的看法。他認為古代散文的「體勢」，形成於戰國末期與荀子關係密切的韓非與呂不韋手中。散文在從孟子到荀子和韓非、呂不韋這個時期漸趨定型的看法，是被學者們普遍接受的。荀、韓、呂的政論散文已經見不到語錄體的痕跡，嚴峻精切又時見恣肆跌宕，無論是議論還是抒情，都能應付裕如。此後兩千餘年，散文創作在體制和語言風貌上基本與他們的作品保持一致。因此，以韓非、呂不韋和「合二子而變其體勢」的劉向為「文家鼻祖」也不無道理。

包氏「體勢」之論的理論意義還在於：他認定唐宋八大家等古代散文的代表作家無不出於韓、呂，不啻肯定了散文「體勢」的規範性和傳承性。他在《〈齊物論齋文集〉序》中，讚揚董士錫「取勢琢詞，密而不猵」，「依八家成法」；稱許惲敬「子之文勢，鷙鶩凌厲，接武介甫」，都是注重淵源的明證。不僅如此，包氏所說的「體勢」有時也有鮮明的個性色彩。荀、韓、呂、劉在傳承中的流變且不必說，就是他自己與汪中「體勢」相近亦不可多得，否則，何以自矜其詞呢？此外，文人的作品倘若得「自成體勢」，則是創作升堂入室的標誌，此時其「體勢」又有個人風格的意味，不僅在藝術上能夠「多可觀採」，甚至可能體察到作者的道德情操。

「氣」與「勢」的相互關係向來為人們所重視，包世臣在「行文之法」中，曾經說「文勢之振，在於用逆；文氣之厚，在於用順」。他在所撰《揚州府志》〈藝文類〉中又論道：

……是故氣盛者，至平流而多姿；勢健者，履險隘而不躓。氣以柔厚而盛，勢以壯密而健。風裁既明，興會攸暢，故其所作，直攄胸臆，遂感心脾。

兩者固然是對舉入論，議論卻有分較。「氣」與「勢」雖不乏相通相近之處，但又不是一回事，甚至兩者創造的美在類型上也有分野：「氣」更內在，溫婉而深厚；「勢」更直露，勁健而豪壯。包世臣並不割裂兩者的內在連繫，比如他評王安石文云：「介甫詞完氣健，饒有遠勢」(《再與楊季子書》)，「氣健」與「遠勢」或者是因果關係，或者二者相得益彰。

包世臣之前，古代文論中對散文創作的「勢」，缺乏系統和深入的探討，即便有所論也多是隻言片語，或者從屬於「氣」論。包氏在「行文之法」中廣泛論及的「勢」和散見於他文評的「體勢」、「氣勢」論彌補了這個缺憾，「勢」這個重要的範疇終於可以說在古代文學幾個主要體裁的理論中都得到充分闡揚，其意義是不言自明的。

包氏是清代著名的書法家和文學家，他對「勢」論的貢獻是極其重大和多方面的。前面的章節我們已經介紹過他對書法之「勢」和詩歌之「勢」的卓越見解；即如科舉考試的八股文之「勢」，他的評論也未曾遺漏：「惟其結體褊小，風裁矜整，故用法為尤嚴，而取勢為尤緊。」(《或問》) 足見他是談藝不離「勢」的。

其實何止是包世臣有「勢」與「藝」共存的強烈意識，古代的藝術家基本都認可和實踐著有關「勢」的原則和理論，以不同程度的自覺把「定勢」、「取勢」和「造勢」作為重要的藝術手段施展自己的才華，實踐自己的藝術追求。包世臣的「勢」論，正是在人們接受「勢」對於藝術創造具有普遍意義這一認識的情況下出現的。

第四節　小　結

文學、音樂、書法、繪畫在展開方式上相比較，文學與音樂主要仰賴時間上的延續，這與書法、繪畫主要在空間上展開是有區別的。人們從這個意義上說文學和音樂是時間的藝術。古代的「勢」論，在音樂方面相對薄弱，因而文學的「勢」在整個「勢」論體系中的地位就更為突出了。

古代文學的「勢」論，在發展上有由總而分的特點，由於「勢」初入文論就經過齊梁時代偉大的文學理論家劉勰的思辨和闡揚，一開始就進入較高的理論層次。《文心雕龍》的〈定勢〉篇從書法和音樂的理論中移用了「體勢」的概念，提出了「因情立體，即體成勢」的形式構建程序規範。劉勰指出，作家對「勢」的擇定必須服從作品內容以及為表現內容而確立的創作體制的要求，還討論了「乘利而為制」與「自然」的原則對於造「勢」的指導意義。

劉勰十分注意把「勢」的一般屬性與文學藝術的特點糅合起來，隨時顧及文學以語言為媒介的特殊性，因而〈定勢〉篇見不到從其他藝術門類引進概念的痕跡。劉勰主張根據作品「情」與「體」的特點選擇語言風格鮮明、自然本色而且有動態美感的「勢」。他完全從文學作品藝術形式的構建著眼，視具有理想之「勢」的詩文作品為有生命、有靈氣的活物，企圖以新的美學追求去改造時代風尚，取代對相對靜止的缺乏鮮明個性和表現力的辭采的盲目追逐。劉勰曾經徵引過劉楨「辭已盡而勢有餘」的名言，足見「勢」儘管經常指作品的展開方式，有時也兼指一種能保持於言辭之外的藝術效果，當然它是作品動人的意蘊和有審美衝擊力的文學語言創造出來的。

《文心雕龍》的「定勢」論可以說須臾未離開文學的特點，然而它所論列的造「勢」規律和原則對於各個領域的藝術創造都有指導和借鑑的意義。

如果需要指出〈定勢〉篇理論上存在的不足的話，那就是由於劉勰著重對「勢」的整體把握，只在「成勢」的機制、原則和不同文體之「勢」的語言風格等方面闡論甚明，而很少涉及與「勢」的形成至關重要的語言形式生動多姿的展開過程。因此，《文心雕龍》的研究者中不少人只是以文體風格去理解〈定勢〉之「勢」的。倘若我們從整個古代「勢」論的系統中抽出劉勰的「定勢」論孤立地進行考察，做出「勢」即文體風格的解釋似乎也無可厚非。然而，「勢」畢竟有「風格」所不能概括的重要屬性，否則就不成其為「勢」了。「勢」經常帶有鮮明的風格色彩，如此而已，兩者卻不能等同。

從「勢」論的演進歷史看，劉勰選擇的立論角度也是時代使然。先行一步的漢魏六朝的書法批評家和理論家，大都是從某種書體或者某個書法家總體風格的角度去論「勢」的。這個時期的繪畫評論也存在類似的特點。早期的理論批評只要求造藝者以生動流轉的「勢」去表現生命運動的美、有機協調的美和力的美，在實踐和理論上都還沒來得及進一步針對「勢」的組合和展開過程作更具體和深入的研究。

我們已經介紹過：大約自隋代起，書法理論開始細緻地研究筆勢的運動過程和造型規律，探討的重心也有經由楷書的筆畫、間架結構，漸至行書、草書的章法筆勢。繪畫方面的轉向還要更晚一些。可見，文學之「勢」由總而分也是理論發展的階段性決定的。

如果說，唐宋時期以王昌齡的「十七勢」、齊己的「十勢」和惠洪的「四種勢」為代表的「詩勢」論是應時而生的，那麼，一是應「勢」論發展由總而分之「時」，一是應格律詩全面昌盛之「時」。王昌齡等人在理論上的開拓雖然不可望劉勰之項背，卻至少從兩個方面彌補了《文心雕龍》「定勢」論的不足：

第一，唐宋諸家進行系列探討的若干種「勢」，其實就是若干種格律詩形式組合和意象展開的方式。王昌齡的「十七勢」概括了入題的幾種次序和若干方式，以及起句、落句意蘊勢態的多種安排。幾乎所有的「勢」，都與意象的展示程序相關，充分體現出文學運用語言作為造型的媒介和材料，在藝術表現上依賴於時間延續的突出特點。

第二，王昌齡的「十七勢」、齊已的「十勢」和惠洪的「四種勢」都舉出具體的例詩來説明每一種「勢」的特點，有的還帶有「以象明意」的味道，這又與劉勰的理論風格迥然不同。〈定勢〉篇的理論闡述可謂縝密而透闢，然而卻不免缺少實例的缺憾。劉勰在其中批評「效奇之法，必顛倒文句；上字而抑下，中辭而外出」的時風算是最具體的一段話了，但通篇未能舉出「定勢」得宜的範例，這對人們判斷「勢」的內涵，研究「勢」的特點無疑是不利的。學術界在釋「勢」的內涵，研究「勢」的特點無疑是不利的。學術界在釋「勢」上的分歧也與此有關。唐宋「詩勢」的實例或許更有利於今人理解古人所謂「勢」為何物，消除由古今觀念上和理論系統上的懸隔帶來的誤解。

唐宋的「詩勢」之説，雖然缺乏系統的理論闡述，卻流露出那個時代詩歌創作探求的一些新的趨向。比如王昌齡本人是名噪一時的「詩家天子」，他所説的「含思落句勢」和「心期落句式」，表明唐人曾對審美心理進行了很有收穫的探索，詩家已經自覺地將這方面的成果用於指導創作了。又比如惠洪的「四種勢」，實際上是列舉了古代文人詩所創造的四種類型的美：「寒松病枝」是主體意象的格調之美；「芙蓉出水」是自然清麗之優美；「轉石千仞」則是氣勢磅礴之壯美；而「賢鄙同嘯」又是雅俗共賞的美。這些美的類型都是一定時代審美意識和藝術追求的反映。

清代也是「勢」論集大成的時代。

在「詩勢」的探討方面，王夫之的貢獻最為突出。他在哲學領域以闡發「理勢」之論知名於世，以為「理勢之不可以兩截溝分」，在論詩時也稱「勢者，意中之神理也」；又遙承劉楨的「辭已盡而勢有餘」，並兼收唐人「不著一字，盡得風流」的「韻味」說和宋人的「言有盡而意無窮」以及畫論的「咫尺千里」之說，提出「一『勢』字宜著眼，無字處皆有意也」的看法，已接近於把「勢」的運用與作品「神韻」的創造直接連繫起來，表明對「勢」的運用與作品「神韻」的創造直接連繫起來，表明對「勢」在造藝上可達精微的功能有了明確的認識。王夫之說有「勢」的作品「乃真龍，非畫龍」，揭示出「勢」所具有的生命運動的內蘊。

沈德潛和施補華的「詩勢」說，兼收並蓄了前人的意見，代表了詩人們對「勢」的普遍看法，當然也不無自己的一得之見。比如他們認為，無嚴格格律的古詩尤須重「勢」，是很有見地的，是對唐宋「詩勢」論的重要補充。施補華縱論「起處（勢）」與「收處（勢）」，強調「點題法最易得勢」，「章法最奇」等等，充分表明了「勢」與詩歌展開方式密不可分的關係。

清代的「文勢」論彌補了「勢」論體系中的薄弱環節，它的成就主要在兩個方面。

劉勰在〈定勢〉篇中曾明言不取「兼氣」之「勢」，更多地與「體」相連繫。這是接受書法、音樂「體勢」論影響的緣故，更是確立「勢」這個範疇在理論上的獨立地位所必須的。然而，「氣」既可以指人的流轉不息的主觀精神，又可以指物質的具體可感的氣流。這兩重意蘊皆對語言產生直接影響：語言作為人與人之間思維感情交流的媒介，不能不受制於主體的精神意氣；「氣激而有聲」，語言的音響聲調亦有賴於「氣」。足見「氣」和與語言共存的文「勢」，實有比繪畫、書法更切近的天然連繫。劉大櫆指出：「論氣不論勢，文法總不備」，又徵引稱美前人（尤其是李德裕）的「氣勢」之論，總結了自韓愈倡言「氣盛言宜」以來人們對劉勰「勢」論的修正，算是了結了這段公案。此其一。

道光年間，包世臣撰寫的《文譜》針對「行文之法」作了系統的討論。他所論的六種法或明言或暗合，都與「勢」密切相關。在「行文之法」中，廣論取「勢」的本身業已表明，「勢」存在於語言形式的展開過程之中。包氏論列的「奇偶」、「疾徐」、「墊拽」、「繁複」、「順逆」、「集散」，既有典型的範文，又有簡明的評議分析，系統地概括了古代散文記事和議論行文佈局（「體勢」）的基本類型。在另外幾篇文章中，包世臣還追溯了散文「體勢」的淵源和流變，也曾論及「氣」與「勢」連繫和區別。可以說，終於由他填補了散文之「勢」一向無人全面探討的空白。

文學的「勢」依賴時間的延續，比書法繪畫的「勢」有更大的展開自由度。文學體裁之多，題材之豐富也為其他藝術門類所不及。因此，文學之「勢」的內涵及其分類也是最為繁複的。然而，「勢」對於文學藝術創造的意義遠不如它對於書法藝術那麼重要，甚至比之繪畫也稍遜一籌。這是因為，文學之「勢」還要傳達出比它自身更為重要的確切意蘊，它受制於複雜深邃的作品內容；繪畫的內蘊雖然不像文學語言表述的那麼確切，它的「勢」也須服從於描繪藝術形象和特定場景的要求。也就是說，文學和繪畫藝術中形式的組合和展開過程與它們展開的內容相比，一般只居次要的地位。書法則不然，它的「勢」只服從一般的書寫規範，本身就可以是藝術創造的中心。

第五章

「勢」論——古代藝術動力學的理論意義與當代價值

藝術的理論研究誠然是必不可少的。可是問到藝術家理論對創作有多大指導意義的時候，卻不一定能得到令人愉快的回答。一些煞費苦心構築的體系和某些關於文學現象的精細分解，只是學者案頭冥思玄想的記錄，往往將讀者導向一個陌生的理論王國。造藝者雖然可能開卷有益，究竟是敬畏多於親切、乾澀多於啟迪。更不用說那些一炒再炒的「剩飯」和堆砌概念術語難以卒讀的文字了。

「通道必簡」，渴求一種簡明實用的藝術論未必是理論素養淺薄的表現。理論應該有助於藝術家在實踐中超越前人，超越自我找出突破口向高層次的藝術創造飛昇，也有助於欣賞者理解藝術家的追求和自己的審美再創造。

國人傳統上以渾融的方式把握世界見長；古代的藝術論也極講求實用，大多是藝匠的實踐心得。古人以「勢」談藝在這兩方面都很有代表性，它是否能作為撰結實用藝術論的借鑑呢？

古代藝術領域的各個門類幾乎都有講究造「勢」的傳統，而我們民族獨創的書法藝術對「勢」又尤為倚重。

漢魏六朝時期中國美學思想出現變革性飛躍，文學藝術的觀念趨於成熟，人們開始在藝術上全面追求高層次美的創造，原來運用於兵法、社會學和自然關係論中的「勢」的概念被移植到藝術論裡來了。以後一兩千年內，「勢」論在藝術領域獲得了極大的活力，一直在不斷充實和發展之中。在中西合璧的現代，「勢」的意識和理論對藝術創造依然有積極意義，因為它以簡約的方式從一些方面揭示了藝術的本質。

「勢」直接關係著藝術創造的追求與風格，以及藝術傳達和形式構建的機制。然而，圍繞一個「勢」字來討論總是比較具體而集中的，其簡約生動的概括方式、虛實相參的渾融內涵都深受造藝者的歡迎。本書要作較多的徵引，是因為有全面介紹「勢」這個範疇歷史發展的任務；加之「勢」不易把握，以往常被論述者迴避，許多材料塵封於故紙堆中，當本書將其作為原始依據爬梳整理出來的時候，人們對之已經相當生疏了。

下面，分四個問題對古代藝術論中的「勢」作必要的交代和總結。

第一節　從「鏤金錯采」不如「出水芙蓉」說起

梁代的鍾嶸在《詩品》中引用湯惠休評謝靈運、顏延之的話說：「謝詩如芙蓉出水，顏如錯采鏤金。」謝詩的審美價值遠出顏詩之上，因此「顏終身病之」。這段記載一般只當作藝術表現上自然本色勝過刻意雕琢的例子，其實，認識似乎還可以深一步：鏤錯於器物之上的金和采，是靠人工附著的華美，它缺少生氣；細而盡的雕鏤降低了欣賞上的可塑性。

「出水芙蓉」是內實外秀生機蓬勃的活物，雖然只對它的天然資質作簡樸淡雅的描繪，其綽約風采卻在欣賞者的遐想中得到完善，給人留下雋永的韻味。「鏤金錯采」比「出水芙蓉」遜色，關鍵只在取「勢」上的不足而已。作品的展示蘊含著勃鬱的生命活力和娓娓情韻是有「勢」的徵候。

又比如畫龍，只畫出煙雲繚繞或江海翻騰中半隱半現的身姿要比畫出全龍高明，有時一鱗半爪的勢態也能透露出全龍的意象。古代的畫壇高手常將此類神異之物的全形交給觀照者自己去完成是聰明不過的，何況它們本來就是臆造出來的。倘若畫出了全龍，人們的失望或許會更大一些。「盡善盡美」之物的存在原不足信。匠氣十足的工筆往往事倍而功不及半，遠不如率意的模糊寫意或者有所「殘缺」的藝術造型，這也是太細太盡而失「勢」所致。

孟子描述過「引而不發，躍如也」的姿態，韓愈論文以為「氣盛則言之短長與聲之高下者皆宜」。這些也含「勢」於其中。

上述種種，表明「勢」的意識在藝術創造和審美活動中廣泛存在，並不侷限於用到「勢」字的地方。面對藝術活動中同一種現象，以及對某方面本質規律相近似的認識，古人常用不同的語彙和概念去描述。前面我們還特別指出過，不同的人和不同場合用到的「勢」，內涵大小也不盡一致。這種現像在古代藝術論中是司空見慣的。

在古代藝術論中，「勢」與「氣」、「體」、「意」、「精神」、「氣韻」、「神采」、「血脈」、「筋骨」、「風神」等概念術語的意蘊相連繫、相交叉；甚至有以「氣韻生動」或「意中神理」釋「勢」者。對於這些相關或相近的概念，本當作些類比辨析。然而，一則約稿者明確要求不得越俎代庖討論其他範疇，二則確有不勝其辨的苦衷，最後我們只能對比較重要的「氣」與「勢」、「體」與「勢」的關係略有所及。

因此，我們首先強調的是對我們民族「勢」意識的把握。

古代的「勢」論，表述了我們民族對人類社會和宇宙萬物的一種理解：一切事物都處於一定的格局中以某種節律進行著不得不然的運動，它們似乎有向著對立的一面轉化而又周而復始地循環的趨勢，包含著不可窮盡的變化。這是一種來自經驗，又超乎經驗的基本判斷；是一切「勢」論的基礎。在古人的意識中，事態的格局及其演變，事物的力度、聲威、傾向、控制範圍和發展時機、趨勢皆可稱「勢」，或者是「勢」使然。

古人儘管深知人類社會和大自然發展演變的「理勢」不為個人左右，也未必是人能夠全面認識的。然而「法術刑名」之士卻力求在政治領域把握、利用乃至創造一種「時勢」或格局去施展抱負，顯示自身的價值；藝術家對於「勢」的追求，也體現出一種順應並駕馭事物運動變化的規律，而且根據自己的理解去改造客觀世界的強烈願望。透視中國的書法、繪畫和文學作品，不難體察出其作者身上由傳統文化薰陶出來的精神、智慧、自我意識和人格力量。

第二節　藝術之「勢」的屬性

「勢」的內涵豐富，從許多側面都可以對它作深入的闡發，但片面的闡釋不能取代對「勢」的全面考察。藝術之「勢」主要有四個方面的屬性。

(一) 運動和力的屬性

從兵法中說「兵無常勢」和「激水之疾，至於漂石者，勢也」開始，「勢」就以靈活多變以及有動態和力的內蘊為主要特點。處於運動之中或者有引而未發的潛在動勢的事物才可以說是有「勢」的，所以有「因動成勢」和「勢是動態的形」一類說法。不平衡的格局產生「勢差」，其中蘊蓄著運動的能量，顯示著發力的方向。

藝術家的眼裡並非只是人和動植物才有生命，也不認為只有飛禽走獸、日月風雲、湍流、飛箭在運動著。他們或隱或顯地把宇宙萬物，尤其是把一切藝術表現對象都理解為不斷運動變化的存在，乃至是與自己心靈相通的有生命有個性的活物。他們總是企求體察和反映出物態中存在的這種靈動之「勢」。

藝術活動依賴能傳遞出一定信息量的意象作為中介的載體，來實現創作主體與審美主體之間思想感情的交流。一般說來，審美主體的藝術再創造在開始階段是完全被動的。要改變欣賞者原有思維感情運動的軌道和節律，將其納入作品意象所規定的趣向，就像耗能最大的機械啟動一樣，要求意象展開過程的信息刺激提供足夠的動力。運動和力的屬性為藝術之「勢」帶來了驅動性和方向性，能夠觸發、誘導、推動審美主體的思維感情運動。看來，藝術的表現必須有「勢」。法國的印象派畫家凡·高所謂「要畫出動態和生命的力」可以說是西方的「勢」論。

「勢」常常體現著事物發展變化的趨勢和規律，所以古人論中「勢」與「理」有密切的內在連繫，有的現代學者也認為「勢」反映著事物運動走向和歸宿的必然性。李贄曾經說過，作家「蓄極積久，勢不能遏」，是指以寫作來宣洩積憤實現心理平衡的必然過程。更為重要的是，藝術形象的形成受自身的邏輯制約，藝術媒介的功能特點也決定著它的展開方式。因此，隨「勢」而至的藝術創造未必依循作家預先的構想，卻合乎美的規律。謝靈運認為，「池塘生春草」不是自己作的詩句；鄭板橋胸無成竹卻隨手而成；俄國大作家托爾斯泰筆下也曾經有違初衷地寫出的安娜之死……其實上述種種皆出於藝術創造中的不得不然之「勢」。

(二)「勢」的有序性和整體性

創作過程從一個側面說是藝術家根據自己對世界的理解和追求對感性材料作有序性的整理加工過程。作品以及其中的藝術形象都應該是各組成部分有機連繫的整體。「勢」正是凝聚各組成部分和各種材料的核心力量，它所體現出的生命運動是造藝有序性的集中表現。

書法是一種以運筆的高技能為基礎的藝術，嚴格的筆畫和間架結構書寫規範體現著有序性，從字與字之間的搭配、顧盼照應到行氣與佈局章法，也是變化中見嚴謹。一幅中國畫在取「勢」上要求有主有從，筆勢的收放、開合也有層次、有大小，統領有序。古人在文學中以「動態的形」論「勢」，無論其「形」還是其「勢」，常常不是指作品中塑造的人或物的藝術形象而言，而是針對作品本身說的。因為古代文學的大宗是詩文短章，「勢」的活力已經使整個作品成為一個有機連繫的有生命的統一體，所以講究起、承、轉、合，講究氣脈聯貫和首尾呼應……出現較晚的長篇小說和戲曲也很注重章回以「起勢」進行銜接和前後折的「照應埋伏」(李漁《閒情偶寄〉)。

劉勰〈定勢〉篇強調「體」對於「勢」的提綱挈領的指導意義，認為「雅鄭共篇，總一之勢離」，要求「以本采為地」，其實都有維繫作品有序性和整體性的用意。

古代作品和藝術形象所顯示的有序性雖然也有客觀事物形態和生命運動作為參照，但實際上主要服從於藝術家主觀意志的安排。呈露著他們對生命、對自然和社會關係的理解及其思維方式中的有序性因素，是藝術家的創造。

本章開始的時候曾經說過，現代藝術家渴求一種實用的創作論，因為流行的某些理論和批評有過於生澀、瑣細，或者過於玄妙的傾向。以「勢」談藝與那些憑空演繹和肢解作品的分析不一樣，其最突出的長處就是始終把作品看作一個有生命的活物。有「勢」的作品是不容分割的，它的構成，它的運動與力的顯現，都是有所統序、協調一致的。

有鮮明有序性和整體性的「勢」是藝術創造上克服「扞格」、「渙散」、「堆垛」、「添湊」的有力手段，重「勢」的鑑賞也與支離破碎的分解格格不入。古人儘管不只是在「勢」論裡才講求藝術形象的整體性，但作為「形學」，它在具體可感這一點上仍有其優勢。

(三)「勢」的含蓄性和開放性

中國藝術有講求形象和作品結構完整的傳統，但是古人並不讚許和盤托出一覽無餘的藝術表現，鄙薄一旦展示終結魅力也隨之消失的作品。他們認為，「勢」能以豐富的內涵與藝術傳達上的模糊性、預示性，及其反映在欣賞上的可塑性來實現這方面的突破，此即「勢」的含蓄性和開放性。

「建安七子」之一的劉禎以為「使其辭已盡而勢有餘」的作家是天下獨一無二的，可以說對文學之「勢」的開放性予以了最早的肯定。劉禎是重視「氣勢」的作家，剖析「勢」的開放性涉及虛實的問題，我們也可以從對比「氣」、「勢」入手。

「勢」與「氣」常有密切連繫，古人有的直截了當地說：「有氣則自有勢」[1]。它們在同時入論時一般作這樣解釋：「氣」是有流轉活力的精神意志；「勢」則是這種精神意志的動態表現形式。「氣」是虛的，「勢」則是兼有虛實而以虛為主的。比如圍棋，取「勢」的棋子構成實

1 〔清〕梁同書：《頻羅庵論書》〈與張芑堂論書〉。

的形，「勢」那可塑性很大的「模樣」則是虛的。雖然憑「勢」能預期接戰的效果和實際收穫，但與最終的地域卻可能有千差萬別。與全虛的「氣」相比，「勢」當然顯得實，因為它畢竟還有形作基礎，哪怕是「動態的形」。然而，「勢」有動態，還預示著演變的趨勢，往往具有一種可感而難以言狀的效果，能形成某種左右人們思想感情活動的氛圍，在言外或象外留有無窮餘味。這是「勢」虛的一面，也是它開放的一面。

萊辛要求藝術家們選擇「富於包孕的片刻」進行表現，以求傳達這個片刻以前的種種所以然，又預示出這個片刻以後的事態發展，也算與中國的「勢」不無吻合之處。然而，中國的「勢」論似乎比萊辛的論斷更進一步：藝術家不僅要找出題材中「富於包孕的片刻」付諸表現，還須在從部分到全局的每一個創作環節灌注自己對萬物生命運動的理解，創造某種「包孕」。沒有這一層包孕，中國書法藝術的含蓄是難以解釋的。這大概是「重再現」與「重表現」帶來的差異吧。

藝術表現的對象有無限性。即使藝術家相當客觀地描繪一個具體的事物，也很難做到「窮形盡相」，因為藝術表現不是全息攝影，更何況有的藝術家常以獨特的視角去看世界。創作活動主要是以個人的方式進行的（如果不說是唯一的方式的話）。每一個藝術家都以自己的心靈為中心形成一個世界，都從自己的角度，以自己的力量和智慧去感知、認識、反映和改造著世界，他的認識和反映總是較為有限的。創作的主客體之間存在著有限性與無限性的尖銳矛盾，再加上任何一種藝術媒介都不可避免地有功能上的侷限和傳達上的耗損，要求在藝術上全面「再現」某個客觀事物是無法做到的。

不過，明眼人已經能夠看出，這種矛盾恰恰為具有開放性的「勢」提供了機會。它那動態展開方式內蘊的衝擊力旨在喚起和推動欣賞者的思維感情運動，模糊的藝術傳達為審美再創造帶來了更大的自由度，以交給欣賞者去完成的辦法彌補反映上的欠缺。如同前面所說的令人莫測高深的不畫全龍一樣，這是解決有限性和無限性矛盾的高明手段。

（四）、「勢」的風格屬性

藝術創造價值的核心是它的個性，不盡相同的「勢」顯示出各自的風格屬性。「勢」在風格方面的內涵，不僅受到藝術家氣質個性和才能學養的因素影響，還受歷史積澱的審美經驗的制約。後者是「勢」與「體」有密切連繫的原委。書法論中最早的「勢」（如「篆勢」、「隸草」、「草勢」）就相當於「體」。繪畫雖然很少說「體」，也按題材內容和畫法、畫派作相當於「體」的區分，比如山水畫、花鳥畫、人物畫和寫意、工筆等等。

「體」是約定俗成的，儘管某些「體」後來在理論、批評中才總結出明確的規範和特徵，但通常它們與眾不同的藝術個性早已得到廣泛的認可和長期的沿襲。有時「體」也以藝術家或者流派命名，比如書法藝術中的「歐體」、「顏體」，文學中的「陶彭澤體」、「西崑體」之類，也是因為他們的創作獲得了公認的成功或者有突出的特點。這些作體裁、題材和流派分類的「體」，是審美經驗的結晶，它們保持著相對穩定的規範和風格特色。「體」有時也只針對一個作品而言，此時它便是作品藝術形式的骨架，也決定著這個作品的風格傾向。「體」無論作為傳承不絕的規範，抑或一個具體作品的形式骨架，對於「勢」的選擇、組合都有如藍圖一樣的指導作用，它們的風格因素也必然帶入依照其模式建構的「勢」中來。

劉勰所說的「即體成勢」簡明地表述「體」、「勢」的主從關係和「勢」風格屬性的來源。

第三節　造「勢」的兩要素

一、藝術媒介

藝術的「勢」有展開過程，它是與作品藝術形式和意象的展開共存的。「勢」作為藝術傳達的內蘊之一也以藝術媒介作為信息的載體，也可以說藝術媒介是造「勢」的基本材料。媒介的功能及其載荷、傳達信息的方式決定該門類藝術的「勢」存在和展開的基本方式。

一般說來，視覺藝術媒介傳遞的信息有較強的空間構象能力，比如繪畫用色彩、光和線條，雕塑用石和泥，書法用毛筆、墨和紙可以直接進行鮮明、具體、有空間感的造型。筆者認為，聽覺藝術則不然。音樂以音色、音程、節奏、旋律為媒介，文學以語言的音響節奏和語義網絡為材料，兩者的構象能力主要在時間的延續中體現。視覺是人類接收外部信息的主要渠道。聽覺意象與視覺意象相比，往往有更大的間接性，隨之而來的是感覺的轉換以及更複雜的知覺與思維過程。

有空間造型優勢的視覺藝術媒介以能實現時間上的拓展為上乘。比如書法筆勢所呈露的運筆先後程序和開合節奏就有時間延續的內蘊；繪畫、雕塑選取「富於包孕的片刻」的用意亦然。有時間延續的聽覺藝術又謀求在空間上有所突破。比如音樂的多重奏、交響、不同聲部的合唱；詩歌章節的重疊、迴環和隔句韻、換韻；小說戲劇的多線索描敘以及心理和思維空間的開拓等等。

動態的「勢」既向空間（橫向）開拓，也向時間（縱向）發展，但究竟更側重縱向一些。音樂和文學作為時間的藝術，在縱向展開上容易得多，因而對「勢」的推崇和追求反而不如書法和繪畫藝術那麼執著。

以時空劃類，音樂與書法分別屬於時間和空間的藝術，但兩者都是以傳達模糊意蘊為主的，筆者把它稱之為第二層次藝術。人們對這兩種「抽象」藝術的推崇，體現了藝術創造是從忠於客觀物態（第一層次）開始，又向著擺脫具體物態束縛（第二層次）努力的總趨勢。音樂和書法能發展成為第二層次藝術，是他們的媒介沒有表意直接性的特點決定的。

中國古代樂曲中許多是僅供器樂演奏有題無辭（詩）的，西方近代還有無標題音樂的一類。器樂曲的演奏在給欣賞者的聽覺以美感享受的同時，創造出某種情緒的氛圍，它以音色、音程、節奏、旋律作為媒介，不像書法、繪畫、雕塑那樣有具體的空間形象，甚至也沒有文學語言所擁有的確切語義。音樂作品一般絕少或者全無對客觀世界音響的摹寫，它那有「勢」的藝術媒介為聽眾提供的信息只具有誘發、激活、強化一定趨向、一定節律感情思維運動的功能。聽眾的感受可能是鮮明而強烈的，他們的情思隨著聽覺意象的展開而獲得一種動勢，雖然可能是不自覺或者難以名狀的，但是原有的感情思維活動則可能因此而昇華到藝術的境界中去。

書法藝術與音樂有類似之處，即它表現的對象也不是客觀世界的物像，只在遵循漢字的毛筆書寫規範的前提下抒寫自己的情懷。書家的創作也不是對自己心靈的直接剖白，而是在有限的空間裡以有個性的飛動筆勢間接地傳達出諸如學養功力、性情品格、藝術追求方面的模糊信息。運筆過程的顯示和文字的順序雖然使書法爭到了時間延續的意味，但與音樂是不可同日而語的。時間上展開的藝術媒介對審美主體進行持續的衝擊，對其情緒心態發展演變的影響更直接一些。

第二層次的藝術對「勢」理當更為重視。遺憾的是，古代音樂理論一直受儒家禮樂觀的束縛，始終要求音樂藝術肩負政治教化的責任，強調傳達模糊性和審美可塑性的「勢」論，因此未能得到充分的發育。只有成熟較晚的書法藝術，在漢魏六朝美學思想發生變革性飛躍的滋育和推動下，彌補了這個不足，成為重「勢」首屈一指的藝術門類。

總之，藝術媒介的不同決定「勢」的類型不同，傳遞模糊信息的媒介往往顯示出造「勢」上的優勢。

二、審美心理

藝術的「勢」對審美主體能產生很強的心理效應，這是藝術家追求「勢」的根本原因。在藝術活動中，「勢」能夠吸引、控制、啟動和強化欣賞者的感情思維活動，其中有自覺的情緒、意識的流動，也有不完全自覺的心理變化。

嵇康在《聲無哀樂論》中指出：音樂「皆以單、復、高、卑、善、惡為體，而人情以躁、靜、專、散為應」。其「體」的含義大抵與他在《琴賦》所用的「體勢」相同，所謂「躁、靜、專、散」指的是審美心理變化的四種趨勢。嵇康對不同「體」的樂曲創造成的氛圍和心理效果進行了考察和理性的思辨，雖嫌粗糙，卻初步探索出審美主體在不同性質結構客體信息的熏染、誘導和推動下的心理變化趨向。

藝術欣賞能觸發和推動人們豐富多彩的思維和感情運動，這是顯而易見的。不僅如此，它造成一定的藝術氛圍還能促成或導致欣賞者產生相應的心境，比如平靜幽雅、清新爽朗、輕快明快、閒適從容，或者熱烈緊張、激昂動盪、肅穆凝重、篤誠虔敬之類。前四種心理變化的趨向近似於嵇康所說的「靜」與「散」，後四種則類同於所謂「躁」與「專」。這些心理變化的趨嚮往往比較隱微，需要仔細體察才能辨別出來。我們可以把藝術活動中心理變化的動力來源歸之於「勢」，也可以把這些變化作簡明的區分：「勢」的心理沖淡化效應和濃烈化效應。

古人雖然沒有對藝術之「勢」的心理效應作專門的探討，但他們的生動描述卻透露出「勢」對審美心理的諸多影響。

「勢」可能有「山岳嵯峨」、「穹窿恢廓」的博大崇高給人造成的敬畏；也可能讓人獲得「風馳電擊」、「快劍斫陣」的勁利帶來的痛快；或者具有「龍蛇飛動」、「孤峰特立」對感官和心理的衝擊力；抑或有「層雲冠山」、「羽鱗參差」給人的錯綜深厚感受；乃至於用「煙感」和「心期」表述的朦朧和懸念，以及「據槁臨危」生出的驚懼。

「勢」有「順」有「逆」。「順」指其運動方式和取向與審美主體的心理傾向或思維習慣協調一致，能使欣賞者有意氣宏深盛壯、淋漓暢快的感受；「逆」則是其運動方式和取向與審美主體的心理傾向或思維習慣相牴觸、相違背，於是波瀾陡起，衝突、騷動和搏擊成為心態的主導方面。

「勢」還有以展開過程的疾徐、收放、開合、隱顯、集散、奇偶等方式表現出來的節奏感，它們衝擊並影響著審美主體生理和心理的節律。

「勢」構結和展開過程的每一個環節都能以一定的心理效果作為追求的目標。比如「起勢不凡」可以先聲奪人，使欣賞者立即被吸引，其藝術思維進入緊張的工作狀態；「蓄勢」不僅積蓄了力量，其引而未發、居高臨下的勢態實已強化了無形的威壓；起伏迴旋之「勢」，可以形成曲而達的感情、心理推進層次；戛然而止常有餘音繞樑或者「辭已盡而勢有餘」的效果；首尾呼應和「起、承、轉、合」式的展開方式，又給人一種意象完整的心理滿足。

情感思維和心理的變化以縱向為主，也就是說，主要在時間的延續中表現出來。雖然審美境界的擴大和深化也顯示出欣賞者思維空間有所拓展的意味，但這種拓展依然是在時間的延續中實現的。看來，藝術的「勢」以時間上的展開為主也有其心理依據。

藝術的「勢」以虛為主，傳遞的常是非語義能夠規定的模糊信息，卻能通過它衝擊感官，影響人們的感情和思維活動。藝術家的造「勢」總是以形成一定的審美心理及其發展動向、勢頭為目的的。藝術的「勢」能夠對審美心理產生間接、模糊和微妙的影響，這或許就是它生命力旺盛、為高層次藝術創造所青睞的根本原因。

我們還可以這樣認為：「勢」的心理效應中包含著一種「場」效應在內，這是從一種新的角度來理解以虛為主的「勢」。書法的筆勢往往是「絕而不離」的，運筆的墨跡雖斷卻氣脈屬連；繪畫中也常是分斷對峙中見出照應和承續，空白處猶有豐富意蘊；音樂與文學亦然，無聲之處可勝似有聲，言已盡而餘味無窮。足見「勢」的運動與力以及其他方面的內蘊絕不僅是直觀的。作為動態的形，它可以顯示出超越「形」外的意趣。

「勢」以虛為主則重在「形」外，它有一個無形卻可控、可感的範圍，即所謂「場」。

至少從被作品吸引開始，欣賞者就置身於無形的「場」中。就審美客體而言，其「勢」以富有衝擊力的可感的動態意象造就出一定範圍、一定強度的「場」，能夠以其自身的運動勢態和方向左右或者影響審美主體的心理和思維感情運動。就審美主體而言，其固有的意識經驗在「勢」的動態意象的持續衝擊下形成一個承受某種定向心理壓強的動力結構，使超越「形」外的審美再創造得以運轉和完成。

第四節 「勢」與現代藝術

我們系統整理和探討古代藝術的「勢」論，當然不是出於對「國故」偏執的嗜好。筆者以為，「勢」原本就存在於任何門類、任何時代的藝術中。不過，清醒地認識和把握「勢」的創造功能和價值有著特殊的意義，對現代藝術尤其如此。

文學和影視創作中的矛盾衝突發展，事件線索和結構佈局，伏筆與懸念的安排，以及情節展開過程的迴旋反覆和「此時無聲勝有聲」的停頓等等，都包含「勢」在其中。

假如把上述種種視為「勢」的縱向展開，那麼「勢」還可以作橫向拓展，比如場景、視角的變化，環境氛圍的烘托，感情、色調的渲染，以及複雜層面的疊印、交織等等。這些也得藉助「勢」這個能收潛移默化之效的幽靈。

形形色色的現代藝術思潮透露出未來藝術的發展趨勢。新的潮流至少在三個方面呈露出對「勢」的倚重。

一、重「勢」合乎藝術哲理化的要求

未來的社會儘管仍會不斷產生新的矛盾，但在陳舊的尖銳對立的社會問題已經克服或者得到緩解的情況下，人們的階級、民族、國家意識將日益淡化。人們關注的焦點在轉移，藝術表現的對象和著眼點也不斷有所更新。

一方面，「我們從哪裡來？我們又向何處去？」、「人類存在以及生命的意義何在？」一類哲學的思考會以藝術的特殊方式不斷提出來。提出這類思考可能包含藝術家的某種領悟，更為可能的是並無明確的結論可供宣示，僅僅申述曾經對某種深邃的哲理有所感悟或進行過思考罷了。在藝術中表現哲理，人們慣常運用象徵、比喻和暗示的手段，這些手段一概注重「象」外之「理」，原本與「勢」有不解之緣；何況還會碰到開放性的、需要觀照者自己去尋求答案的哲學問題呢？

另一方面，新的藝術天才們總是力圖突破舊有經驗和既定格局的束縛，向業已取得成功的大師們挑戰。他們中許多人發現，人類（乃至於他們自己）的精神活動本身就是一個絢麗多彩、既切近而又充滿神祕感的有無限開發潛力的領域。因此，即使是表述哲理，現代藝術也熱衷於非邏輯的方式，常常以朦朧的、跳躍的，抽象與具象錯雜和不完全的方式來描述。有時實際上就是對人類（或者就是藝術家自己）感情思維活動方式的模仿，企求充分利用影響審美再創造的心理因素來進行藝術傳達。藝術家無論是否是自覺的，以「勢」來強化藝術媒介的衝擊力幾乎是推動觀照者哲學思考的必由之路。

二、重「勢」合乎審美主體素質改善後的要求

社會進步導致人類文化層次的普遍提高，逐漸從根本上改造了一般藝術活動參加者的素質。欣賞者素質的提高反過來對創作提出了更高的要求，人們越來越不歡迎公佈答案式的藝術傳達，往往認為對事件過程進行首尾完整的明確描述是很乏味的。藝術活動業已出現重心向審美再創造位移的趨勢。

現代派繪畫和雕塑的鑑賞中，有「你認為它是什麼就是什麼」的名言。現代藝術創作中普遍講究的是模糊的氛圍、感官印象以及暗示、象徵的手法和開放性的結構佈局，等等。這一切都加強了藝術表現上的不確定性，於是創作的任務只在觸發、激活和推動人們一定方向的藝術思維活動，根據觀照者各自的經驗和想像力，去進行各有千秋的再創造。而「勢」正是作品觸發、激活和推動的力之所在。

三、重「勢」適應藝術形式地位提高的需要

現代藝術比以往任何時候都更重視形式的作用。

形式與內容可以理解為人們考察事物的兩個不同角度，兩者不容剝離。事實上，任何一種內容都以一定的形式存在著，任何一種存在的形式都有其內容。問題還在於，事物的內蘊不僅有比較明確的，可以用邏輯的語言文字表述的一類，還有模糊和非邏輯的、游離於語言表述範圍之外的一類。以往的藝術論所指的內容只是前一類，特別強調內容與形式的主從關係。然而，現代藝術的形式卻有擺脫「內容」束縛的離心傾向。

「文以載道」的宏論在書法藝術中是沒有市場的。中國的書法藝術和西方的無標題音樂早就向人們揭示過一個重要問題：藝術形式並非必然有能用語義明確規定的內容。此外，它們同屬高層次藝術的事實，不啻申明藝術的本質原是由形式方面的因素決定的。換句話說，決定一個事物是否是屬於藝術品的關鍵在於它是否有美的形式。

藝術形式地位的提高，使人們對「媒介作用」的重要性有所認識。一方面藝術家充分發掘媒介的表現潛力（包括不斷尋找新的媒介）來處理諸如主客體之間有限性與無限性矛盾之類問題，進行有個性、有突破的創造；另一方面就是將藝術造型和整個作品本身「媒介」化，作者不再喋喋不休地為欣賞者規定這是什麼、那是什麼，而是通過藝術形式傳達出的模糊信息，把審美的主動權交給欣賞者，以期獲得充分自由的欣賞所能產生的多樣的藝術效果。

「勢」是「動態的形」，它以有機連繫的方式搏集了藝術形式的表現力，用其特有的生命運動節律去衝擊審美主體的感官和心理，從而對審美活動產生強有力卻又間接、模糊、微妙的影響。

如果藝術領域也是「適者生存，用進廢退」的話，「勢」在未來的藝術創造中，大有作為是毋庸置疑的。「勢」的重要性必將得到廣泛的認可。

後　記

我對「勢」的偏愛由來已久。

八年前我寫了《〈文心雕龍〉「定勢」論淺說》[1]；五年以前在《文心十論》[2]裡議論「圖風勢」的時候又是這樣結尾的：

就《文心雕龍》看，「定勢」論似乎沒有「風骨」論完備；而筆者卻有一種執著的臆想：「勢」與各個門類藝術的表現方式和傳達活動有更為廣泛而深刻的內在連繫，經過進一步開掘，可能比「風骨」論有更重要的借鑑意義。

前年，人民大學的幾位師長來信為「中國古代美學範疇叢書」約稿，我即建議寫「勢」，以為對它作全面的開掘已經刻不容緩了。

我偏愛「勢」，是因為它是傳統審美追求的一個重要組成部分；是

1　載《文學評論叢刊》十三輯。
2　《文心十論》由春風文藝出版社出版，以下引文見該書第84頁。

因為探討它有利於揭示藝術傳達的機制；這樣的研究自然有益時用。我偏愛「勢」，是因為它運用廣泛卻難以把握。迄今無人對古代「勢」論的豐富材料進行系統整理和全面闡釋，是一塊荊棘叢生的荒地。

用不到一年的時間在教學之餘寫完此書原不輕鬆，可知我的賢內助李定芳功不可沒：她協助蒐集資料，謄清文字，使書稿得以如期而成；經常在一起斟酌疑難，令清苦的爬梳探微增添了溫馨和樂趣。本來有意將她署為作者之一，她卻不願追隨此種時尚。

遼寧大學圖書館的興振芳先生和中文系資料室的諸位同仁為我的工作提供了很多方便，鍾林斌、宋戈兩位老師審閱過本書的部分章節，尤其是人民大學的蔡鍾翔老師和出版社的編輯同志為書稿的修改提過中肯的意見。倘若缺少他們的指點幫助，這本書是很難面世的。謹記於此，以示謝忱。

涂光社

一九八九年四月二日

昌明文庫・悅讀美學 A0606006

因動成勢

作　　者　涂光社
責任編輯　楊家瑜

發 行 人　林慶彰
總 經 理　梁錦興
總 編 輯　張晏瑞
編 輯 所　萬卷樓圖書股份有限公司
臺北市羅斯福路二段 41 號 6 樓之 3
電話 (02)23216565
傳真 (02)23218698

出　　版　昌明文化有限公司
桃園市龜山區中原街 32 號
電話 (02)23216565
發　　行　萬卷樓圖書股份有限公司
臺北市羅斯福路二段 41 號 6 樓之 3
電話 (02)23216565
傳真 (02)23218698
電郵 SERVICE@WANJUAN.COM.TW

ISBN 978-986-496-323-2
2018 年 2 月初版
定價：新臺幣 380 元

如何購買本書：
1. 轉帳購書，請透過以下帳戶
合作金庫銀行　古亭分行
戶名：萬卷樓圖書股份有限公司
帳號：0877717092596
2. 網路購書，請透過萬卷樓網站
網址　WWW.WANJUAN.COM.TW
大量購書，請直接聯繫我們，將有專人為您服務。客服：(02)23216565 分機 610
如有缺頁、破損或裝訂錯誤，請寄回更換

國家圖書館出版品預行編目資料

因動成勢 / 涂光社作. -- 初版. -- 桃園市 : 昌明文化出版 ; 臺北市 : 萬卷樓發行, 2018.02
面 ; 公分. -- (昌明文庫. 悅讀美學)
ISBN 978-986-496-323-2(平裝)
1.中國文學 2.文學理論 3.文藝評論
820.1　　107002516